钱基博国学著作选粹

钱基博

著

文学通论

（外一种）

上海古籍出版社

图书在版编目（CIP）数据

文学通论：外一种／钱基博著. —上海：上海古
籍出版社,2024.5
（钱基博国学著作选粹）
ISBN 978-7-5732-1091-3

Ⅰ.①文… Ⅱ.①钱… Ⅲ.①中国文学—文学思想史
Ⅳ.①I209

中国国家版本馆 CIP 数据核字（2024）第 076883 号

钱基博国学著作选粹
文学通论（外一种）
钱基博　著
上海古籍出版社出版发行
（上海市闵行区号景路 159 弄 1-5 号 A 座 5F　邮政编码 201101）
（1）网址：www.guji.com.cn
（2）E-mail：guji1@guji.com.cn
（3）易文网网址：www.ewen.co
启东市人民印刷有限公司印刷
开本 890×1240　1/32　印张 9.875　插页 3　字数 273,000
2024 年 5 月第 1 版　2024 年 5 月第 1 次印刷
印数：1-1,500
ISBN 978-7-5732-1091-3
Ⅰ·3826　定价：45.00 元
如有质量问题,请与承印公司联系

出 版 说 明

　　钱基博(1887—1957)，字子泉，别号潜庐，江苏无锡人，著名学者、教育家。

　　钱氏出身书香门第，四岁起即读四书五经，十五岁时读《资治通鉴》《续通鉴》《读史方舆纪要》等书。少年时期所受的教育，决定了他一生的学术走向。钱氏在思想上基本上秉持了"中学为体，西学为用"这一根本理路，以中国传统的经史之学为自撰门径，同时亦以此为驾驭新知识、新学问的一种方法。

　　辛亥革命兴，钱氏曾在军政府中任职，但其一生的事业主要还是在于教育。钱氏十九岁时始任家庭教师，二十六岁任无锡第一小学教员，二十九岁任吴江丽则女子中学教员，此后更历任上海圣约翰大学国文教授、上海光华大学教授、国立浙江大学教授、湖南国立师范学院教授兼国文系主任等职，直至最后以华中师范学院教职工的身份去世。钱氏一生可说是与教育结下了不解之缘，这种教育者的身份，使得钱氏在秉持和改造传统学术理念的同时，又十分注意传统学问的传播和普及。从三十多岁时出版的《语体文范》到四十多岁时出版的《国学文选类纂》《老子道德经解题及其读法》等一系列著作，钱氏在学术上的所作所为均有推广和规范传统学问的意旨。在研究传统学问的同时，又力图使其成为普通知识人的日常所需，这构成了钱氏治学的另一特色，而这种特色又反过来使钱氏的著作成为普通读者迈进国学门槛的绝佳指引。

　　钱氏一生著述甚多，我社曾经推出《钱基博著作集》十二种，收录钱氏有代表性的单行著作为主，同时选收有学术意义的代表性论文，精择底本,核校引文,简体横排,新式标点,以适应现代阅读习惯,受到读者欢迎。今复择其中有关国学研究之作,分合篇目,编为《钱基博国学著作选粹》,包括以下十种:

《韩愈志》

《经学通志》

《国学文选类纂》

《近百年湖南学风》

《古籍举要　版本通义》

《孙子章句训义(外一种)》

《文学通论(外一种)》

《国故概论》

《国学要籍解题及其读法》

《文心雕龙校读记　读庄子天下篇疏记》

另《克劳塞维兹兵法精义》(原名《德国兵家克劳山维兹兵法精义》)篇幅短小,今附于《孙子章句训义》后。《国学必读》原分上下册,今依原题析为《文学通论》(编选历代文论)、《国故概论》(编选经、小学、史、子相关论文)二种,读者可各取所需。《骈文通义》原与《近百年湖南学风》合为一书,今以类相从附于《文学通论》后。同时修改部分标点、排印错误,重新出版,以飨读者。

上海古籍出版社

二○二四年三月

总　目

文学通论

目　　录

3

序　言[*]

* 据中华书局1926年5月版校印。

余读《孟子》书，至《万章》篇："颂其诗，读其书。"《周礼·春官·大师》注："颂之言诵也。""颂其诗"，即"诵其诗"。于诗曰诵，于书曰读，而知诵与读之有别。段玉裁《说文解字注》云："讽，诵也。诵，讽也。读，籀书也。"《大司乐》："以乐语教国子：兴道讽诵言语。"注："倍文曰讽。以声节之曰诵。"倍同背，谓不开读也。诵则非直背文，又为吟咏，以声节之。《周礼经注》析言之，讽、诵是二。许统言之，讽诵是一。《竹部》："籀，读书也。"《庸风传》曰："抽，读也。"《方言》曰："抽，读也。"盖籀、抽古通用。《史记》"细史记石室金匮之书"，字亦作抽。抽绎其义蕴，至于无穷，是之谓读。故卜筮之辞曰籀，谓抽绎易义而为之也。太史公作《史记》曰"余读高祖侯功臣"，曰"太史公读列侯至便侯"，曰"太史公读秦楚之际"，曰"余读谍记"，曰"太史公读《春秋谱谍》"，曰"太史公读《秦记》"，皆谓细绎其事以作表也。然则孟子之为学也，盖读与诵异品，诗以诵，书以读。荀子《劝学》篇："学恶乎始？恶乎终？"曰："其数则始乎诵经，终乎读礼。"杨倞注："经，谓诗书；礼，谓典礼。"诗书可诵，典礼则读而不诵。诵者，玩其文辞之美；读者，索其义蕴之奥。《乐记》曰："广其节奏，省其文采，以绳德厚。"诵之法也。《孟子》曰："博学而详说之，将以反说约。"读之法也。古人之所谓诵，今人曰读；古人之所谓读，今人曰看。曾涤生《谕儿子纪泽书》云："看者，如尔去年看《史记》、《汉书》、韩文、《近思录》，今年看《周易折中》之类是也。读者，如《四书》、《诗》、《书》、《易》、《左传》诸经,《昭明文选》、李、杜、韩、苏之诗,韩、欧、曾、王之文,非高声朗诵,则不能得其雄伟之概;非密咏恬吟,则不能得其深远之韵,二者不可偏废。"是曾氏之教其子,亦看与读并重。而今日之谈国文教学者,只言读本而无看本,譬如两轮之废其只,双足之刖其一,则甚矣其为跛形不具之国文教学也!窃以为,读之文宜主情,看之文宜主理;读之文宜有序,看之文宜有物;读之文宜短,而看者不宜过短。读之文宜美,而看者不必尽美。鼓之舞之之谓作,情文相生者,读之文也;长篇大论,善启发人悟而条达疏畅者,看之文也。余承乏此校,诸子劬学者多乞正于余。余因裒录五十四家文八十篇、杂记七十八则,言非一端,写成此编,而析为二部:曰《文学通论》,凡自魏文帝以下三十七家文四十四篇、杂记七十五则,读之而古今文章之利病可以析焉;曰《国故概论》,凡自唐陆德明以下二十家文三十六篇、杂记三则,读之而古今学术之源流于是备焉。先之以《文学通论》者,曾涤生有言:"古圣观天地之文、兽迒鸟迹而作书契,于是乎有文。文与文相生而为字,字与字相续而成句,句与句相续而成篇……古圣之精神语笑,胥寓于此。差若毫厘,谬以千里。词气之缓急,韵味之厚薄,属文者一不慎,则规模立变,读书者一不慎,则卤莽无知。"故知舍文学,无以为通国学之邮矣。题之曰《国学必读》而不曰"国文"者,盖国文不过国学之一,而国学可以赅国文言之也。曰"必读"者,谓非籀读此编,观其会通,未足与语于国学也。虽然,我则既言矣:"古人曰读,今人曰看。"胡为生今反古,不题曰"必看"而曰"必读"?曰:按之《说文》:"看,睎也。睎,望也。"《孟子》:"望望然去。"《释名》:"望,茫也。远视茫茫也。"则是看之为言望也,有远视茫茫不求甚解之意焉,未若读之为好学深思,籀绎其义蕴至于无穷也!而弁之以作者录,以时代先后为次,可以知人论世,觇学风之嬗变焉。其不知者,盖阙如也。余文质无底,然自计六岁授书,迄今三十年,所读巨细字本亡虑三千册,四书五经之外,其中多有四五过者,少亦一再过,提要钩元,厪乃得此!然则此一编也,即以为我中国数千年国学作品之统计簿也可。曾涤生曰："书籍之浩浩,著述者之众,若江海,然非一人之腹所能饮也,要在慎择焉而已。"余则慎择之矣。太史公曰："非好学深思,心知其意,固难为浅见寡闻道。"杜元凯曰："学者原始要终,寻其枝叶,究其所穷,优柔自求,餍饫自趋,若江海之浸,膏泽之润,涣然冰释,怡然理顺,然后为得。"古之读书者盖如是也。噫! 微斯人,吾谁与归!

民国十二年二月十八日无锡钱基博序于江苏省立第三师范学校

作 者 录

　　魏文帝,姓曹名丕,字子桓,曹操之长子也。少好文学,以著述为务。自所勒成,垂百篇。又使诸儒撰集经传,随类相从,凡千余篇,号《皇览》。录《典论·论文》。

　　梁昭明太子,姓萧名统,字德施,武帝之长子也。生而聪睿,读书数行并下,过目皆忆。每游宴祖道,赋诗至十数韵,或作剧韵,皆属思便成,无所点易。恒自讨论坟籍,集古今人文章得六十卷,名曰《文选》,古人总集推为弁冕。早卒,简文帝集所著文,得二十卷,录《文选序》。

　　梁简文帝,名纲,字世缵,武帝第三子也。幼而敏睿,六岁能属文。武帝面试,把笔便成,叹曰:"常以东阿为虚,今则信矣。"读书十行俱下,经目必记。辞藻艳发,然伤于轻靡,时号宫体。集一百卷。录《与湘东王论文书》。

　　宋苏子瞻,名轼,眉山人。博通经史,师父洵为文,既而得之于天。尝自谓作文如行云流水,初无定质。其体涵浑光芒,雄视百代。有《易书传》、《论语说》、《仇池笔记》、《东坡志林》、《东坡全集》、《东坡词》等,凡数百卷。录《答谢民师论文书》。

　　明苏平仲,名伯衡,建安人。博洽群籍,为古文有声。太祖置礼贤馆,平仲与焉。擢翰林院编修。有《苏平仲集》十六卷。录《謷说》。

　　明唐荆川,名顺之,字应德,武进人。嘉靖中会试第一。兼资文武,于学无所不窥。为文章汪洋纡折,当明中叶,屹为大宗。著有《荆川集》十二卷,学者称荆川先生。官至右金都御史,巡抚凤阳。崇祯中,追谥襄文。录《与茅鹿门主事论文书》。

明顾亭林,名炎武,字宁人,昆山人,居亭林镇,号亭林。明亡,不仕,周游四方,载书自随。其学主博学有耻,敛华就实。凡国家典制、郡邑掌故、天文仪象、河漕兵农之属,莫不穷究原委。晚益笃志六经,精研考证,遂开清代朴学之风。所著《日知录》最为精诣,又有《左传杜解补正》、《九经误字》、《石经考》、《音学五书》、《吴韵补正》、《天下郡国利病书》、《肇域志》、《二十一史年表》、《历代帝王宅京记》、《昌平山水记》、《山东考古录》、《求古录》、《金石文字记》、《谲觚》、《菰中随笔》、《救文格论》、《亭林诗文集》等数十种。录《日知录》论诗文十一则。

清魏善伯,名际瑞,初名祥,宁都人。性敏强记,于兵刑礼制律法,皆穷析原委。于古人文无专好,其自为文,亦不孜孜求古人之法。虽颇嗜《庄子》、《史记》,为文遇意成章,如风水之相遭,如云在天,卷舒无定,得《庄》、《史》之意,然未尝稍有摹仿。有《伯子文集》十卷。录伯子论文九则。

清魏凝叔,名禧,号勺庭,与兄际瑞、弟礼皆以文章名世,时称宁都三魏,而禧才名尤高。有《叔子诗集》八卷,《文集》二十二卷。录《日录》论文七则。

清侯朝宗,名方域,商丘人。明末,随父兵部侍郎恂官京师,与桐城方以智、如皋冒襄、宜兴陈贞慧以气类相推许,称四公子。入清,中顺治乡试副榜。初放意声伎,已而悔之,发愤为诗古文,取法韩、欧,才气横溢。有《壮悔堂文集》十卷、《遗稿》一卷、《四忆堂诗集》六卷。录《与任王谷论文书》。

清方望溪,名苞,字灵皋,桐城人。康熙进士,累官礼部侍郎。论学以宋儒为宗,其说经皆推衍程朱之学,尤致力于《春秋》、《三礼》。文学欧、归,严于义法,为桐城派之初祖。所著有《周官辨》、《周官集注》、《周官析疑》、《春秋通论》、《春秋直解》、《礼记析疑》、《丧礼或问》、《仪礼析疑》、《春秋比事目录》、《左传义法举要》、《删定管子荀子史记注》、《补正离骚正义》、《删定通志堂宋元经解》、《望溪文集》。录

《古文约选序例》、《书韩退之平淮西碑后》、《与孙以宁论作传体要书》。

清刘海峰,名大櫆,字才甫,桐城人,副贡生。乾隆时,累举鸿词经学,皆报罢。为文喜学《庄子》,尤力追昌黎。方望溪见之大惊服,语人曰:"吾文何足算,邑子刘生乃国士尔!"自是名大著。姚惜抱从之游,世遂有桐城派之目。诗格亦高,有《海峰文集》十卷、《诗集》八卷。录《论文偶记》五则。

清姚惜抱,名鼐,字姬传,桐城人,乾隆进士,累官郎中。其论学主集义理、考据、词章之长,不拘汉、宋门户。桐城自方望溪、刘海峰倡为古文,而惜抱继之,选《古文辞类纂》以明义法,天下言文章者推桐城为宗。所著有《左传补注》、《公羊补注》、《穀梁补注》、《国语补注》、《九经说》、《惜抱轩诗文集》、《笔记》。学者称惜抱先生。录《复鲁絜非论文分阴阳刚柔书》。

清阮芸台,名元,仪征人,乾隆进士,累官体仁阁大学士,加太傅。历官中外,所至以提倡学术自任。在史馆倡修儒林传,在粤设学海堂,在浙设诂经精舍,又辑《经籍纂诂》,校刊《十三经注疏》,汇刻《学海堂经解》等书。所著曰《研经室集》,三十四卷。卒谥文达。录《文言说》。

清章实斋,名学诚,会稽人,乾隆进士,官国子监典籍。邃于史学,以纂修方志为时所重。所著有《文史通义》、《校仇通义》、《札迻》、《乙卯丙辰札记》、《实斋文钞》。录《文集》、《古文十弊》。

清恽子居,名敬,号简堂,乾隆举人,累官江西吴城同知。自言其学非汉非宋,不主故常。治古文得力于韩非、李斯,与苏明允相上下,近法家言,世称阳湖派。有《大云山房文稿》八卷。录《大云山房文稿二集叙录》、《上曹俪笙侍郎书》。

清梁茝林,名章钜,长乐人。嘉庆进士,累官至江苏巡抚,兼署两江总督。所著有《经尘》、《夏小正通释》、《论语孟子三国志旁证》、《金石书画题跋》、《退庵随笔》、《楹联丛话》、《浪迹丛谈》等书七十余种。

录退庵论文两则。

清李申耆,名兆洛,武进人,嘉庆进士,官凤台知县。工诗古文,精考证,尤精舆地之学,刊有《李氏五种》。时论盛推方、姚,崇散行而薄骈偶,崇八家而轻六朝。而申耆则以为唐宋作者,无不导源汉魏,汉魏之骈偶,实唐宋散行之祖。辑《骈体文钞》七十一卷,以当桐城姚氏之《古文辞类纂》。于是阳湖派别张一军,与桐城抗颜行矣。有《养一斋文集》二十卷。录《骈体文钞序》。

清包慎伯,名世臣,泾县人,嘉庆举人,官新喻县知县。好兵家言,熟于盐漕河政得失,论文亦独辟蹊径。著有《安吴四种》三十六卷。录《文谱》、《与杨季子论文书》、《再与杨季子论文书》。

清方植之,名东树,桐城人。博览经史,能诗文,与同里姚莹石甫、上元管同异之、梅曾亮伯言四人皆称姚惜抱高第弟子。中岁研究义理,一宗朱子,著《汉学商兑》,以攻考据家之失。又有《大意尊闻》、《书林扬觯》、《一得拳膺录》、《昭昧詹言》、《仪卫堂文集》等书。录《昭昧詹言》论诗文二十二则。

清曾涤生,名国藩,湘乡人,道光进士,累官礼部侍郎,丁忧归。会洪杨事起,遂团练乡勇,连复沿江各省,封毅勇侯,为同治中兴功臣第一。以大学士任两江总督,卒于官,谥文正。论学谓义理、考据、词章三者缺一不可。所为古文,师桐城姚氏义法,而运以汉赋瑰丽之气,厥为桐城之别子焉。所著有《曾文正公全集》一百八十九卷。录《复李眉生论古文家用字之法书》、《复陈右铭太守论文章禁约书》、《求阙斋日记》论文九则。

清张廉卿,名裕钊,武昌人,道光举人,官内阁中书。研究训诂,专主音义,而师曾涤生为古文,又独得于《史记》之谲怪。盖文气雄骏不及曾,而意思之恢诡,词句之廉劲,亦自成一家。所著有《左氏服贾注考证》、《今文尚书考证》、《濂亭文钞》。录《答吴挚父论学古人在因声求气书》、《答刘生论文章之道莫要于雅健书》。

清吴挚父,名汝纶,桐城人,同治进士,官冀州知州。光绪末,充北京大学堂总教习,加五品卿衔,游日本,考察教育制度,著《东游丛录》。笃嗜古文辞,私淑同里姚惜抱氏。少长,受知曾涤生,文益宏肆高洁。其教始学,必本周秦古籍,由训诂以求通其文词,而要以能知当时之变备缓急。日本学者踔海请业,远近以文字求是正者四面而至。所著有《易说》、《诗说》、《深州风土记》、《诗文集》。录《与姚仲实论文书》、《与严几道论译西书书》。

清严几道,名复,字又陵,侯官人。光绪二年,以福建船政学生派赴英国海军学校,试辄最。归国,累官海军协都统,一等参谋官。于学无所不窥,举中外治术学理,靡不究极原委,抉其失得,证明而会通之,六十年来,治西学者无其比也!译有《天演论》、《原富》、《群学肄言》、《穆勒名学》、《群己权界论》、《社会通诠》。中国人之知治欧西政治、经济、哲学诸科,盖自氏启其机镱焉。录《译天演论例言》。

清马眉叔,名建忠,丹徒人。光绪三年,以郎中派赴法国政治学院听讲。明年,试最,得优奖,试卷刊法报,传诵一时。仿欧西葛郎玛,取《学》、《庸》、《论》、《孟》、《左》、《公》、《榖》、《史》、《汉》、韩文兼及诸子《语》、《策》,为之字栉句比,繁称博引,比例而同之,触类而长之,穷古今之简篇,字里行间,求其会通,辑为一书,名曰《文通》,创前古未有之业。中国之有文典,自马氏始。录《文通序》、《文通例言》。

梁任公,名启超,字卓如,新会人,受公羊学于南海康有为,最为高第弟子。其始论学术,则自荀卿以下,汉唐宋明清学者,掊击无完肤。而钻研之深,则亦以为国学之根柢极深厚,终有其不可磨灭者存。而于文章,夙不喜桐城派古文。幼年为文,学晚汉魏晋,颇尚矜练。既而自解放,务为平易畅达,时杂以俚语、韵语及外国语法,纵笔所至不检束,学者竞效之,号新文体。老辈则痛恨,诋为野狐。然其文条理明晰,而富于情感,娓娓有致。中国政学维新之动机,要不得不归功于梁氏焉。所著《饮冰室文集》以外,有《墨经校释》、《中国历史研究法》、《清代学术概论》、《盾鼻集》、《梁任公近著》、《讲演集》等书。录《中学以上作文教学法》。

胡适之,名适,绩溪人,绩溪胡氏,本以经学传家。而胡氏在美留学,兼治文学、哲学,于西洋哲学史尤研究有得,授博士学位。归国,任北京大学教授。一面倡建设的文学革命之论,而以国语的文学打倒桐城派古文之旧势力,一面又主张整理国故之议,以刷新国学之面目。其于中国学术界摧陷廓清之功,信不可没。惟其衡评国学,过重知识论,而功利之见太深,此其所短。所著有《中国哲学史大纲》、《章实斋年谱》、《胡适文存》、《尝试集》等书,录《文学改良刍议》、《谈新诗》、《论短篇小说》、《国语文法概论》。

章行严,名士钊,长沙人,尝游学英国,喜谈逻辑之学。民国之初,尝主《民立日报》,又创办《独立周报》、《甲寅杂志》。其为文条析事理,如晓事人语,洞彻中边,罕与伦比,国人喜读焉。所刊有《中等国文典》、《甲寅杂志存稿》等书。录《答容挺公论译名书》。

胡步曾,名先骕,江西南昌人,美国加利福尼亚大学农科学士,庐山森林局副局长,现任东南大学植物学教授。顾胡氏治植物学,而好谈文学,与胡适之故交友,而论文学则断断不相下焉。录《中国文学改良论》。

陆步青,名殿扬,江苏吴县人,毕业于上海南洋公学,曾任江苏省立第五中学教务主任,现任江苏省立第一中学校长兼南京高等师范学校英文讲师。录《修辞学与语体文》。

胡寄尘,名怀琛,安徽泾县人,毕业于上海南洋中学,曾任《太平洋报》、《神州日报》主笔,神州女学、沪江大学讲师。录《新派诗说》。

蔡观明,名达,江苏东台县人,南通师范学校国文专修科毕业,现任江苏省立第七中学教员,著有《文学通义》、《孤桐馆诗》。录《诗之研究》。

愈之即胡愈之,商务印书馆编辑。

西谛即郑振铎,商务印书馆编辑。

钱基博,字子泉,一字潜,无锡人。幼年为文学《战国策》,喜纵横不拘绳墨,既而泽之以汉魏,字矜句练。又久而以为厚重少姿致,叙事学陈寿,议论学苏轼,务为平易畅达。而论学则诂经谈史,旁涉百家,博学而无所成名。诋之者谓其博而不精,喜为附会,殆实录也。录《我之中国文学的观察》。

作者待访录

胡以鲁

容挺公

一　魏文帝《典论·论文》

文人相轻,自古而然。傅毅之于班固,伯仲之间耳,而固小之,与弟超书曰:"武仲以能属文为兰台令史,下笔不能自休。"夫人善于自见,而文非一体,鲜能备善,是以各以所长,相轻所短。里语曰:"家有①敝帚,享之千金。"斯不自见之患也。今之文人,鲁国孔融文举、广陵陈琳孔璋、山阳王粲仲宣、北海徐干伟长、陈留阮瑀元瑜、汝南应场德琏、东平刘桢公幹,斯七子者,于学无所遗,于辞无所假,咸以自骋骥騄于千里,仰齐足而并驰。以此相服,亦良难矣! 盖君子审己以度人,故能免于斯累而作论文。王粲长于辞赋,徐干时有齐气,然粲之匹也。如粲之《初征》、《登楼》、《槐赋》、《征思》,干之《玄猿》、《漏卮》、《圆扇》、《橘赋》,虽张、蔡不过也。然于他文,未能称是。琳、瑀之章表书记,今之俊也。应场和而不壮,刘桢壮而不密,孔融体气高妙,有过人者,然不能持论,理不胜辞,以至乎杂以嘲戏,及其所善,扬、班俦也。常人贵远贱近,向声背实,又患暗于自见,谓己为贤。夫文本同而末异,盖奏议宜雅,书论宜理,铭诔尚实,诗赋欲丽。此四科不同,故能之者偏也,唯通才能备其体。文以气为主,气之清浊有体,不可力强而致。譬诸音乐,曲度虽均,节奏同检,至于引气不齐,巧拙有素,虽在父兄,不能以移子弟。盖文章经国之大业,不朽之盛事。年寿有时而尽,荣乐止乎其身,二者必至之常期,未若文章之无穷。是以古之作者,寄身于翰墨,见意于篇籍,不假良史之辞,不托飞驰之势,而声名自传于后。故西伯幽而演易,周旦显而制礼,不以隐约而

---

① 　原脱"有"字。

弗务,不以康乐而加思。夫然,则古人贱尺璧而重寸阴,惧乎时之过已。而人多不强力,贫贱则慑于饥寒,富贵则流于逸乐,遂营目前之务,而遗千载之功。日月逝于上,体貌衰于下,忽然与万物迁化,斯志士之大痛也!融等已逝,唯干著论,成一家言。

二 梁昭明太子《文选序》

式观元始，眇觌玄风，冬穴夏巢之时，茹毛饮血之世，世质民淳，斯文未作。逮乎伏羲之王天下也，始画八卦，造书契，以代结绳之政，由是文籍生焉。《易》曰："观乎天文以察时变，观乎人文以化成天下。"文之时义远矣哉！若夫椎轮为大辂之始，大辂宁有椎轮之质；增冰为积水所成，积水曾微增冰之凛。何哉？盖踵其事而增华，变其本而加厉，物既有之，文亦宜然。随时变改，难可详悉。尝试论之曰：《诗序》云："诗有六义焉：一曰风，二曰赋，三曰比，四曰兴，五曰雅，六曰颂。"至于今之作者，异乎古昔。古诗之体，今则全取赋名。荀、宋表之于前，贾、马继之于末，自兹以降，源流实繁：述邑居，则有《凭虚》、《亡是》之作；戒畋游，则有《长杨》、《羽猎》之制。若其纪一事、咏一物，风云草木之兴，鱼虫禽兽之流，推而广之，不可胜载矣！又楚人屈原，含忠履洁，君匪从流，臣进逆耳，深思远虑，遂放湘南。耿介之意既伤，壹郁之怀靡愬。临渊有怀沙之志，吟泽有憔悴之容。骚人之文，自兹而作。诗者，盖志之所之也，情动于中而形于言。《关雎》、《麟趾》，正始之道著；《桑间》、《濮上》，亡国之音表。故风雅之道，粲然可观。自炎汉中叶，厥涂渐异。退傅有《在邹》之作，降将著"河梁"之篇，四言五言，区以别矣。又少则五字，多则九言，各体互兴，分镳并驱。颂者，所以游扬德业，褒赞成功。吉甫有"穆若"之谈，季子有"至矣"之叹。舒布为诗，既言如彼，总成为颂，又亦若此。次则箴兴于补阙，戒出于弼匡。论则析理精微，铭则序事清润。美终则诔发，图像则赞兴。又诏诰教令之流，表奏笺记之列，书誓符檄之品，吊祭悲哀之作，答客指事之制，三言八字之文，篇辞引序，碑碣志状，众制锋起，源流间出。譬陶匏异器，并为入耳之娱；黼黻不同，俱为悦目之玩。作者之致，盖云备矣。余监抚余闲，居多暇日。历观文囿，泛览辞林，未尝不心游目想，移晷忘倦。自姬、汉以来，眇焉悠邈，时更七代，数逾千祀。词人才子，则名溢于缥囊；飞文染翰，则卷盈乎缃帙。自非略其芜秽，集其清英，盖欲兼功，太半难矣。若夫姬公之籍，孔子之书，与日月俱悬，鬼神争奥，孝敬之准式，人伦之师友，岂可重以芟夷，加之剪截。老、庄之作，管、孟之流，盖以立意为宗，不以能文为本，今之所撰，又以略诸。若贤人之美辞，忠臣之抗直，谋夫之话，辨士之端，冰释泉涌，金相玉振，所谓坐狙丘，议稷下，仲连之却秦军，食其之下齐国，留侯之发八难，曲逆之吐六奇，盖乃事美一时，语流千载，概见坟籍，旁出子史。若斯之流，又亦繁博，虽传之简牍，而事异篇章，今之所集，亦所不取。至于记事之史，系年之书，所以褒贬是非，纪别异同，方之篇翰，亦已不同。若其赞论之综缉辞采，序述之错比文华，事出于沉思，义归乎翰藻，故与夫篇什杂而集之，远自周室，迄于圣代，都为三十卷，名曰《文选》云耳。

三　梁简文帝《与湘东王论文书》

　　吾辈亦无所游赏,止事披阅。性既好文,时复短咏,虽是庸音,不能阁笔,有惭技痒,更同故态。比见京师文体,懦钝异常,竞学浮疏,争为阐缓。元冬修夜,思所不得,既殊比兴,正背风骚。若夫六典三礼,所施则有地,吉凶嘉宾,用之则有所。未闻吟咏情性,反拟《内则》之篇;操笔写志,更摹《酒诰》之作。迟迟春日,翻学《归藏》;湛湛江水,遂同《大传》。吾既拙于为文,不敢轻有掎摭。但以当世之作,历方古之才人,远则扬、马、曹、王,近则潘、陆、颜、谢,而观其遣辞用心,了不相似。若以今文为是,则古文为非;若昔贤可称,则今体宜弃。俱为盍各,则未之敢许。又时有效谢康乐、裴鸿胪文者,亦颇有惑焉。何者?谢客吐言天拔,非出于自然,时有不拘,是其糟粕;裴氏乃是良史之才,了无篇什之美。是为学谢则不届其精华,但得其冗长;师裴则蔑绝其所长,惟得其所短。谢故巧不可阶,裴亦质不宜慕。故胸驰臆断之侣,好名忘实之类,方分肉于仁兽,逴却步于邯郸,入庖忘臭,效尤致祸。决羽谢生,岂三千之可及;伏膺裴氏,惧两唐之不传。故玉徽金铣,反为拙目所嗤;《巴人》《下里》,更合郢中之听。《阳春》高而不和,妙声绝而不寻。竟不精讨锱铢,核量文质,有异巧心,终愧妍手。是以握瑜怀玉之士,瞻郑邦而知退;章甫翠履之人,望蛮乡而叹息。诗既若此,笔又如之。徒以烟墨不言,受其驱染;纸札无情,任其摇襞。甚矣哉,文之横流,一至于此!至如近世谢朓、沈约之诗,任昉、陆倕之笔,斯实文章之冠冕,述作之楷模。张士简之赋,周升逸之辩,亦成佳手,难可复遇。文章未坠,必有英绝领袖之者,非弟而谁!每欲论之,无可与语，晤思子建，一共商榷。辩兹清浊，使如泾渭；论兹月旦，类彼汝南。朱白既定，雌黄有别，使夫怀鼠知惭，滥竽自耻。譬斯袁绍，畏见子将；同彼盗牛，遥羞王烈。相思不见，我劳如何！

四　宋苏子瞻《答谢民师论文书》

　　轼受性刚简，学迂材下，坐废累年，不敢复齿缙绅。自还北海①，见平生亲旧，惘然如隔世人，况与左右无一日之雅，而敢求交乎！数赐见临，倾盖如故，幸甚过望，不可言也。所示书教及诗赋杂文，观之熟矣。大略如行云流水，初无定质，但常行于所当行，常止于不可不止，文理自然，姿态横生。孔子曰："言之不文，行之不远。"又曰："辞达而已矣！"夫言止于达意。疑若不文，是大不然。求物之妙，如系风捕影，能使是物了然于心者，盖千万人而不得一遇也，而况能使了然于口与手者乎！是之谓辞达。辞至于能达，则文不可胜用矣！扬雄好为艰深之词，以文浅易之说，若正言之，则人人知之矣。此正所谓雕虫篆刻者！其《太玄》《法言》皆是类也，而独悔于赋，何哉？终身雕虫，而独变其音节，便谓之经，可乎？屈原作《离骚经》，盖风雅之再变者，虽与日月争光可也。可以其似赋而谓之雕虫乎？使贾谊见孔子，升堂有余矣，而乃以赋鄙之，至与司马相如同科。雄之陋，如此比者甚众，可与知者道，难与俗人言也，因论文偶及之耳。欧阳文忠公言："文章如精金美玉，市有定价，非人所能以口舌定贵贱也。"纷纷多言，岂有能益于左右，愧悚不已！

---

　　① 北海，通行本东坡文集均作"海北"。

五　明苏平仲《瞽说》

尉迟楚好为文,谓空同子曰:"敢问文有体乎?"曰:"何体之有!《易》有似《诗》者,《诗》有似《书》者,《书》有似《礼》者。何体之有!""有法乎?"曰:"初何法!典谟训诰,国风雅颂,初何法!""难乎? 易乎?"曰:"吾将言其难也,则古《诗》三百篇多出于小夫妇人;吾将言其易也,则成一家言者,一代不数人。""宜繁宜简?"曰:"不在繁,不在简。状情写物在辞达,辞达,则一二言而非不足;辞未达,则千百言而非有余。""宜何如?"曰:"如江河。""何也?"曰:"有本也。如键之于管,如枢之于户,如将之于三军,如腰领之于衣裳。""何也?"曰:"统摄也。如置阵,如构居第,如国建都。""何也?"曰:"谨布置也。如草木焉,根而干,干而枝,枝而叶而葩。"曰:"何也?"曰:"条理精畅而有附丽也。如手足之十二脉焉,各有起,有出,有循,有注,有会。""何也?"曰:"支分脉别,而荣卫流通也。如天地焉,包涵六合而不见端倪。""何也?"曰:"气象沉郁也。如张海焉,波涛涌而鱼龙张。""何也?"曰:"浩汗诡怪也。如日月焉,朝夕见而令人喜。""何也?"曰:"光景常新也。如烟雾舒而云霞布。""何也?"曰:"动荡而变化也。如风霆流而雨雹集。""何也?"曰:"神聚而冥会也。如重林,如邃谷。""何也?"曰:"深远也。如秋空,如寒冰。""何也?"曰:"洁净也。如太羹,如玄酒。""何也?"曰:"隽永也。如濑之旋,如马之奔。""何也?"曰:"回复驰骋也。如羊肠,如鸟道。""何也?"曰:"萦迂曲折也。如孙吴之兵。""何也?"曰:"奇正相生也。如常山之蛇。""何也?"曰:"首尾相应也。如父师之临子弟,如孝子仁人之处亲侧,如元夫硕士,端冕而立乎宗庙朝廷。""何也?"曰:"端严也,温雅也,正大也。如楚庄王之怒,如杞梁妻之泣,如昆阳城之战,如公孙大娘之舞剑。""何也?"曰:"激切也,雄壮也,顿挫也。如菽粟,如布帛,如精金,如美玉,如出水芙蓉。""何也?"曰:"有补于世也,不假磨砻雕琢也。""将乌乎以及此也?"曰:"《易》、《诗》、《书》、二《礼》、《春秋》所载,左丘明、高、赤所传,孟、荀、庄、老之徒所著,朝焉,夕焉,讽焉,咏焉,习焉,斯得之矣。虽然,非力之可为也。圣贤道德之光华,积于中而发乎外,其言不期文而文,譬犹天地之化,雨露之润,物之魂魄以生华蔓羽毛,极人力所不能为,孰非自然哉!故学于圣人之道,则圣人之言,莫之致而致之矣!学于圣人之言,非惟不得其道,并其所谓言,亦且不能至矣!"尉迟楚出以告公乘丘曰:"楚之于文也,其犹在山径之间欤?微空同之道吾出也,吾不知大道之恢恢。于是尽心焉,将于文倜焉无难能者矣。"

六 明唐荆川《与茅鹿门 主事论文书》

熟观鹿门之文，及鹿门与人论文之书，门庭路径，与鄙意殊有契合，虽中间小小异同，异日当自融释，不待喋喋也。至如鹿门所疑于我本是欲工文字之人，而不语人以求工文字者，此则有说。鹿门所见于我者，殆故吾也，而未尝见夫槁形灰心之吾乎？吾岂欺鹿门者哉！其不语人以求工文字者，非谓一切抹杀，以文字绝不足为也。盖谓学者先务，有源委本末之别耳。文莫犹人，躬行未得，此一段公案，姑不敢论，只就文章家论之。虽其绳墨布置，奇正转折，自有专门法师，至于中一段精神命脉骨髓，则非洗涤心源、独立物表、具今古只眼者不足以与此。今有两人，其一人心地超然，所谓千古只眼人也，即使未尝操纸笔呻吟学为文章，但直据胸臆，信手写出，如写家书，虽或疏卤，然绝无烟火酸馅习气，便是宇宙间一样绝好文字；其一人犹然尘中人也，虽其专专学为文章，其于所谓绳墨布置，则尽是矣，然翻来覆去，不过是这几句婆子舌头语，索其所谓真精神与千古不可磨灭之见，绝无有也，则文虽工而不免为下格。此文章本色也。即如以诗为喻，陶彭泽未尝较声律、雕句文，但信手写出，便是宇宙间第一等好诗。何则？其本色高也。自有诗以来，其较声律、雕句文，用心最苦而立说最严者，无如沈约，苦却一生精力，使人读其诗，只见其细缚龊龊，满卷累牍，竟不能道出一两句好话。何则？其本色卑也。本色卑，文不能工也，而况非其本色者哉！且夫两汉而下，文之不如古者，岂其所为绳墨转折之精之不尽如哉。秦汉以前，儒家者有儒家本色，至如老庄家有老庄本色，纵横家有纵横本色，名家、墨家、阴阳家皆有

28

本色,虽其为术也驳,而莫不皆有一段千古不可磨灭之见。是以老家必不肯剿儒家之说,纵横必不肯借墨家之谈,各自其本色而鸣之为言。其所言者,其本色也。是以精光注焉,而其言遂不泯于世。唐宋而下,文人莫不语性命、谈治道,满纸炫然,一切自托于儒家。然非其涵养畜聚之素,非真有一段千古不可磨灭之见,而影响剿说,盖头窃尾,如贫人借富人之衣,庄农作大贾之饰,极力装做,丑态尽露,是以精光枵焉,而其言遂不久湮废。然则秦汉而上,虽其老、墨、名、法、杂家之说而犹传,今诸子之书是也。唐宋而下,虽其一切语性命、谈治道之说而亦不传,欧阳永叔所见唐四库书目,百不存一焉者是也。后之文人,欲以立言为不朽计者,可以知所用心矣。然则吾之不语人以求工文字者,乃其语人以求工文字者也,鹿门其可以信我矣!虽然,吾槁形而灰心焉久矣,而又敢与知文乎!今复纵言至此,吾过矣,吾过矣!此后鹿门更见我之文,其谓我之求工于文者耶,非求工于文者耶?鹿门当自知我矣!一笑!

七　明顾亭林《日知录》
论诗文十一则

文须有益于天下　　文之不可绝于天地间者，曰：明道也，记政事也，察民隐也，乐道人之善也。若此者，有益于天下，有益于将来，多一篇，多一篇之益矣。若夫怪力乱神之事，无稽之言，剿袭之说，谀佞之文，若此者，有损于己，无益于人，多一篇，多一篇之损矣。

　　先生与友人书曰："孔子之删述六经，即伊尹、太公救民于水火之心，而今之注虫鱼、命草木者，皆不足以语此也。故曰：'载之空言，不如见之行事。'夫《春秋》之作，言焉而已。而谓之行事者，天下后世用以治人之书，将欲谓之空言而不可也！愚不揣有见于是，故凡文之不关于六经之指、当世之务者，一切不为。而既以明道救人，则于当今之所通患，而未尝专指其人者，亦遂不敢以避也。"

文人摹仿之病　　近代文章之病，全在摹仿。即使逼肖古人，已非极诣，况遗其神理而得其皮毛者乎？且古人作文，时有利钝。梁简文《与湘东王书》云："今人有效谢康乐、裴鸿胪文者，学谢，则不屈其精华，但得其冗长；师裴，则蔑弃其所长，惟得其所短。"宋苏子瞻云："今人学杜甫诗，得其粗俗而已。"金元裕之诗云："少陵自有连城璧，争奈微之识碔砆。"夫文章一道，犹儒者之末事，乃欲如陆士衡所谓"谢朝华于已披，启夕秀于未振"者，今且未见其人，进此而窥著述之林，益难之矣！　　效《楚辞》者必不如《楚辞》，效《七发》者必不如《七发》。盖其意中先有一人在前，既恐失之，而其笔力复不能自遂，此寿陵余子学步邯郸之说也。　　洪氏《容斋随笔》曰："枚乘作《七发》，创意造端，丽辞谀旨，上薄骚些，故为可喜。其后继之者，如傅毅《七激》、张衡《七辩》、崔骃《七依》、马融《七广》、曹植《七启》、王粲《七释》、张协《七命》之类，规仿太切，了无新意。傅元又集之以为《七林》，使人读未终篇，往往弃之几格。柳子厚《晋问》乃用其体，而超然别立机杼，激越清壮，汉晋诸文士之弊，于是一洗矣！东方朔《答客难》自是文中杰出，杨雄拟之为《解嘲》，尚有驰骋自得之妙。至于崔骃《达旨》、班固《宾戏》、张衡《应间》，皆章摹句写，其病与《七林》同。及韩退之《进学解》出，于是一洗矣！"其言甚当。然此以辞之工拙论尔，若其意，则总不能出于古人范围之外也。　　《曲礼》之训："毋勦说，毋雷同。"此古人立言之本。

文章繁简　韩文公作《樊宗师墓铭》曰："维古于辞必己出，降而不能乃剽贼。后皆指前公相袭，从汉迄今用一律。"此极中今人之病。若宗师之文，则惩时人之失而又失之者也。作书须注，此自秦汉以前可耳，若今日作书，而非注不可解，则是求简而得繁，两失之矣。子曰："辞达而已矣。"　辞主乎达，不论繁与简也。繁简之论兴，而文亡矣。《史记》之繁处，必胜于《汉书》之简处。《新唐书》之简也，不简于事而简于文，其所以病也。　"时子因陈子而以告孟子。陈子以时子之言告孟子。"此不须重见而意已明。"齐人有一妻一妾而处室者，其良人出，则必餍酒肉而后反。其妻问所与饮食者，则尽富贵也。其妻告其妾曰：'良人出，则必餍酒肉而后反。问其所与饮食者，尽富贵也。而未尝有显者来，吾将瞯良人之所之也。'""有馈生鱼于郑子产，子产使校人畜之池。校人烹之，反命曰：'始舍之，圉圉焉，少则洋洋焉，悠然而逝。'子产曰：'得其所哉！得其所哉！'校人出，曰：'孰谓子产智？予既烹而食之，曰：得其所哉！得其所哉！'"此必须重叠而情事乃尽。此孟子文章之妙。使入《新唐书》，于齐人，则必曰："其妻疑而瞯之。"于子产，则必曰："校人出而笑之。"两言而已矣。是故辞主乎达，不主乎简。刘器之曰："《新唐书》好简略其辞，故其辞多郁而不明。"此作史之病也。且文章岂有繁简邪？昔人之论谓"如风行水上，自然成文"。若不出于自然，而有意于繁简，则失之矣。当日进《新唐书表》云："其事则增于前，其文则省于旧。"《新唐书》所以不及古人者，其病正在此两句也！　《黄氏日钞》言："苏子由《古史》改《史记》，多有不当。如《樗里子传》，《史记》曰：'母，韩女也。樗里子滑稽多智。'《古史》曰：'母韩女也，滑稽多智。'似以母为滑稽矣。然则樗里子三字，其可省乎？《甘茂传》，《史记》曰：'甘茂者，下蔡人也。事下蔡史举，学百家之说。'《古史》曰：'下蔡史举，学百家之说。'似史举自学百家矣。然则事之一字，其可省乎？以是知文不可以省字为工。字而可省，太史公省之久矣！"

文人求古之病　《后周书·柳虬传》："时人论文体有今古之异。虬以为'时有今古，非文有今古'。"此至当之论。夫今之不能为二汉，犹二汉之不能为《尚书》、《左氏》，乃剿取《史》、《汉》中文法以为古，甚者猎其一二字句，用之于文，殊为不称。　以今日之地为不古，而借古地名；以今日之官为不古，而借古官名；舍今日恒用之字而借古事之通用者，皆文人所以自盖其俚浅也。　《唐书》郑余庆奏议类用古语，如仰给县官马万蹄，有司不晓何等语，人訾其不适时。　宋陆务观《跋前汉通用古字韵》曰："古人读书多，故作文时偶用一二古字，初不以为工，亦自不知孰为古、孰为今也。近时乃或钞掇《史》、《汉》中字入文辞中，自谓工妙，不知有笑之者。偶见此书，为之太息。书以为后生戒。"　元陶宗仪《辍耕录》曰："凡书官衔，俱当从实，如廉访使、总管之类，若改之曰监司、太守，是乱其官制。久远莫可考矣。"　何孟春《余冬序录》曰："今人称人姓，必易以世望，称官，必用前代职名，称府州县，必用前代郡邑名，欲以为异。不知文字间，著此何益于工拙？此不惟于理无取，且于事复有碍矣。李姓者称陇西公，杜曰京兆，王曰琅邪，郑曰荥阳，以一姓之望而概众人，可乎？此其失自唐五季间孙光宪辈始。《北梦琐言》称冯涓为长乐公，《冷斋夜话》称陶谷为五柳公，类以昔人之号而概同姓，尤是可鄙。官职郡邑之建置，代有沿革，今必用前代名号而称之，后将无所考焉！此所谓于理无取，而事复有碍者也。" 于慎行《笔尘》曰："《史》、《汉》文字之佳，本自有在，非谓其官名地名之古也。今人慕其文之雅，往往取其官名地名以施于今，此应为古人笑也！《史》、《汉》之文，如欲复古，何不以三代官名施于当日，而但记其实邪？文之雅俗，固不在此，徒混淆失实，无以示远，大家不为也。予素不工文辞，无所模拟，至于名义之微，则不敢苟，寻常小作，或有迁就，金石之文，断不敢于官名、地名，以古易今。前辈名家，亦多如此。"

古人集中无冗复 古人之文，不特一篇之中无冗复也，一集之中亦无冗复。且如称人之善，见于祭文，则不复见于志，见于志，则不复见于他文。后之人，读其全集，可以互见也。又有互见于他人之文者，如欧阳公作《尹师鲁志》，不言近日古文自师鲁始，以为范公祭文已言之，可以互见，不必重出。盖欧阳公自信己与范公之文并可传于后世也，亦可见古人之重爱其言也。 刘梦得作《柳子厚文集序》曰："凡子厚名氏与仕与年暨行己之大方，有退之之志若祭文在。"又可见古人不必其文之出于己也。

引古必用原文 凡引前人之言，必用原文。《水经注》引盛宏之《荆州记》曰："江中有九十九州。楚谚云：'洲不百，故不出王者。'桓元有问鼎之志，乃增一洲以充百数。僭号数旬，宗灭身屠。及其倾败，洲亦稍毁。今上在西，忽有一洲自生，沙流回薄，成不淹时。其后未几，龙飞江汉矣。"注乃北魏郦道元作，而记中所指今上，则为南宋文帝以宜都王即帝位之事，古人不以为嫌。

五经中多有用韵 古人之文，化工也，自然而合于音，则虽无韵之文，而往往有韵。苟其不然，则虽有韵之文，而时亦不用韵，终不以韵而害意也。三百篇之诗，有韵之文也，乃一章之中，有二三句不用韵者，如"瞻彼洛矣，维水泱泱"之类是矣。一篇之中，有全章不用韵者，如《思齐》之四章、五章，《召旻》之四章是矣。又有全篇无韵者，《周颂》、《清庙》、《维天之命》、《昊天有成命》、《时迈》、《武》诸篇是矣。说者以为当有余声。然以余声相协而不入正文，此则所谓不以韵而害意者也。孔子赞《易》十篇,其《彖》、《象》传、《杂卦》五篇用韵,然其中无韵者亦十之一;《文言》、《系辞》、《说卦》、《序卦》五篇不用韵,然亦间有一二,如"鼓之以雷霆,润之以风雨。日月运行,一寒一暑。乾道成男,坤道成女"。"君子知微知彰,知柔知刚,万夫之望"。此所谓化工之文,自然而合者,固未尝有心于用韵也。《尚书》之体本不用韵,而《大禹谟》:"帝德广运,乃圣乃神,乃武乃文。皇天眷命,奄有四海,为天下君。"《伊训》:"圣谟洋洋,嘉言孔彰。惟上帝不常,作善,降之百祥;作不善,降之百殃。尔惟德罔小,万邦惟庆;尔惟不德罔大,坠厥宗。"《太誓》:"我武惟扬,侵于之疆,取彼凶残,我伐用张,于汤有光。"《洪范》:"无偏无陂,遵王之义。无有作好,遵王之道。无有作恶,遵王之路。无偏无党,王道荡荡。无党无偏,王道平平。无反无侧,王道正直。"皆用韵。又如《曲礼》:"行,前朱鸟而后元武,左青龙而右白虎,招摇在上,急缮其怒。"《礼运》:"元酒在室,醴泉在户,粢醍在堂,澄酒在下。陈其牺牲,备其鼎俎,列其琴瑟管磬①钟鼓,修其祝嘏,以降上神,与其先祖,以正君臣,以笃父子,以睦兄弟,以齐上下,夫妇有所,是谓承天之祜。"《乐记》:"夫古者天地顺而四时当,民有德而五谷昌,疾疢不作而无妖祥,此之谓大当。然后圣人作为父子君臣以为纪纲。"《中庸》:"故君子不可以不修身,思修身,不可以不事亲,思事亲,不可以不知人,思知人,不可以不知天。"《孟子》:"师行而粮食,饥者弗食,劳者弗息。睊睊胥谗,民乃作慝。方命虐民,饮食若流。流连荒亡,为诸侯忧。"凡此之类,在秦汉以前,诸子书并有之。太史公作赞,亦时一用韵,而汉人乐府诗,反有不用韵者。

古诗用韵之法　　古诗用韵之法,大约有三:首句、次句连用韵,隔第三句而于第四句用韵者,《关雎》之首章是也。凡汉以下诗及唐人律诗之首句用韵者源于此。一起即隔句用韵者,《卷耳》之首章是也。凡汉以下诗及唐人律诗之首句不用韵者源于此。自首至末,

---

　① 磬,原作"磬",误。

句句用韵者,若《考槃》、《清人》、《还》、《著》、《十亩之间》、《月出》、《冠素》诸篇,又如《卷耳》之二章、三章、四章,《车攻》之一章、二章、三章、七章,《长发》之一章、二章、三章、四章、五章是也。凡汉以下诗,若魏文帝《燕歌行》之类源于此。自是而变,则转韵矣。转韵之始,亦有连用隔用之别,而错综变化,不可以一体拘。于是有上下各自为韵,若《兔置》及《采薇》之首章,《鱼丽》之前三章,《卷阿》之首章者。有首末自为一韵,中间自为一韵,若《车攻》之五章者。有隔半章自为韵,若《生民》之卒章者。有首提二韵,而下分二节承之,若《有瞽》之篇者。此皆诗之变格,然亦莫非出于自然,非有意之为也。

　　先生《音学五书序》曰:"《记》曰:'声成文,谓之音。'夫有文斯有音,比音而为诗,诗成然后被之乐,此皆出于天,而非人之所能为也。三代之时,其文皆本出于六书,其人皆出于族党庠序,其性皆驯化于中和,而发之为音,无不协于正。然而《周礼》大行人之职,九岁,属瞽史论书名、听声音,所以一道德而同风俗者,又不敢略也。是以《诗》三百五篇,上自《商颂》,下逮陈灵,以十五国之远,千数百年之久,而其音未尝有异。帝舜之歌,皋陶之赓,箕子之陈,文王周公之系,无弗同者。故三百五篇,古人之音书也。魏晋以下,去古日远,词赋日繁,而后名之曰韵。至宋周颙、梁沈约而四声之谱作。然自秦汉之文,其音已渐戾于古,至东京益甚。而休文作谱,乃不能上据《雅》、《南》,旁摭《骚》子,以成不刊之典,而仅按班、张以下诸人之赋,曹、刘以下诸人之诗所用之音,撰为定本,于是今音行而古音亡,为音学之一变。下及唐代,以诗赋取士,其韵一以陆法言《切韵》为准,虽有同用独用之注,而其分部未尝改也。至宋景祐之际,微有更易。理宗末年,平水刘渊始并二百六韵为一百七韵,黄公绍作《韵会》因之以迄于今,于是宋韵行而唐韵亡,为音学之再变。世日远而传日讹,此道之亡,盖二千有余岁矣!炎武潜心有年,既得《广韵》之书,乃始发悟于中而旁通其说。于是举唐人以正宋人之失,据古经以正沈氏、唐人之失，而三代以上之音，部分秩如，至赜而不可乱。乃列古今音之变而究其所以不同，为《音论》二卷。考正三代以上之音，注三百五篇，为《诗本音》十卷。注《易》，为《易音》三卷。辨沈氏部分之误，而一一以古音定之，为《唐韵正》二十卷。综古音为十部，为《古音表》二卷。自是而六经之文乃可读。其他诸子之书，离合有之，而不甚远也。天之未丧斯文，必有圣人复起，举今日之音而还之淳古者。"

诗有无韵之句　诗以义为主，音从之。必尽一韵无可用之字，然后旁通他韵，又不得于他韵，则宁无韵。苟其义之至当而不可以他字易，则无韵不害，汉以上往往有之。"暮投石壕村，有吏夜捉人。"两韵也，至当不可易。下句云："老翁逾墙走，老妇出门看。"则无韵矣，亦至当不可易。古辞《紫骝马歌》中有"春谷持作饭，采葵持作羹"，二句无韵。李太白《天马歌》中有"白云在青天，丘陵远崔嵬"，二句无韵。《野田黄雀行》首二句"游莫逐炎洲翠，栖莫近吴宫燕"，无韵。《行行且游猎篇》首二句"边城儿生年，不读一字书"，无韵。

古人不用长句成篇　古人有八言者，"胡瞻尔庭有县貆兮"是也。有九言者，"凛乎若朽索之驭六马"是也。然无用为全章者，不特以其不便于歌也，长则意多冗，字多懈。七言排律所以从来少作，作亦不工者，何也？意多冗也，字多懈也。为七言者，必使其不可裁而后工也，此汉人所以难之也！

诗体代降　三百篇之不能不降而《楚辞》，《楚辞》之不能不降而汉魏，汉魏之不能不降而六朝，六朝之不能不降而唐也，势也。用一代之体，则必似一代之文而后为合格。　诗文之所以代变，有不得不变者。一代之文，沿袭已久，不容人人皆道此语。今且千数百年矣，而犹取古人之陈言，一一而摹仿之，以是为诗，可乎？故不似，则失其所以为诗；似，则失其所以为吾。李杜之诗，所以独高于唐人者，以其未尝不似而未尝似也。知此者可与言诗也已矣！

八 清魏善伯《伯子论文》九则

善养其气 诗文不外情、事、景，而三者情为本。然置顿不得法，则情为章句所昵。尤贵善养其气，故无窘窒懈累之病。古人为文，虽有伟词俊语，亦删而舍之者，正恐累气而节其不胜也。收结恒须紧束，或故为散弛懈缓者，亦如劳役之际，闭目偃倚，乃不至于困竭也。

文章有法 孟浩然"气蒸云梦泽，波撼岳阳城"，杜工部"吴楚东南坼，乾坤日夜浮"，力量气魄，已无可加。而孟则继之曰："欲济无舟楫，端居耻圣明。"杜则继之曰："亲朋无一字，老病有孤舟。"皆以索摸幽渺之情，摄归至小。两公所作，不谋而合，可见文章有法。若更求博大高深者以称之，必无可称，而力竭反蹶，无完诗矣。咏物专事刻画，即事极力铺叙，是皆不可以语诗也。

人之为人写其独至 人之为人，有一端独至者，即生平得力所在，虽曰一端，而其人之全体著矣。小疵小癖，反见大意，所谓"颊上三毫，眉间一点"是也。今必合众美以誉人，而独至者反为浮美所掩。人精神聚于一端，乃能独至，吾之精神亦必聚于此人之一端，乃能写其独至。太史公善识此意，故文极古今之妙。

存瑕 古人文字，有累句、涩句、不成句处而不改者，非不能改也，改之或伤气格，故宁存其自然。名帖之存败笔，古琴之仍焦尾是也。昔人论《史记·张苍传》有"年老口中无齿"句，宜删曰"老无齿"。《公羊传》"齐使跛者逆跛者，秃者逆秃者，眇者逆眇者"，宜删云"各以类逆"。简则简，而非公羊、史迁之文，又于神情特不生动。知此说者，可悟存瑕之故矣！

宜简不宜简 文章有宜简者，《孟子》"河东凶亦然"是也。有不宜简者，"今王鼓乐于此"、"先生以利说秦楚之王"是也。鼓乐者忧喜不同情，说秦、楚者义利不同效。情相比而苦乐著，效相较而利害明。两军相遇，将卒各斗也，移民移粟，述事而已。事止语毕，复则无味也。又有宜简而不得不详者，如《舜典》"二月东巡狩，五月南，八月西，十有一月朔"。典例所存，四时四方，不可偏废也。礼制皆同，不烦重叙，而约之曰"如岱礼"，变之曰"如初"，又变之曰"如西礼"，委宛屈轶，斐然成章也。文有自然之情，有当然之理。情著为状，理著为法。是断然而不容穿凿者也。

南北曲 南曲如抽丝，北曲如轮鎗；南曲如南风，北曲如北风；南曲如酒，北曲如水；南曲如六朝，北曲如汉魏；南曲自然者，如美人淡妆素服，文士羽扇纶巾，北曲自然者，如老僧世情物价，老农晴雨桑麻；南曲情联，北曲势断；南曲圆滑，北曲劲涩；南曲柳颤花摇，北曲水落石出；南曲如珠落玉盘，北曲如金戈铁马。若贵坚重，贱轻浮，尚精紧，卑流荡，喜干净，厌烦碎，爱老成，黜柔弱，取大方，弃鄙小，求蕴藉，忌粗率，则南北所同也。北曲步步桥高，南曲层层转落；北曲枯折见媚，南曲宛转归正；北曲似粗而深厚，南曲似柔而筋节；北白似生似呆，南白贵温贵雅；北白或过文，或眼目，或案断，南白有穿插，有挑拨，有埋伏；北白冗则极冗，简则极简，南白停匀而已。作诗，题难于诗；作曲，白难于曲。

作文如瘿瓢藤杖 作文如作瘿瓢藤杖，本色不雕一毫，水磨又极精细。止任元朴者粗恶不堪，专事工夫者矫揉无味也！

文章烦简 文章烦简，非因字句多寡，篇幅长短。若庸絮懈蔓，一句亦谓之烦。切到精详，连篇亦谓之简。

引证古事 引证古事，以对举二事为妙。如《孟子》："王不待大，汤以七十里，文王以百里。""以大事小"，则"汤事葛，文王事昆夷"；"以小事大"，则"太王事獯鬻，句践事吴"；"王请大之"，则"文王之勇"、"武王之勇"；"不召之臣"，则"汤之于伊尹"、"桓公之于管仲"；

"百世之师",则伯夷、柳下惠;"不为臣不见",则段干木、泄柳;"宋行王政",则汤征葛、武王东征;"养勇",则北宫黝、孟施舍。盖单举,则似一事偶合,对举二事,则其理若事无不确者,而证辨之力亦厚。

九　清魏凝叔《日录论文》七则

文之工者美必兼两　　文之工者，美必兼两。每下一笔，其可见之妙在此，却又有不可见之妙在彼。譬如作屋，左砂高耸，右砂低卸，必须培高右砂方称。拙者举土填石，人一见知为补石砂之阙，巧者只栽竹树，令高与左齐，人一见只赏叹林木幽茂之妙，而不知其意实补石砂低卸也。又文字首尾照应之法，有明明缴应起处者，有竟不顾者，有若无意牵动者，有反骂破通篇大意，实是照应收拾者。不明变化，则千篇一律，而文亦易入板俗矣。又古文接处用提法，人所易知，转处用驻法，人所难晓。凡文之转，易流便无力，故每于字句未转时，情势先转，少驻而后下，则顿挫沉郁之意生。譬如骏马下陂，虽疾驱如飞，而四蹄著石处，步步有力。若驽马下峻陂，只是滑溜将去，四蹄全作主不得。更有当转而不用转语，以开为转，以起为转者，以起为转，转之能事尽矣！或问："学古人而不袭其迹，当由何道？"曰："平时不论何人何文，只将他好处沉酣遍历诸家，博采诸篇，刻意体认，及临文时，不可著一名人、一名文在胸，则触手与古法会，而自无某人某篇之迹。盖模拟者，如人好香，遍身便佩香囊。沉酣而不模拟者，如人日夕往香肆中，衣带间无一毫香物，却通身香气迎人也。"

文之往而复还　　文之感慨痛快驰骤者，必须往而复还。往而不还，则势直气泄，语尽味止。往而复还，则生顾盼①，此呜咽顿挫所从出也。

文有得水分有得山分　　欧文之妙，只是说而不说，说而又说，

---

① 盼，原作"盼"，误。

是以极吞吐往复参差离合之致。史迁加以超忽不羁，故其文特雄。彭躬庵《叙和公南海西秦》诗曰："字字句句拔起耸立，险秀异常，分明是一幅笔山图也。山无波澜、无转折，却以峰峦为波澜，起顿为转折。"尝论文有得水分者，有得山分者，子瞻水分多，故波澜动荡，退之山分多，故峰峦峭起。此序亦是山分文字。

意之属与不属　又尝论古乐府，以跳脱断缺为古，是已。细求之：语虽不伦，意却自属，但章法妙，人不觉耳。然竟有各成一段，上下意绝不相属者，却增减他不得，倒置他不得，此是何故？盖意虽不属，而其节之长短起伏，合之自成片段，不可得而乱也。语不伦而意属者，譬如复冈断岭，望之各成一山，察之皆有脊脉相连；意不属而节属者，譬如一林乱石，原无脉络，而高下疏密，天然位置，可入画图。知此者可与读文矣。

翻旧为新之法　善作古文者，有窥古人作事主意，生出见识，却不去论古人，自己凭空发出议论，可惊可喜，只借古事作证。盖发己论，则识愈奇；证古事，则议愈确。此翻旧为新之法，苏氏多用之。

作论有三不必二不可　作论者有三不必、二不可：前人所已言、众人所易知、摘拾小事，无关系处，此三不必作也；巧文刻深以攻前贤之短，而不中要害、取新出异以翻前人之案，而不切情实，此二不可作也。作论须先去此五病，然后乃议文章耳。

改文　善改文者，有移花接木之妙，如上下段本不相干，稍为贯串，便成一气是也；有改头易面之妙，如倒置前后，改易字句，便另成一种格调是也；有脱胎换骨之妙，如原本说寒，将要紧处改换，翻成说热是也。深味此法，自己作文，亦增多少境界矣。

善改不如善删　东房言："作文者善改不如善删。"此可得学简之法。然句中删字，篇中删句，集中删篇，所易知也。善作文者，能于将作时删意，未作时删题，便省却多少笔墨。能删题，乃真简矣。

一〇 清侯朝宗《与任王谷论文书》

仆少年溺于声伎，未尝刻意读书，以此文章浅薄，不能发明古人之旨。然其大略，亦颇闻之矣：大约秦以前之文主骨，汉以后之文主气。秦以前之文若六经，非可以文论也。其他如《老》、《韩》诸子，《左传》、《战国策》、《国语》，皆敛气于骨者也。汉以后之文，若《史》、若《汉》、若八家，最擅其胜，皆运骨于气者也。敛气于骨者，如泰、华三峰，直与天接，层岚崒嵂，非仙灵变化，未易攀陟，寻步计里，必蹶其趾。姑举明文如李梦阳者，亦所谓蹶其趾者也。运骨于气者，如纵舟长江大海间，其中烟屿星岛，往往可自成一都会，即飓风忽起，波涛万状，东泊西注，未知所底，苟能操舵觇星，立意不乱，亦自可免漂溺之失。此韩、欧诸子所以独嵯峨于中流也。六朝选体之文，最不可恃。士虽多而将嚣，或进或止，不按部伍。譬如用兵者，调遣旗帜声援，但须知此中尚有小小行阵，遥相照应，未必全无益，至于摧锋陷敌，必更有牙队健儿，衔枚而前，若徒恃此，鲜有不败。今之为文，解此者罕矣。高者又欲舍八家，跨《史》、《汉》而趋先秦，则是不筏而问津，无羽翼而思飞举，岂不怪哉？顷见足下所为杜周、张汤诸论，奇确圆畅，有余力，仆目中所仅见，殚思著述，必当成名。然亦少有失，觉引天道报施汤、周处，稍涉觊缕。行文之旨，全在裁制，无论细大，皆可驱遣。当其闲漫纤碎处，反宜动色而陈，凿凿娓娓，使读者见其关系，寻绎不倦。至大议论，人人能解者，不过数语发挥，便须控驭归于含蓄。若当快意时，听其纵横，必一泻无复余地矣。譬如渴虹饮水，霜隼搏空，瞥然一见，瞬息灭没，神力变态，转更夭矫。足下以为何如？

42

一一　清方望溪《古文约选》序例

　　古文所从来远矣！六经、《语》、《孟》，其根源也。得其枝流而义法最精者莫如《左传》、《史记》，然各自成书，具有首尾，不可以分劐。其次《公羊》、《穀梁》传、《国语》、《国策》，虽有篇法可求，而皆通纪数百年之言与事，学者必览其全而后可取精焉。惟两汉书疏及唐宋八家之文，篇各一事，可择其尤，而所取必至约，然后义法之精可见。故于韩取者十二，于欧十一，余六家或二十三十而取一焉。两汉书疏，则百之二三耳。学者能切究于此，而以求《左》、《史》、《公》、《穀》、《语》、《策》之义法，则触类而通矣。虽然，此其末也。先儒谓韩子因文以见道，而其自称则曰："学古道，故欲兼通其辞。"群士果能因是以求六经、《语》、《孟》之旨而得其所归，躬蹈仁义，自勉于忠孝，则立德立功以仰答我皇上爱育人材之至意者，皆基于此。是则余为是编以助流政教之本志也夫！

　　一《三传》、《国语》、《国策》、《史记》为古文正宗，然皆自成一体，学者必熟复全书而后能辨其门径，入其窔突。故是编所录，惟汉文散文及唐宋八家专集，俾承学治古文者先得其津梁，然后可溯流穷源，尽诸家之精蕴耳。

　　一周末诸子，精深闳博，汉、唐、宋文家皆取精焉。但其著书，主于指事类情，汪洋自恣，不可绳以篇法。其篇法完具者，间亦有之，而体制亦别，故概弗采录，览者当自得之。

　　一在昔论议者，皆谓古文之衰自东汉始。非也。西汉惟武帝以前之文，生气奋动，倜傥排宕，不可方物，而法度自具。昭、宣以后，则渐觉繁重滞涩，惟刘子政杰出不群，然亦绳趋尺步，盛汉之风，邈无存矣。是编自武帝以后至蜀汉，所录仅三之一，然尚有以事宜讲问，过而存之者。

一韩退之云："汉朝人无不能为文。"今观其书疏吏牍，类皆雅饬可诵。兹所录仅五十余篇，盖以辨古文气体，必至严，乃不杂也。既得门径，必纵横百氏而后能成一家之言。退之自言"贪多务得，细大不捐"是也。

一古文气体，所贵清澄无滓。澄清之极，自然而发其光精，则《左传》、《史记》之瑰丽浓郁是也。始学而求古、求典，必流为明七子之伪体。故于《客难》、《解嘲》、《答宾戏》、《典引》之类，皆不录。虽相如《封禅书》亦姑置焉。盖相如天骨超俊，不从人间来，恐学者无从窥寻而妄摹其字句，则徒敝精神于塞浅耳。

一子长《世表》、《年表》、《月表》序，义法精深变化，退之、子厚读经子，永叔史志论，其源并出于此。孟坚《艺文志・七略序》淳实渊懿，子固序群书目录、介甫序《诗》、《书》、《周礼义》，其源并出于此。概勿编辑，以《史记》、《汉书》，治古文者必观其全也。独录《史记》自序，以其文虽载家传后而别为一篇，非史说本文耳。

一退之、永叔、介甫俱以志铭擅长。但序事之文，义法备于《左》、《史》，退之变《左》、《史》之格调，而阴用其义法，永叔摹《史记》之格调，而曲得其风神；介甫变退之之壁垒，而阴用其步伐。学者果能探《左》、《史》之精蕴，则于三家志铭，无事规橅而自与之并矣。故于退之志铭，奇崛高古精深者皆不录。录马少监、柳柳州二志，皆变调，颇肤近。盖志铭宜实征事迹，或事迹无可征，乃叙述久故交亲而出之以感慨，《马志》是也；或别生议论，可兴可观，《柳志》是也。于永叔，独录其叙述亲故者，于介甫，独录其别生议论者，各三数篇，其体制皆师退之，俾学者知所从入也。

一退之自言："所学在辨古书之真伪，与虽正而不至焉者。"盖黑之不分，则所见为白者，非真白也。子厚文笔古隽而义法多疵，欧、苏、曾、王亦间有不合，故略指其瑕，俾瑜者不为掩耳！

一《易》、《诗》、《书》、《春秋》及《四书》,一字不可增减,文之极则也。降而《左传》、《史记》、韩文,虽长篇,句字可薙芟者甚少。其余诸家,虽举世传诵之文,义枝辞冗者或不免矣。未便削去,姑钩划于旁,俾观者别择焉。

一二　清方望溪《书韩退之平淮西碑后》

　　碑记墓志之有铭，犹史有赞论，义法创自太史公，其指意辞法，必取之本文之外。班史以下，有括终始事迹以为赞论者，或于本文为复矣。此意惟韩子识之，故其铭辞，未有义具于碑志者。或体制所宜，事有覆举，则必以补本文之间缺。如此篇，兵谋战功详于序，而既平后情事则以铭出之，其大指然也。前幅盖隐括序文，然序述比数世乱，而铭原乱之所生。序言官怠，而铭兼民困。序载战降之数，铭具出兵之数。序标洄曲、文城收功之由，而铭备时曲、陵云、邵陵、郾城、新城比胜之迹。至于师道之刺，元衡之伤，兵顿于久屯，相度之后至，皆前序所未及也。欧阳公号为入韩子之奥突，而以此类裁之，颇有不尽合者。介甫近之矣，而气象则过隘。夫秦周以前，学者未尝言文，而文之义法，无一之不备焉。唐宋以后，步趋绳尺，犹不能无过差。东乡艾氏乃谓文之法至宋而始备，所谓强不知以为知者耶？

一三 清方望溪《与孙以宁论作传体要书》

　　昔归震川尝自恨足迹不出里闬,所见所闻,无奇节伟行可纪。承命为征君作传,此吾文所托以增重也,敢不竭其愚心。所示群贤论述,皆未得体要,盖其大致不越三端:或详讲学宗指及师友渊源,或条举平生义侠之迹,或盛称门墙广大,海内向仰者多。此三者,皆征君之末迹也。三者详,而征君之志事隐矣。古之晰于文律者,所载之事,必与其人之规模相称。太史公传陆贾,其分奴婢装资,琐琐者皆载焉。若萧、曹世家而条举其治绩,则文字虽增十倍,不可得而尽矣。故尝见义于《留侯世家》曰:"留侯所从容与上言天下事甚众,非天下所以存亡,故不著。"此明示后世缀文之士以虚实详略之权度也。宋元诸史,若市肆簿籍,使览者不能终篇,坐此义不讲耳。征君义侠,舍杨左之事,皆乡曲自好者所能勉也。其门墙广大,乃度时揣己,不敢如孔孟之拒孺悲、夷之,非得已也。至论学则为书甚具,故并弗采著于传上,而虚言其大略。昔欧阳公作《尹师鲁墓志》,至以文自辨。而退之志李元宾,至今有疑其太略者。夫元宾年不及三十,其德未成,业未著,而铭辞有曰:"才高乎当世,而行出乎古人。"则外此尚安有可言者乎?仆此传出,必有病其太略者。不知往者群贤所述,惟务征实,故事愈详而义愈狭。今详者略,实者虚,而征君所蕴蓄,转似可得之意言之外。他日载之家乘,达于史官,慎毋以彼而易此。惟足下的然昭晰,无惑于群言,是征君之所赖也,于仆之文,无加损焉。如别有欲商论者,则明以喻之。

一四 清刘海峰《论文偶记》五则

神为主,气辅之　　行文之道,神为主,气辅之。曹子桓、苏子由论文以气为主,是矣!然气随神转,神浑则气灏,神远则气逸,神伟则气高,神变则气奇,神深则气静,故神为气之主。至专以理为主,则未尽其妙。盖人不穷理读书,则出词鄙倍空疏。人无经济,则言虽累牍,不适于用。故义理、书卷、经济者,行文之材料,神气、音节者,行文之能事也。

神气见于音节,音节准于字句　　文章最要气盛,然无神以主之,则气无所附,荡乎不知其所归。神气者,文之最精处也;音节者,文之稍粗处也;字句者,文之最粗处也。然予谓论文而至于字句,则文之能事尽矣。盖音节者,神气之迹也;字句者,音节之规也。神气不可见,于音节见之,音节无可准,于字句准之。

音节为神气之迹,字句为音节之矩　　音节高,则神气必高;音节下,则神气必下。故音节为神气之迹。一句之中,或多一字,或少一字,一字之中,或用平声,或用仄声,同一平字、仄字,或用阴平、阳平、上声、去声、入声,则音节迥异,故字句为音节之矩。积字成句,积句成章,积章成篇,合而读之,音节见矣,歌而咏之,神气出矣。近人论文,不知有所谓音节者,至语以字句,必笑以[①]为末事,此论似[②]高实谬。作文若字句安顿不妙,岂复有文字乎!

无一定之律,而有一定之妙　　凡行文字句短长、抑扬高下,无

---

① 以,原作"似",据文意改。
② 似,原作"以",据文意改。

一定之律而有一定之妙,可以意会,不可以言传。学者求神气而得之音节,求音节而得之字句,思过半矣。其要只在读古人文字时,设以此身代古人说话,一吞一吐,皆由彼而不由我。烂熟后,我之神气即古人之神气,古人之音节,都在我喉吻间,合我喉吻者,便是与古人神气音节相似处,自然铿锵发金石。

文之所贵 文贵奇,所谓珍爱者,必非常物。然有奇在字句者,有奇在意思者,有奇在笔者,有奇在丘壑者,有奇在气者,有奇在神者。字句之奇,不足为奇,气奇,则真奇矣。读古人文,于起灭转接之间,觉有不可测识处,便是奇气。文贵高。穷理则识高,立志则骨高,好古则调高。文贵大。道理博大,气脉洪大,丘壑远大,丘壑中必峰峦高大,波澜阔大,乃可谓之远大。文贵远,远必含蓄。或句上有句,或句下有句,或句中有句,或句外有句,说出者少,不说出者多,乃可谓远。文贵简。凡文笔老则简,意真则简,辞切则简,理当则简,味淡则简,气蕴则简,品贵则简,神远而含藏不尽则简,故简为文章尽境。文贵疏。凡文力大则疏。宋画密,元画疏;颜、柳字密;钟、王字疏;孟坚文密,子长文疏。凡文气疏则纵,密则拘;神疏则逸,密则劳;疏则生,密则死。文贵变。《易》曰:"虎变文炳,豹变文蔚。"又曰:"物相杂,故曰文。"故文者,变之谓也。一集之中,篇篇变;一篇之中,段段变;一段之中,句句变。神变,气变,境变,音变,节变,句变,字变,唯昌黎能之。文贵瘦,须从瘦出而不宜以瘦名。盖文至瘦,则笔能屈曲尽意而言无不达。然以瘦名,则文必狭隘。公、穀、韩非、王半山之文,极高峻难识,学之有得,便当舍去。文贵华。华正与朴相表里,以其华美,故可贵重。所恶于华者,恐其近俗耳。所取于朴者,谓其不著粉饰耳。不著粉饰而精彩浓丽,自《左传》、《庄子》、《史记》而外,其妙不传。文贵参差。天之生物,无一无偶,而无一齐者。故虽排比之文,亦以随势屈曲贯注为佳。文贵去陈言。昌黎论文,以去陈言为第一要义。《樊宗师志铭》云:"惟古于词必己出,降而不能乃剽贼。后皆指前公相袭,自汉迄今用一律!"今人行文,反以用古人成语,自谓有出处，自矜为典雅，不知其为袭也、剽贼也。文字是日新之物，若陈陈相因，安得不腐臭。原本古文意义，到行文时，欲须重加铸造一样言语，不可便直用古人，此谓去陈言。未尝不换字，却不是换字法。行文最贵品藻，无品藻不成文字。如曰浑、曰浩、曰雄、曰奇、曰顿挫、曰跌宕之类，不可胜数。然有神上事，有气上事，有体上事，有色上事，有声上事，有味上事，有识上事，有情上事，有才上事，有格上事，有境上事，须辨之甚明。文章品藻最贵者，曰雄，曰逸。欧阳子逸而未雄，昌黎雄处多逸处少。太史公雄过昌黎而逸处更多于雄处，所以为至。

一五　清姚惜抱《复鲁絜非论文分阴柔阳刚书》

　　辱书引义谦而见推过当,非所敢任。鼐自幼迄衰,获侍贤人长者为师友,剿取见闻,加臆度为说,非真知文,能为文也,奚辱命之哉!盖虚怀乐取者,君子之心,而诵所得以正于君子,亦鄙陋之志也。鼐闻天地之道,阴阳刚柔而已。文者,天地之精英,而阴阳刚柔之发也。惟圣人之言,统二气之会而弗偏。然而《易》、《诗》、《书》、《论语》所载,亦间有可以刚柔分矣。值其时其人告语之体,各有宜也。自诸子而降,其为文无弗有偏者。其得于阳与刚之美者,则其文如霆,如电,如长风之出谷,如崇山峻崖,如决大川,如奔骐骥。其光也如杲日,如火,如金镠铁。其于人也,如凭高视远,如君而朝万众,如鼓万勇士而战之。其得于阴与柔之美者,则其文如升初日,如清风,如云,如霞,如烟,如幽林曲涧,如沦,如漾,如珠玉之辉,如鸿鹄之鸣而入寥廓。其于人也,漻乎其如叹,邈乎其如有思,暖乎其如喜,愀乎其如悲。观其文,讽其音,则为文者之性情形状,举以殊焉。且夫阴阳刚柔,其本二端,造物者糅而气有多寡。进绌,则品次亿万以至于不可穷,万物生焉。故曰:“一阴一阳之为道。”夫文之多变,亦若是也。糅而偏胜,可也。偏胜之极,一有一绝无,与夫刚不足为刚,柔不足为柔者,皆不可以言文。今夫野人孺子闻乐,以谓声歌弦管之会尔。苟善乐者闻之,则五音十二律,必有一当,接于耳而分矣。夫论文者岂异于是乎?宋朝欧阳、曾公之文,其才皆偏于柔之美者也。欧公能取异己者之长而时济之,曾公能避所短而不犯,观先生之文,殆近于二公焉。抑人之学文,其

功力所能至者,陈理义必明当,布置取舍,繁简廉内不失法,吐辞雅
驯不芜而已。古今至此者,盖不数数得,然尚非文之至。文之至
者,通乎神明,人力不及施也。先生以为然乎?

一六　清方植之《昭昧詹言》论诗文二十二则①

朱子论文所忌：意凡思缓。《欧②公六一居士传》。软弱。没紧要。不仔细。辞意一直无余。浮浅。不稳。絮。说理要精细，却不要絮。巧。东坡时伤巧。　昧晦。荆公、子固。　不足。欧③公。轻。冗。南丰改④后山文一事可思。薄。

朱子云："学文学诗，须看得一家文字熟，向后看他人亦易知。"姬传云："凡学诗文，且当就此一家用功。良久，尽其能，真有所得，然后舍而之他。不然，未有不失于孟浪者。"见道语、经济语，惟于旁见侧出，忽然露出，乃妙。或即古人指点，或即事指点，即物指点，愈不伦不类，愈远妙不测。正面，古人只似带出。似借指点，或借证明，而措语必精警，从无正衍实说者。思积而满，乃有异观溢出为奇。

创意艰苦。　避凡俗、浅近、熟腐，凡人意中所有。

造言　刻意求与古人远。常人笔下皆同者别造一番。

选字　避庸旧。熟须换生，又不可僻。虚字须老。

隶事　避陈言不是求僻，乃博观而选用之故。

文法　以断为贵。逆摄。突起。倒挽。不许一笔平挨。入不言，出不辞。离合虚实，参差伸缩。

章法　有见于起处，有见于中间，有见于末。或二句顿上起下，

---

① 此标题下原有注："照薛叔耘《论文集要》卷二写录。"
②③ 欧，原作"政"，误。
④ 改，原作"欧"，误。

或二句横截,有奇有正。

气脉　草蛇灰线多即用之以为章法,则成粗俗莽夫。气,所以行也。脉,所以缩章法而隐者也。章法,形骸。脉,所以来形骸也。语不接而意换。

起法　横空而来。快刀劈下。巨笔重压。勇猛涌现。

转接　横。逆。离。忌顺接正接。

束法　倒截。逆挽。不测。

顿挫　往往用之未转接前。有往必收,无垂不缩。

豫吞　此最是精神旺处,与一直下者不同。《庄》、《孟》多此法。

离合　专主行文言。横截。逆提。倒挽。补插。遥接。

伸缩　专主叙事言。

参差　用之行文,局阵,叙情事。

交代　题面。归宿。题之情事。

事外曲致　诡变。似庄实讽。似缓实迫。愈悲愈恢。

截断　断愈多,愈便用奇,愈斩峭。断而后接,用横,用对面,用逆,用离,用侧,用遥接,大放开倏收转。

原本前哲,却句句直书即目,所以能避陈言。

姬传云:"凡学诗文,必先知古人迷闷难似处,否则其人必终于此事无望。"

以上论古诗者多,然多可通之于文。植翁自谓多属微言,戴存庄亦谓陶、谢、杜、韩、苏、黄诸公不肯为此显白烦絮之言。此书直揭数千年微言奥旨,然若古大家所得尤深,所见必尤有精于此者。

一七　清恽子居《大云山房文稿二集》叙录

昔者班孟坚因刘子政父子《七略》为《艺文志》，序六艺为九种，圣人之经，永世尊尚焉。其诸子则别为十家，论可观者九家，以为"虽有蔽短，合其要归，亦六经之支与流裔"。至哉此言，论古之圭臬也！敬尝通会其说：儒家体备于《礼》及《论语》《孝经》，墨家变而离其宗。道家、阴阳家，支骈于《易》。法家、名家，疏源于《春秋》。纵横家、杂家、小说家，适用于《诗》《书》，孟坚所谓《诗》以正言，《书》以广听也。惟《诗》之流，复别为诗赋家，而《乐》寓焉。农家、兵家、术数家、方技家，圣人未尝专语之，然其体亦六艺之所孕也。是故六艺要其中，百家明其际会；六艺举其大，百家尽其条流。其失者，孟坚已次第言之，而其得者，穷高极深，析事剖理，各有所属。故曰："修六艺之文，观九家之言，可以通万方之略。"后世百家微而文集行，文集敝而经义起，经义散而文集益漓。学者少壮至老，贫贱至贵，渐渍于圣贤之精微，阐明于儒先之疏证，而文集反日替者，何哉？盖附会六艺，屏绝百家，耳目之用不发，事物之赜不统，故性情之德不能用也。敬观之前世：贾生自名家、纵横家入，故其言浩汗而断制。晁错自法家、兵家入，故其言峭实。董仲舒、刘子政自儒家、道家、阴阳家入，故其言和而多端。韩退之自儒家、法家、名家入，故其言峻而能达。曾子固、苏子由自儒家、杂家入，故其言温而定。柳子厚、欧阳永叔自儒家、杂家、词赋家入，故其言详雅有度。杜牧之、苏明允自兵家、纵横家入，故其言纵厉。苏子瞻自纵横家、道家、小说家入，故其言逍遥而震动。至若黄初甘露之间，子桓、子建气体高朗，叔夜、嗣宗情识精微，始以轻隽为适意,时俗为自然。风格相仍,渐成轨范,于是文集与百家判为二途。熙宁、宝庆之会,时师破坏经说,其失也凿;陋儒襞积经文,其失也肤。后进之士,窃圣人遗说,规而画之,睇而斫之,于是经义与文集并为一物。太白、乐天、梦得诸人,自曹魏发情,静修、幼清、正学诸人,自赵宋得理。递趋递下,卑冗日积,是故百家之敝,当折之以六艺;文集之衰,当起之以百家。其高下远近华质,是又在乎人之所性焉,不可强也已!敬一人之见,恐违大雅,惟天下好学深思之君子教正之!

一八　清恽子居《上曹俪笙侍郎书》

前者敬在宁都上谒,先生过听彭临川之言,谆然以昔人之所以为古文者下问。侍坐之顷,未能达其心之所欲言。回县后,窃愿一陈其不敏。而下官之事上者,如古之奏记,如笺,如启,皆束于体制,涂饰巧伪,殊无足观,至前明之禀,几于隶胥之辞矣。古者自上宰相,至于侪等相往复,皆曰书。其言疏通曲折,极其所至而后已。谨以达之左右,惟先生教正之。古文,文中之一体耳,而其体至正不可余,余则支;不可尽,尽则敝;不可为容,为容则体下。方望溪先生曰:"古文虽小道,失其传者七百年。"望溪之言若是,是明之遵岩、震川,本朝之雪苑、勺庭、尧峰诸君子,世俗推为作者,一不得与乎望溪之所许矣。望溪谨厚,兼学有源本,岂妄为此论耶? 盖遵岩、震川,常有意为古文者也。有意为古文,而平生之才与学,不能沛然于所为之文之外,则将依附其体而为之。依附其体而为之,则为支、为敝、为体下,不招而至矣。是故遵岩之文赡,赡则用力必过,其失也少支而多敝。震川之文谨,谨则置辞必近,其失也少敝而多支。而为容之失,二家缓急不同,同出于体下。集中之得者十有六七,失者十而三四焉。此望溪之所以不满也。李安溪先生曰:"古文韩公之后,惟介甫得其法。"是说也视望溪之言有加甚焉。敬常即安溪之意推之:盖雪苑、勺庭之失,毗于遵岩而锐过之,其疾征于三苏氏。尧峰之失毗于震川,而弱过之,其疾征于欧阳文忠公。欧与苏二家所蓄有余,故其疾难形。雪苑、勺庭、尧峰所蓄不足,故其疾易见。噫,可谓难矣! 然望溪之于古文,则又有未至者,是故旨近端而有时而歧,辞近醇而有时而窳。近日朱梅崖等于望溪有不足之辞,而梅崖所得,视望溪益卑隘。文人之见日胜一日,其力则日逊焉,是亦可虞者也!敬生于下里,以禄食趋走下吏,不获与世之大人君子相处,而得其源流之所以然。同州诸前达,多习校录,严考证,成专家,为赋咏者或适意自恣。而大江南北,以文名天下者,几于昌狂无理,排溺一世之人,其势力至今未已,敬为之动者数矣!所幸少乐疏旷,未尝捉笔求若辈所谓文之工者而浸润之。其道不亲,其事不习,故心不为所陷而渐有以知其非。后与同州张皋文、吴仲伦、桐城王悔生游,始知姚姬传之学,出于刘海峰,海峰之学,出于方望溪。及求三人之文观之,未足以餍其心所欲云者。由是由本朝推之于明,推之于宋唐,推之于汉于秦,断断焉析其正变,区其长短,然后知望溪之所以不满者,盖自厚趋薄,自坚趋瑕,自大趋小,而其体之正,不特遵岩、震川以下未之有变,即海峰、姬传亦非破坏典型、沈酣淫诐者,不可谓传之尽失也。若是则所谓支、为敝、为体下,皆其薄、其瑕、其小为之。如能尽其才与学以从事焉,是支者如山之立,敝者如水之去腐,体下者如负青天之高,于是积之而为厚焉,敛之而为坚焉,充之而为大焉,且不患其传之尽失也。然所谓才与学者,何哉?曾子固云:"明必足以周万事之理,道必足以适天下之用,智必足以通难知之意,文必足以达难显之情。"如是而已。皋文最渊雅,中道而逝。仲伦才弱,悔生气败。敬蹉跎岁时,年及五十,无所成就必矣。天下之大,当必有具绝人之能,荒江老屋,求有以自信者,先生能留意焉,则斯事之幸也!

一九　清李申耆《骈体文钞序》

少读《文选》，颇知步趋齐梁。后蒙恩入庶常，台阁之制，例用骈体，而不能致工，因益搜辑古人遗篇，用资时习。区其巨细，分为三编，序而论之曰：天地之道，阴阳而已。奇偶也，方圆也，皆是也。阴阳相并俱生，故奇偶不能相离，方圆必相为用。道奇而物偶，气奇而形偶，神奇而识偶。孔子曰："道有变动，故曰爻。爻有等，故曰物。物相杂故曰文。"又曰："分阴分阳，迭用柔刚，故易六位而成章。"相杂而迭用，文章之用，其尽于此乎！六经之文，班班具存。自秦迄隋，其体递变，而文无异名。自唐以来，始有古文之目，而目六朝之文为骈俪。而为其学者，亦以是为与古文殊路。既歧奇偶为二，而于偶之中，又歧六朝与唐与宋为三。夫苟第较其字句，猎其影响而已，则岂徒二焉三焉而已！以为万有不同，可也！夫气有厚薄，天为之也。学有纯驳，人为之也。体格有迁变，人与天参焉者也。义理无殊途，天与人合焉者也。得其厚薄纯杂之故，则于其体格之变，可以知世焉。于其义理之无殊，可以知文焉。文之体，至六代而其变尽矣。沿其流极而溯之以至乎其源，则其所出者一也。吾甚惜夫歧奇偶而二之者之毗于阴阳也。毗阳则躁剽，毗阴则沉腿，理所必至也。于相杂迭用之旨，均无当也。

上编著录若干首，皆庙堂之制，奏进之篇，垂诸典章，播诸金石者也。夫拜飏殿陛，敷颂功德，同德对越，表里诗书者也，义必严以闳，气必厚以愉，然后纬以精微之思，奋以瑰烁之辞，故高而不橛，华而不缛，雄而不矜，逶迤而不靡。马、班已降，知者盖希。或猥琐补叙以为平通，或诘屈雕琢以为奇丽，朴即不文，华即无实，未有能振之者也。

至于诏令章奏,固亦无取俪词,而古人为之,未尝不沉详整静,茂美渊懿,训词深厚,实见于斯。岂得以唐宋末流,浇敱浮侁,兼病其本哉!故亦略存大凡,使源流可知耳。

中编著录若干篇,指事述意之作也。或缜密而端悫,或豪侈而诀荡。盖指事欲其曲以尽,述意欲其深以婉。泽以比兴,则词不迫切。资以故籍,故言为典章也。韩非、淮南,已导先路。王符、应劭,其流孔长。立言之士,时有取焉。然枝叶已繁,或披其本,以仲宣之覃精,而子桓病其体弱,亦学者之通患也。碑志之文,本与史殊体。中郎之作,质有其文,可为后法,故录之尤备焉。

下编著录若干篇,多缘情寄兴之作。战国诙谐,辨谲者流,实肇厥端。其言小,其旨浅,其趣博,往往托思于言表,潜神于旨里,引情于趣外,是故小而能微,浅而能永,博而能检就其编者,亦润理内苞,秀采外溢,不徒以镂绘为工,遄峭取致而已。后之作者,乃以为游戏,佻侧洸荡,忘其所归,遂成俳优,病尤甚焉。尺牍之美,非关造作,妍媸雅郑,每肖其人。齐梁启事短篇,藻丽间见,既非具体,无关效法,而存一概,可知也。

二〇　清阮芸台《文言说》

　　古人无笔墨纸砚之便,往往铸金刻石,始传久远。其著之简策者,亦有漆书刀削之劳,非如今人下笔千言,言事甚易也。许氏《说文》:"直言曰言,论难曰语。"《左传》曰:"言之无文,行之不远。"此何也? 古人以简策传事者少,以口舌传事者多,以目治事者少,以口耳治事者多,故同为一言,转相告语,必有愆误,《说文》言从口从辛,辛愆也。是必寡其词协其音以文其言,使人易于记诵,无能增改,且无方言俗语杂于其间,始能达意,始能行远。孔子于《易》,所以著《文言》之篇也! 古人歌、诗、箴、铭、谚语,凡有韵之文,皆此道也。《尔雅·释训》主于训蒙,子子孙孙以下,用韵者三十二条,亦此道也。孔子于《乾》、《坤》之言,自名曰文,此千古文章之祖也。为文章者不务协音以成韵,修词以达远,使人易诵易记,而惟以单行之语,纵横恣肆,动辄千言万字,不知此乃古人所谓直言之言,论难之语,非言之有文者也,非孔子之所谓文也!《文言》数百字,几于句句用韵,孔子于此发明乾坤之蕴,诠释四德之名,几费修词之意,冀达意外之言,《说文》曰词,意内言外也。盖词亦言也,非文也。《文言》曰:"修词立其诚。"《说文》曰:修说也。词之饰者乃得为文,不得以词即文也。要使远近易诵,古今易传,公卿学士皆能记诵,以通天地万物,以警国家身心。不但多用韵,抑且多用偶,即如乐行、忧违,偶也。长人、合礼,偶也。和义、干事,偶也。庸言、庸行,偶也。闲邪、善世,偶也。进德、修业,偶也。知至、知终,偶也。上位、下位,偶也。同声、同气,偶也。水湿、火燥,偶也。云龙、风虎,偶也。本天、本地,偶也。无位、无民,偶也。勿用、在田,偶也。潜藏、文明,偶也。道革、位德,偶也。偕极、天则,偶也。隐见、

61

行成,偶也。学聚、问辨,偶也。宽居、仁行,偶也。合德、合明,合序、合吉凶,偶也。先天、后天,偶也。存亡、得丧,偶也。余庆、余殃,偶也。直内、方外,偶也。通理、居体,偶也。凡偶皆文也。于物,两色相偶而交错之,乃得名曰文,文即象其形也。《考工记》曰:青与白谓之文,赤与白谓之章。《说文》曰:文,错画也,象交文。然则千古之文,莫大于孔子之言《易》。孔子以用韵比偶之法,错综其言,而自名曰文。何后人之必欲反孔子之道而自命曰文,且尊之曰古也?

二一 清梁茝林《退庵论文》两则

文笔 今人自编其所著之集，大概分诗与文两目而已。古人则不然：六朝以前多以文笔对举，或以诗笔对举。诗即有韵之文，可以文统之，故昭明《文选》奄有诗歌。笔则专指纪载之作，故陆机《文赋》所列诗赋十体，不及传志也。《南史·颜延之传》："竣得臣笔，测得臣文。"刘勰《文心雕龙》云："无韵者笔，有韵者文。"此以文与笔分言之也。《梁书·刘潜传》："三笔六诗。"又《庾肩吾传》："诗既若此，笔又如之。"杜少陵诗称"贾笔韩诗"，赵璘《因话录》称"孟诗韩笔"，此以诗与笔分言之也。《宋书·傅亮传》："高祖登庸之始，文笔皆是记室参军滕演。"《魏书·温子昇传》："台中文笔，皆子昇为之。"《北齐书·李广传》："集其文笔十卷，魏收为之序。"《陈书·陆炎传》："其所制文笔，多不存本。"《刘师知传》："博涉书传，工文笔。"《徐伯阳传》："年十五，以文笔称。"《北史·魏高祖纪》："好为文章，诗赋铭颂有大文笔，马上口授。"《南齐书·晋安王子懋传》："文章诗笔，乃是佳事。"《北史·萧圆肃传》："撰时人诗笔为《文海》四十卷。"此以合文笔诗笔而为言者也。至梁元帝《金楼子·立言》篇："以杨榷前言，抵掌多识者谓之笔；咏叹风谣，流连哀思者谓之文。"又云"至如文者，惟须绮縠纷披，宫徵靡曼，唇吻摇会，性灵摇荡"云云，语尤分晰。今人于文笔二字之分，不讲久矣！

韵 或疑文必有韵之语为不尽然，不知此刘彦和之说也。《文心雕龙·总术》篇云："今之常言，有文有笔。无韵者笔，有韵者文。"彦和精于文理者，岂欺人哉！近人中知此理者颇鲜，阮芸台先生曾详言之，曰："所谓韵者，乃章句中之音韵，非但句末之韵脚也。六朝不押韵之文，其中奇偶相生，顿挫抑扬，皆有合乎宫羽。故沈休文作《谢灵运传论》曰：'五色相宣，八音协畅，由乎元黄律吕，各适物宜。欲使宫羽相变，低昂舛节，若前有浮声，则后须切响。一简之内，音韵尽殊。两句之中，轻重悉异。妙达此旨，始可言文。'言之最为畅晓。昭明所选，亦不尽有韵脚之文，而奇偶相生，宫羽悉协。溯其原本，乃出于经。孔子自名其言《易》者曰'文'，此千古文章之祖。《文言》固有韵矣，而亦有平仄声音焉。即如湿燥龙虎睹八句，上下何等声音！无论龙虎二句不可颠倒，若改作龙虎燥湿睹，即无声音矣。无论其德、其名、其序、其吉凶，四者不可错乱，若倒不知退于不知亡不知丧之后，即无声音矣。《文言》以后，以时代相次，则及于卜子夏之《诗大序》。《序》曰：'情发于声，声成文谓之音。'又曰：'主文而谲谏。'又曰：'长言之不足，则嗟叹之。'郑康成释声成文为宫商上下相应，释主文为与乐之宫商相应。此子夏直指诗之声音为文，不指翰藻也。凡文，在声为宫商，在色为翰藻。即如《文言》云龙风虎一节，乃千古宫商奇偶之祖；非一朝一夕之故一节，乃千古嗟叹成文之祖。子夏《诗序》情发声成一节，乃千古声韵性情之祖。故曰：'韵者，即声音也。声音，即文也。'然则今人所便单行之文，极其奥衍奔放者，乃古之笔，非古之文也。"沈休文之说，或可横指为八代之衰。孔子、子夏之文体，岂不衰哉？

二二　清包慎伯《文谱》

余尝以隐显回互激射说古文。然行文之法，又有奇偶、疾徐、垫拽、繁复、顺逆、集散。不明此六者，则于古人之文，无以测其意之所至，而第其诣之所极。垫拽、繁复者，回互之事。顺逆、集散者，激射之事。奇偶、疾徐，则行于垫拽、繁复、顺逆、集散之中，而所以为回互激射者也。回互激射之法备，而后隐显之义见矣。是故讨论体势，奇偶为先。凝重多出于偶，流美多出于奇。体虽骈，必有奇以振其气；势虽散，必有偶以植其骨。仪厥错综，致为微妙。《尚书》"钦明文思"，一字为偶；"安安"，叠字为偶；"允恭克让"，二字为偶。偶势变而生三，奇意行而若一。"光被四表格于上下"，语奇也，而意偶。"克明峻德"四字一句奇。"以亲九族"十六字四句偶。"协和万邦"十字三句奇，而"万邦"与"九族"、"百姓"语偶。"时雍"与"黎民于变"意偶。是奇也而偶寓焉。"乃命羲和"节奇。"若天"、"授时"隔句为偶。中六字纲目为偶。"分命"、"申命"四节，体全偶而词悉奇。"帝曰咨"节奇。"期三百"十七字参差为偶。"允厘"八字颠倒为偶，而意皆奇。故双意必偶，"钦明"、"允恭"等句是也。单意可奇可偶，"光被"、"允厘"等句是也。虽文字之始基，实奇偶之极轨。批根为说，而其类从。慧业所存，斯为隅举。次论气格，莫如疾徐。文之盛在沉郁，文之妙在顿宕，而沉郁顿宕之机，操于疾徐，此之不可不察也。《论语》"觚不觚"句，疾也；"觚哉觚哉"，徐也。"其然"句，徐也；"岂其然乎"句，疾也。此两句为疾徐也。《大学》"一家仁一国兴仁"节，疾也；"尧舜率天下以仁"节，徐也。《孟子》"王曰何以利吾国"节，徐也；"未有仁而遗其亲"节，疾也。此两节为疾徐也。"天子适诸侯曰巡守"一百四十

65

九字徐;"先王无流连之乐"十六字疾。"国君进贤"一百二十二字徐;"故曰国人杀之"十七字疾。"尊贤使能,俊杰在位"五节徐;"信能行此五者"一节疾。此通篇为疾徐也。有徐而疾不为激,有疾而徐不为纡,夫是以峻缓交得而调和奏肤也。垫拽者,为其立说之不足耸听也,故垫之使高;为其抒议之未能折服也,故拽之使满。高则其落也峻,满则其发也疾。垫之法有上有下。《孟子》:"知而使之,是不仁也。不知而使之,是不知也。仁智,周公未之尽也!"又曰:"且以文王之德,百年而后崩,犹未洽于天下。武王周公继之,然后大行。"《韩非》:"今有不才之子,父母怒之,弗为改,乡人谯之,弗为劝,师长教之,弗为变。"又云:"禹利天下,子产存郑,皆以得谤。"又云:"视锻锡,察青黄,区冶不能以必剑。发齿吻形容,伯乐不能以必马。"又云:"侈而惰者贫,力而俭者富,今征敛于富人以施布于贫家。"《史记》:"尝以十倍之地,百万之众,叩关而攻秦。秦人开关延敌,九国之师,逡巡逃遁而不敢进。"又云"非有仲尼、墨翟之贤,陶朱、猗顿之富"者,皆上垫也。《孟子》:"管仲、曾西之所不为也。"又云:"非所以纳交于孺子之父母也,非所以要誉于乡党朋友也,非恶其声而然也。"《韩非子》:"磐石千里,不可谓富。象人百万,不可谓强。"《史记》:"藉使子婴有庸主之才,仅得中佐。"又云"向使二世有庸主之行,而任忠贤,臣主一心,而忧海内之患。"又云"是所重者在于色乐珠玉,而所轻者在于人民"者,皆下垫也。拽之法有正有反。《孟子》:"万取千焉,千取百焉,不为不多矣,苟为后义而先利。"又云:"文王以民力为台为沼,而民欢乐之。予及汝偕亡,民欲与之偕亡。"又云:"此惟救死而恐不赡。"《荀子》:"螾无爪牙之利,筋骨之强,上食槁壤,下饮黄泉,用心一也。蟹六跪而二螯①,非蛇蟮②之穴无可托足者,用心躁也。是故无冥冥之志者,无昭昭之明;无惛惛之用者,无赫赫之功。"又云:"今之学者,入

---

① 螯,原作"螯",误。
② 蟮,原作"螾",误。

乎耳，出乎口。口耳之间，则四寸耳，安能美七尺之躯！”《韩非》：“今有构木钻燧于夏后之世者，必为鲧禹笑矣。有决渎于殷周之世者，必为汤武笑矣。”又云：“人主之左右，不必智也。人主于人有所智而听之，因与左右论其言，是与愚人论智也。人主之左右，不必贤也。人主于人有所贤而礼之，因与左右论其行，是与不肖论贤也。”《吕览》：“民农则朴，朴则易用，易用则边境安，主位尊。民农则重，重则少私义，少私义则公法立力专一。民农则其产复，其产复则重徙，重徙则死其处而无二虑。”又云：“马者伯乐相之，造父御之，贤主乘之，一日千里，无御相之劳而有其功。”《史记》：“天下以定，秦王之心，自以为关中之固，金城千里，子孙帝王万世之业也。秦王既没，余威振于殊俗。”又云“二世不行此术而重之以无道”者，皆正拽也。《孟子》：“天子能荐人于天，不能使天与之天下。诸侯能荐人于天子，不能使天子与之诸侯。大夫能荐人于诸侯，不能使诸侯与之大夫。”又云：“而居尧之宫，逼尧之子，是篡也！”又云：“将戕贼杞柳而后以为桮棬，如将戕贼杞柳而以为桮棬。”又云：“金重于羽者，岂谓一钩金？”又云：“是君臣父子兄弟终去仁义怀利以相接。”《荀子》：“乐姚冶以险，则民流僈鄙贱矣。流僈则乱，鄙贱则争，争乱则兵弱城犯，敌国危之。”又云：“且夫暴国之君，谁与至哉？彼其所与至者，必其民也。而其民之亲我欢若父母，其好我芬若椒兰。彼反顾其上，则若灼黥，若仇雠。人之情，虽桀跖，又岂肯为其所恶，贼其所好？”《韩非》：“法术之士，操五不胜之势，以岁数而又不得见。当涂之人，乘五胜之资，而旦暮独说于前。”又云：“智士者远见而畏于死亡，必不从重人矣。廉士者修而羞与佞臣欺其主，必不从重人矣。是当涂之徒属，非愚而不知患，即污而不避奸者也。大臣挟愚汙之人，上与之欺主，下与之收利侵渔。”《史记》：“秦并海内，兼诸侯，南面称帝，以四海养，天下[1]斐然向风。”又云“今秦二世立，天下莫不引领而观其政。夫寒者利短褐，饥者甘

---

[1]　《史记》下有“之士”二字。

糟糠,民之瞀瞀,新主之资也"者,皆反拽也。《孟子》"知虞公之不可谏而去之秦"一百二十二字,《荀子》"凡生于天地之间者,有血气之属必有知"一百八十一字,旋垫旋拽,备上下反正之致。文心之巧,于斯为极。是故垫拽者,先觉之鸿宝,后进之梯航。未悟者既望洋而不知,闻声者复震惊而不信。然得之则为蹈厉风发,失之则为朴樕辽落。姬嬴之际,至工斯业。降至东京,遗文具在,能者仅可十数,论者竟无片言。千里比肩,百世接踵,不其谅已。至于繁复者,与垫拽相需而成,而为用尤广。比之诗人,则长言咏叹之流也。文家之所以极情尽意,茂豫发越也。《孙武子》"声不过五,五声之变,不可胜听也。色不过五,五色之变,不可胜观也。味不过五,五味之变,不可胜尝也。战胜不过奇正,奇正之变,不可胜穷也"者,繁也。"奇正相生,如循环之无端,孰能穷之"者,复也。《孟子》:"谷与鱼鳖不可胜食,材木不可胜用。七十者衣帛食肉,黎民不饥不寒。"又云"天下之欲疾其君者,皆欲赴愬于王"者,繁也。"然则一羽之不举,为不用力焉。"又曰:"昔者禹抑洪水而天下平。"又曰:"口之于味也,有同嗜焉。"又曰"乡为身死而不受,今为宫室之美为之"者,复也。"离娄之明"节,繁也。"圣人既竭目力"节,复也。"乐民之乐者,民亦乐其乐。忧民之忧者,民亦忧其忧。乐以天下,忧以天下。"又云:"君子以仁存心,以礼存心。仁者爱人,有礼者敬人。爱人者人恒爱之,敬人者人恒敬之。"繁而兼复也。"得道者多助,失道者寡助。寡助之至,亲戚畔之;多助之至,天下顺之。以天下之所顺,攻亲戚之所畔。"复而兼繁者也。《荀子》之《议兵》、《礼论》、《乐论》、《性恶》篇,《吕览》之《开春》、《慎行》、《贵直》、《不苟》、《似顺》、《士容》论,《韩非》之《说难》、《孤愤》、《五蠹》、《显学》篇,无不繁以助澜,复以邑趣。复如鼓风之浪,繁如卷风之云。浪厚而荡,万石比一叶之轻;云深而酿,零雨有千里之远。斯诚文阵之雄师,词囿之家法矣!然而文势之振,在于用逆,文气之厚,在于用顺。顺逆之于文,如阴阳之于五行,奇正之于攻守也。《论语》"公叔文子之臣大夫僎",逆而顺也。"君取于吴为同姓,谓之吴《孟子》",顺而逆也。《孟子》"无恒产而有恒心者,惟士为能",本言当制民产,先言取民有制。又先言民之陷罪,由于无恒心,而无恒心,本于无恒产,并先言惟士之恒心,不系于恒产,则逆之逆也。"天下大悦而将归己"章,"桀纣之失天下"章,全用逆。"君子之所以异于人者"章,全用顺。深求童习之编,自得伐柯之则。略举数端以需善择。集散者,或以振纲领,或以争关纽,或奇特形于比附,或指归示于牵连,或错出以表全神,或补述以完风裁。是故集则有势有事,而散则有纵有横。《左传》:"君将纳民于轨物者也。故讲事以度轨量谓之轨,取材以章物采谓之物。不轨不物,谓之乱政。"又云:"将修先君之怨于郑,而求宠于诸侯,以和其民。"《孟子》:"是故君子有终身之忧,无一朝之患。"又云:"彼陷溺其民,王往而征之,夫谁与王敌?"又云:"仁不可为众也。夫国君好仁,天下无敌。"又云:"或劳心,或劳力。劳心者治人,劳力者治于人。治于人者食人,治人者食于人。"《韩非子》:"是以赏莫如厚而信,使民利之。罚莫如重而必,使民畏之。法莫如一而固,使民知之。"又云:"夫离法者罪,而诸先生以文学取;犯禁者诛,而群侠以私剑养。故法之所非,君之所取,吏之所诛,上之所养也。"又云:"故明主之国,无书简之文,以法为教。无先生之语,以吏为师。无剑私之捍,以斩首为勇。"又云:"强则能攻人者也,治则不可攻者也。治强不可责于外,内政之修也。"是集势者也。《孟子》引"经始灵台"、"时日曷丧",征古以明意。说"不违农时"、"五亩之宅",缘情以比事。《吕览》专精证验,《韩非》旁通喻释。《史记》载祠石坠履而西楚遂以迁鼎;述厕鼠惊人而上蔡无所税驾;曲逆意远,见于俎上;淮阴志异,得之城下;临印窃赏,好畤分彙;衔晦既殊,心迹斯别。右游侠之克崇退让,而知在位之专恣睚眦;称权利之致于诚壹,而知居上之不收穷民。是集事者也。二帝同典,止纪都俞。五臣共谟,乃书陈告。是纵散者也。然龙门帝纪,已属有心避就;金华臣传,遂至仅存阀阅。宋濂作《九国春秋》,事迹悉详记中。诸臣列传势难重出,寂寥已甚,今吴任臣书即窃其本也。求其继声,未易屈指。《史记》廉将军矜功争列,与避居连文以美震悔之忠；长平侯重揖客，讳击伤，于本传不详以叹尊容之广。程、李名将，而行酒辨其优劣；汲、郑长者，而廷论讥其局趣。是横散者也。然而六法备具，其于文也，犹鱼兔之筌蹄，肤发之脂泽也。《易》曰："观乎人文，以化成天下。"士君子能深思天下所以化成者，求诸古，验诸事，发诸文，则庶乎言有物，而不囿于藻采雕绘之末技也夫！

二三 清包慎伯《答张翰风论诗书》

追惟矮屋一夕之谈，等于笙磬①，而临歧握手，唯以苦吟为诚。仁者之赠，心佩不忘。更今三月，竟断韵语，而箧中旧草，未忍焚弃，篇什颇充，不能庄写，附缄去书，敬以相属。宋氏以来，言诗必曰唐，近人乃盛言宋，而世臣独尚六朝。尚六朝者，皆以排比靡丽为工，而世臣独求顿挫悠扬，以匜目送手挥之旨。是以游历数州，未遇可言，何意足下远隔千里，乃为同术！然足下专推阮、陶，世臣则兼崇陆、谢。尝谓诗本合于陈思而别于阮、陆，至李、杜而复合，既合而其末遂分而不可止，此则同之微异者也。盖格莫峻于步兵，体莫宏于平原。步兵之激扬易见，平原之鼓荡难知。天挺两宗，无独有偶。太冲追步公幹，安仁接武仲宣，虽云遒丽，无足与参。彭泽沉郁绝伦，惟以率语为累，然上攀阮而下启鲍、孟，韦非其嗣也。康乐清脆夷犹，以行沉郁，如夏云秋涛，乘虚变灭。故论陶于独至，时出谢右，以言竟体芳馨，去之抑远。宣城得其清脆，而沉郁无闻。参军有其沉郁，而犹夷不显。醴陵、开府，庶几具体，而江则格致较轻，微伤边幅。庾则铅华已重，反累清扬。是故善学者必别其流，善鉴者必别其源。景阳、景纯祖述步兵而变为沉响，彦升、法曹宪章康乐而发以么弦。子坚神骨俊逸，倡太白之前声；处道气体高妙，飞子美之嚆矢。是必心契单微，未易与吠声逐迹者说也。三唐杰士，厥有七贤。郑公首赋凭轼，少保续咏临河，高唱复古，珍比素丝。伯玉之骀宕，

---

① 磬，原作"磐"，误。

子寿之精能，次山之柔厚，并具炉[1]冶，无偭高曾，抗坠安详，极于李、杜。所谓一字一句，若奋若搏，彼建安词人，不得居其右者矣！事斯以来，历年三五，师心所向，宗尚如斯。徒以见闻狭隘，材力怯薄，躬之不逮，良用为耻耳。窃谓先王治世之大经，君子淑身之大法，必以礼乐。而礼坏乐崩，来自近古，端绪仅存，唯藉诗教。夫言诗教于今日，难矣！然而纪述必得其序，指斥必依其伦，礼也。危苦者等其曲折，哀思者怀其旧俗，乐也。凡所以化下风上，言无罪而闻足戒者，今之诗，不犹之古乎？世臣生长孤露，早涉忧患，而能饬其领缘，勿迩奇邪，颇谓以诗自泽，言为心声，可意逆而得也。足下幸赐观览，汰其疵类，使得遵录定本，留存异日，庶几自讼有方，时资省察，达则不昧初心，穷则力贞素志，丽泽之益，斯为不负。此间已无可留，半月后便作归计。敝居去歙，近在三程，或能襆被过访，面承指授。天寒殊重，不具欲言。

① 炉，原作“驴”，误。

二四　清包慎伯《与杨季子论文书》

辱书询为古文之要，词意勤恳，世臣何可以当此耶！足下性嗜古书，尤耽齐梁诸子，而下笔顾清迥柔厚，骎骎有西汉之意。世臣僿陋偃蹇，何足以称盛指。谨言其所知而足下择之：窃谓自唐氏有为古文之学，上者好言道，其次则言法。说者曰："言道者，言之有物者也。言法者，言之有序者也。"然道附于事而统于礼。子思叹圣道之大，曰："礼仪三百，威仪三千。"孟子明王道而所言要于不缓民事，以养以教，至养民之制，教民之法，则亦无不本于礼。其离事与礼而虚言道以张其军者，自退之始，而子厚和之。至明允、永叔，乃用力于推究世事，而子瞻尤为达者。然门而言道之语，涤除未尽，以致近世治古文者，一若非言道，则无以自尊其文，是非世臣所敢知也！天下之事，莫不有法，法之于文也尤精而严。夫具五官，备四体，而后成为人。其形质配合乖互，则贵贱妍丑分焉，然未有能一一指其成式者也。夫孟、荀，文之祖也，子政、子云，文之盛也。典型具在，辙迹各殊。然则所谓法者，精而至博，严而至通者也。又有言为文不可落人窠臼，托于退之尚异之旨者。夫窠臼之说，即《记》所讥之剿说雷同也。比如有人焉，五官端正，四体调均，遍视数千万人而莫有能同之者，得不谓之真异人乎哉？而戾者乃欲颠倒条理，删节助字，务取诘屈以眩读者，是何异自憾状貌之无以过人，而抉目截耳，折筋刲胁，蹒行于市，而矜诩其有异于人人也耶？至于退之诸文，序为差劣，本供酬酢，情文无自，是以别寻端绪，仿于策士讽谕之遗，偶著新奇，旋成恶札，而论者不察，推为功宗。其有焊绎前人名作，摘其微疵，抑扬生议以尊己见，所谓蠹生于木而反食其木。又或寻常小文，强推大义。二者之蔽，王、曾尤多。夫事无大小，苟能明其始末，究其义类，皆足以成至文，固不必悉本忠孝，攸关家国也。凡是陋习，染人为易，而熙甫、顺甫乃欲指以为法，岂不谬哉！文类既殊，体裁各别，然惟言事与记事为最难。言事之文，必先洞悉所事之条理原委，抉明正义，然后述现事之所以失，而条画其补救之方。记事之文，必先表明缘起，而深究得失之故，然后述其本末，则是非明白，不惑将来。凡此二类，固非率尔所能，而古今能者必宗此法。机势万变，栝枢无改。至纪事而叙入其人之文，则为尤难。《史记》点窜《内外传》、《战国策》诸书，遂如已出。班氏袭用前文，微有增损，而截然为两家。斯如制药冶金，随其镕范，形依手变，性与物从，非具神奇，徒嫌依傍。马、班纪载旧文，多非原本。故《史记》善贾生推言之论，而班氏《典引》直指以为司马。《始皇纪》后，亦兼载贾、马之名。贾生之文入《汉书》者，已属摘略，而其局度意气，与《过秦》殊科，则知其出于司马删润无疑也。比及陈、范所载全文，多形芜秽，或加以删薙，辄又见为碎缺。故子瞻约赵抃之牍以行己意，而介甫叹为子长复出者，盖深知其难也。《通鉴》删采忠宣，能使首尾完具，利害毕陈，原父炉锤，斯为可尚。世臣从前纂《汪容甫遗集》，曾采未成互异之稿，足为完篇，笔势一如容甫。容甫故工文，体势又略与予近，犹易为力。至作《谷西阿传》，采录其奏议三篇。西阿人能自立，而文笔芜靡，不及其意。世臣因其事必宜传，又恐一加润色，将与国史互异，致启后人之疑，故止为之删削移动，较量篇幅，十不存五，而未尝改易一字，醇茂痛快，顿可诵读。既与原文殊观，又不乱以己意，较之子瞻所作，难易倍蓰，非足下其谁与喻此耶！世臣自幼失学，惟好究事物之情状，足下所志略同。鄙人前后杂文数十百篇，足下大都见之。其是否有合古人立言之旨，以及与近世闻人所言古文相承之法，是否同异，世臣不能自知，又将何以为足下告耶！

二五 清包慎伯《再与杨季子论文书》

辱赐还答,知不以前书为差谬,幸甚,幸甚!然奖借逾分,又有未甚喻意之处,故复进以相闻,惟足下照察。足下谓"圣道即王道,研究事务,擘画精详,则道已寓于文,故更无道可言"。固非世臣所任,而亦非世臣意也。世臣生乾隆中,比及成童,见百为废弛,贿赂公行,吏治汙而民气郁,殆将有变,思所以禁暴除乱,于是学兵家;又见民生日蹙,一被水旱,则道殣相望,思所以劝本厚生,于是学农家;又见齐民跬步,即陷非辜,奸民趋死如鹜而常得自全,思所以饬邪禁非,于是学法家。既已求三家之学于古,而饥驱奔走者数十年,验以人情地势,殊不相远。斟古酌今,时与当事论说所宜,虽补偏救弊之术,偶蒙采纳,皆有所效,然极世臣学识之所至,尚未知其能为富强否耶。民富则重犯法,政强则令必行,故过富强者为霸,过霸者为王。诗人之颂王业,曰"如茨如梁",又曰"莫不震叠",未有既贫且弱而可言王道者也。故谓富强非王道之一事者,陋儒也!若遂以富强为王道,古先其可诬乎?荀子曰:"学,始于诵诗,终于安礼。学至于礼而止。"孟子曰:"动容周旋中礼者,盛德之至也。"孔子曰"齐之以礼"、"有礼则安",以礼为国乎何有!世臣溯自有识,迄于中身,非礼之念,时生于心,非礼之行,时见于事,惟不敢荡检逾闲,窃自附于乡党自好之末而已!而足下乃取文以载道之危言,致其推崇。前书方以言道自张为前哲之病,而足下更为此说,是重吾过也!足下又谓"苦学彦昇、季友而不能近,以致词气生涩,非能入汉"。夫太白俯首宣城而不珍建安,子美诗亲子建而苦学阴、何,智过其师,事有天授。故足下之近汉也,得于天，而好彦昇、季友，由于学。然彦升、季友独到之处，亦汉人所无，足下好之，无庸更疑也。至询及晋卿往复论文之旨，足下疑世臣之别有秘密乎？晋卿古文之学，出于其舅氏张皋文先生。皋文受于刘才甫之弟子王悔生，盖即熙甫、望溪相承之法。而晋卿才力桀骜，下笔辄能自拔。然世臣识晋卿时，晋卿未弱冠，迄今二十年，每论文，则判然无一语相合，而读其文，则必叹赏无与比方。晋卿亦以世臣一览，便见其深，每有所作，必以相示，不以论议殊途为意。是殆所谓能行者未必能言也。又询及选学与八家优劣及国朝名人孰为近古。夫《文选》所载，自周秦以及齐梁，本非一体，八家工力至厚，莫不沉酣于周秦两汉子史百家，而得体势于韩公子、《吕览》者为尤深。徒以薄其为人，不欲形诸论说，然后世有识，饮水辨源，其可掩耶！自前明诸君泥子瞻"文起八代"之言，遂斥选学为别裁伪体。良以应德、顺甫、熙甫诸君，心力悴于八股，一切诵读，皆为制举之资，遂取八家下乘横空起议照应钩勒之篇以为准的。小儒目眯，前邪后许，而精深闳茂，反在屏弃。于是有反其道以求之者，至谓八家浅薄，务为藻饰之词，称为选学，格塞之语，诩为先秦。夫六朝虽尚文采，然其健者，则缓急疾徐，纵送激射，同符《史》《汉》，貌离神合，精彩夺人。至于秦汉之文，莫不洞达骓宕，刿目怵心，间有语不能通，则由传写讹误及当时方言，以此为师，岂为善择。退之酷嗜子云，碑板或至不可读，而书说健举浑厚，宜为宗匠。子厚劲厉无前，然时有摹拟之迹，气伤缜密。永叔奏议忾怛明畅，得大臣之体，翰札纡徐易直，真有德之言，而序记则为庸调。明允长于推勘，辨驳一任峻急。介甫词完气健，饶有远势。子固茂密安和而雄强不足。子瞻机神敏妙，比及暮年，心手相忘，独立千载。子由差弱，然其委婉敦缛，一节独到，亦非父兄所能掩。足下试各取其全集读之，凡为三百年来选家所遗者，大抵皆出入秦汉，而为古人真脉所寄也，其与《选》学殊途同归。贵乡汪容甫颇有真解，惜其骛逐时誉，耗心饾饤。然有至者，固足为后来先路矣。国初名集，所见甚鲜，就中可指数者：侯朝宗随人俯仰，致近俳优。汪钝翁简点瞻顾，仅足自守。魏叔子颇有才力，而学无原本，尤伤拉杂。方望溪视三子为胜，而气仍寒怯。储画山典实可尚，度涉市井。刘才甫极力修饰，略无菁华。姚姬传风度秀整，边幅急促。张皋文规形抚势，惟说经之文为善。恽子居力能自振，而破碎已甚，碑志小文，乃有完璧。凡此九贤，莫不具标能擅美，独映当时之志，而盖棺论定，曾不足以塞后人之望。白驹过隙，来者难诬。足下齿方弱冠，秀出时流。然生材非难，成材为难。惟望以世臣之荒落为鉴，及时自勉，则斯文之幸也。

二六　清章实斋《文集》

　　集之兴也,其当文章升降之交乎!古者朝有典谟,官存法令,风诗采之间里,敷奏登之庙堂,未有人自为书,家存一说者也。刘向校书,叙录诸子百家,皆云出于古者某官某氏之掌,是古无私门著述之征也。余详外篇。自治学分途,百家风起,周秦诸子之学,不胜纷纷,识者已病道术之裂矣,然专门传家之业,未尝欲以文名。苟足显其业而可以授传于其徒,诸子俱有学徒传授,管、晏二子书多纪其身之事,《庄子》亦记学将死之言,《韩非》存韩篇之终以李斯驳议,皆非本人所撰,盖为其学者各据闻见而附益之尔。则其说又遂止于是,而未尝有参差庞杂之文也。两汉文章渐富,为著作之始衰。然贾生奏议,编入《新书》,即《贾子书》,唐《集贤书目》始有《新书》之名。相如词赋,但记篇目,《艺文志》司马相如赋二十九篇,次屈原赋二十五篇之后,而《叙录》总云诗赋一百六家一千三百一十八篇,盖各为一家言,与《离骚》等。皆成一家之言,与诸子未甚相远,初未尝有汇次诸体,裒焉而为文集者也。自东京以降,讫乎建安黄初之间,文章繁矣。然范、陈二史文苑传始于《后汉书》。所次文士诸传,识其文笔,皆云所著诗赋碑箴颂诔若干篇,而不云文集若干卷,则文集之实已具,而文集之名犹未立也。《隋志》云别集之名,东京所创,盖未深考。自挚虞创为《文章流别》,学者便之,于是别聚古人之作,标为别集,则文集之名,实仿于晋代。陈寿定《诸葛亮集》二十四篇,本云诸葛亮故事,其篇目载《三国志》,亦子书之体。而《晋书·陈寿传》云定《诸葛集》,寿于目录标题夹称诸葛氏集,盖俗误云。而后世应酬牵率之作,决科俳优之文,亦泛滥横裂而争附别集之名,是刘略所不能收,班志所无可附。而所为之文,亦矜情饰貌,矛盾参差,非复专门名家之语,无旁出也。夫治学分而诸子出，公私之交也；言行殊而文集兴，诚伪之判也。势屡变，则屡卑，文愈繁，则愈乱。苟有好学深思之士，因文以求立言之质，因散而求会同之归，则三变而古学可兴。惜乎！循流者忘源，而溺名者丧实。二缶犹且以钟惑，况滔滔之靡有抵极哉！昔者向、歆父子之条别，其《周官》之遗法乎！聚古今文字而别其家，合天下学术而守于正，非历代相传有定式，则西汉之末，无由直溯周秦之源也。《艺文志》有录无书者亦归其类，则刘向以前必有传授矣。且《七略》分家亦未有确据，当是刘氏失其传。班《志》而后，纷纷著录者，或合或离，不知宗要。其书既不尽传，则其部次之得失，叙录之善否，亦无从而悉考也。荀勖《中经》有四部，诗、赋、图赞，与汲冢之书归丁部。王俭《七志》以诗赋为文翰志，而介于诸子军书之间。则部集之渐日开，而尚未居然列专目也。至阮孝绪撰《七录》，惟技术、佛、道分三类，而经典、纪传、子兵、文集之四录，已全为唐人经史子集之权舆。是集部著录，实仿于萧梁，而古学源流，至此为一变，亦其时势为之也。呜呼！著作衰而有文集，典故穷而有类书。学者贪于简阅之易，而不知实学之衰；狃于易成之名，而不知大道之散。江河日下，豪杰之士，从狂澜既倒之后，而欲障百川于东流，其不为举世所笑而指目牵引为言词，何可得耶！且名者，实之宾也。类者，例所起也。古人有专家之学，而后有专门之书；有专门之书，而后有专门之授受。郑樵盖尝云尔。即类求书，因流溯源，部次之法明，虽三坟五典，可坐而致也。自校雠失传，而文集类书之学起。一编之中，先自不胜庞杂，后之兴者，何从而窥古人之大体哉！夫《楚词》，屈原一家之书也，自《七录》初收于集部，《隋志》特表楚词类，因并总集、别集为三类，遂为著录诸家之成法。充其义理，则相如之赋，苏李之五言，枚生之七发，亦当别标一目而为赋类、五言类、七发类矣。总集、别集之称，何足以配之！其源之滥，实始词赋不列专家，而文人有别集也。《文心雕龙》，刘勰专门之书也，自《集贤书目》收为总集，《隋志》已然。《唐志》乃并《史通》、《文章龟鉴》、《史汉异议》为一类，遂为郑《略》、马《考》诸子之通规。郑《志》以《史通》入通史类，以《雕龙》入文集类。夫渔仲校雠义例最精，犹舛误若此，则俗学之薄习已久矣。充其义例，则魏文《典论》、葛洪《史抄》、张骘《文士传》《典论·论文》篇如《雕龙》、《史抄》如《史汉异议》、《文士传》如《文章龟鉴》，类皆相似。亦当混合而入总集矣。史部子部之目，何得而分之？《典论》子类也，《史抄》、《文士传》史类也。其例之混，实由文集难定专门，而似者可乱真也。著录既无源流，作者标题遂无定法。郎蔚之《诸州图经集》，则史部地理而有集名矣；《隋志》所收。王方庆《宝章集》，则经部小学而有集名矣；《唐志》所收。元觉《永嘉集》，则子部释家而有集名矣。《唐志》所收。百家杂艺之末流，识既庸阘，文复鄙俚，或抄撮古人，或自命小数，本非集类，而纷纷称集者，何足胜道！虽曾氏《隆平集》亦从流俗，当改为传志，乃为相称。然则三集既兴，九流必混，学术之迷，岂特黎丘有鬼，岐路亡羊而已耶！

二七　清章实斋《古文十弊》

余论古文辞义例，自与知好诸君书，凡数十通，笔为论著，又有《文德》、《文理》、《质性》、《黠陋》、《俗嫌》、《俗忌》诸篇，亦详哉其言之矣。然多论古人，鲜及近世。兹见近日作者所有言论与其撰著，颇有不安于心，因取最浅近者条为十通，思与同志诸君相为讲明。若他篇所已及者不复述，览者可互见焉。此不足以尽文之隐，然一隅三反，亦庶几其近之矣。

一曰：凡为古文辞者，必先识古人大体，而文辞工拙又其次焉。不知大体，则胸中是非不可以凭，其所论次，未必俱当事理。而事理本无病者，彼反见为不然而补救之，则率天下之人而祸仁义矣！有名士投其母氏行述，请大兴朱先生作志，叙其母之节孝，则谓"乃祖衰年病废卧床，溲便无时。家无次丁，乃母不避秽亵，躬亲薰濯"。其事既已美矣，又述"乃祖于时戚然不安。乃母肃然对曰：'妇年五十，今事八十老翁，何嫌何疑！'"。呜呼！母行可嘉，而子文不肖甚矣！本无介带，何有嫌疑！节母既明大义，定知无是言也。此公无故自生嫌疑，特添注以斡旋其事，方自以为得体，而不知适如冰雪肌肤，剜成疮痏，不免愈濯愈痕瘢矣！人苟不解文辞，如遇此等，但须据事直书，不可无故妄加雕饰，谓之剜肉为疮，此文人之通弊也！

二曰：《春秋》书内不讳小恶。岁寒知松柏之后雕，然则欲表松柏之贞，必明霜雪之厉，理势之必然也。自世多嫌忌，将表松柏而又恐霜雪怀惭，则触手皆荆棘矣！但大恶讳，小恶不讳，《春秋》之书内事，自有其权衡也。江南旧家辑有宗谱。有群从先世为子聘某氏女，后以道远家贫，力不能婚，恐失婚时，伪报子殇，俾女别聘。其女遂不食死，不知其子故在。是于守贞殉烈两无所处，而女之行事，实不愧于贞烈，不忍泯也。据事直书，于翁诚不能无歉然矣！第《周官·媒氏》"禁嫁殇"，是女本无死法也。《曾子问》："娶女有日，而其父母死，使人致命女氏。"注谓："恐失人嘉会之时。"是古有辞昏之礼也。今制："婿远游三年无闻，听妇告官别嫁。"是律有远绝离昏之条也。是则某翁诡托子殇，比例原情，尚不足为大恶而必须讳也。而其族人动色相戒，必不容于直书，则匿其辞曰："书报幼子之殇，而女家误闻以为婿也。"夫千万里外，无故报幼子殇，而又不道及男女昏期，明者知其无是理也，则文章病矣！人非圣人，安能无失。古人叙一人之行事，尚不嫌于得失互见也。今叙一人之事，而欲顾其上下左右前后之人，皆无小疵，难矣。是之谓八面求圆，又文人之通弊也！

三曰：文欲如其事，未闻事欲如其人者也。尝见名士为人撰志，其人盖有朋友气谊，志文乃仿韩昌黎之志柳州也，一步一趋，惟恐其或失也。中间感叹世情反复，已觉无病费呻吟矣。末叙丧费出于贵人及内亲竭劳其事。询之其家，则贵人赠赙稍厚，非能任丧费也。而内亲，则仅一临穴而已，亦并未任其事也。且其子俱长成，非若柳州之幼子孤露，必待人为经理者也。诘其何为失实至此，则曰："仿韩志柳墓终篇有云：'归葬费出观察使裴君行立，又舅弟卢遵既葬子厚，又将经纪其家。'附纪二人，文情深厚，今志欲似之耳。"余尝举以语人，人多笑之，不知临文摹古，迁就重轻，又往往似之矣！是之谓削趾适屦，又文人之通弊也！

四曰：仁智为圣，夫子不敢自居。瑚琏名器，子贡安能自定。称人之善，尚恐不得其实，自作品题，岂宜夸耀成风耶？尝见名士为人作传，自云："吾乡学者，鲜知根本，惟余与某甲为功于经术耳。"所谓某甲，固有时名，亦未见必长经术也。作者乃欲援附为名，高自标榜，恶矣！又有江湖游士，以诗著名，实亦未足副也。然有名实远出其人下者，为人作诗集序，述人请序之言曰："君与某甲齐名，某甲既以弁言，君乌得无题品？"夫齐名本无其说，则请者必无是言，而自诩齐名，藉人炫已,颜颊不复知忸怩矣!且经援服、郑,诗攀李、杜,犹曰高山景仰,若某甲之经,某甲之诗,本非可恃,而犹藉为名,是之谓私署头衔,又文人之通弊也!

五曰:物以少为贵,人亦宜然也。天下皆圣贤,孔、孟亦弗尊尚矣。清言自可破俗,然在典午,则滔滔皆是也。前人讥《晋书》列传同于小说,正以采掇清言,多而少择也。立朝风节,强项敢言,前史侈为美谈。明中叶后,门户朋党,声气相激,谁非敢言之士?观人于此,君子必有辨矣。不得因其强项申威,便标风烈,理固然也。我宪皇帝澄清吏治,裁革陋规,整饬官方,惩治贪墨,实为千载一时。彼时居官,大法小廉,殆成风俗。贪冒之徒,莫不望风革面,时势然也。今观传志碑状之文,叙雍正年府州县官,盛称"杜绝馈遗,搜除积弊,清苦自守,革除例外供支。"其文洵不愧于循吏传矣。不知彼时逼于功令,不得不然。千万人之所同,不足以为盛节,岂可见奄寺而颂其不好色哉!山居而贵薪木,涉水而宝鱼虾,人知无是理也。而称人者乃独不然,是之谓不达时势,又文人之通弊也!

六曰:史既成家,文存互见。有如《管晏列传》,而勋详于《齐世家》,张耳分题,而事总于《陈余传》,非惟命意有殊,抑亦详略之体所宜然也。若夫文集之中,单行传记,凡遇牵联所及,更无互著之篇,势必加详,亦其理也。但必权其事理,足以副乎其人,乃不病其繁重尔。如唐平淮西,韩碑归功裴度,可谓当矣。后中谗毁,改命于段文昌,千古为之叹惜。但文昌徇于李愬,愬功本不可没,其失犹未甚也。假令当日无名偏裨,不关得失之人,身后表阡,侈陈淮西功绩,则无是理矣。朱先生尝为故编修蒋君撰志,中叙国家前后平定准回要略,则以蒋君总修方略,独力勤劳,书成身死而不得叙功故也。然志文雅健,学者慕之。后见某中书舍人死,有为作家传者,全袭蒋志原文。盖其人尝任分纂数月,于例得列衔名者耳,其实于书未寓目也,是与无名偏裨居淮西功,又何以异?而文人喜于摭事,几等军吏攘功,何可训也!是之谓同里铭旌。昔有夸夫,终身未膺一命,好袭头衔,将死,遍召所知,筹计铭旌题字。或徇其意,假藉例封、待赠、修职、登仕诸阶,彼皆掉头不悦。最后有善谐者,取其乡之贵显,大书"勋阶师保殿阁部院某国某封某公同里某人之枢",人传为笑。故凡无端而影附者,谓之同里铭旌,不谓文人亦效之也。是又文人之通弊也!

七曰:陈平佐汉,志见社肉。李斯亡秦,兆端厕鼠。推微知著,固智士之相机。搜间传神,亦文家之妙用也。但必得其神志所在,则如图画名家,颊上妙于增毫。苟徒慕前人文辞之佳,强寻猥琐以求其似,则如见桃花而有悟,遂取桃花作饭,其中岂复有神妙哉!又近来学者喜求征实,每见残碑断石,余文剩字,不关于正义者,往往藉以考古制度,补史缺遗,斯固善矣。因是行文贪多务得,明知赘余非要,却为有益后世,推求不惮辞费。是不特文无体要,抑思居今世而欲备后世考征,正如董泽矢材,可胜暨乎!夫传人也,文如其人,述事者,文如其事,足矣。其或有关考征,要必本质所具。即或闲情逸出,正为阿堵传神。不此之务,但知市菜求增,是之谓画蛇添足,又文人之通弊也!

八曰:文人固能文矣,文人所书之人,不必尽能文也。叙事之文,作者之言也,为文为质,惟其所欲,期如其事而已矣。记言之文,则非作者之言也,为文为质,期于适如其人之言,非作者所能自主也。贞烈妇女,明诗习礼,固有之矣。其有未尝学问,或出乡曲委巷,甚至佣妪鬒婢,贞节孝义,皆出天性之优,是其质虽不愧古人,文则难期于儒雅也。每见此等传记,述其言辞,原本《论语》、《孝经》,出入《毛诗》、《内则》,刘向之传、曹昭之诫,不啻自其口出,可谓文矣。抑思善相夫者,何必尽识鹿车鸿案;善教子者,岂皆熟记画获丸熊。自文人胸有成竹,遂致闺修皆如板印。与其文而失实,何如质以传真也!由是推之,名将起于卒伍,义侠或奋阊间,言辞不必经生,记述贵于宛肖。而世有作者,于斯多不致思,是之谓优伶演剧。盖优伶歌曲,虽耕氓役隶,矢口皆叶宫商,是以谓之戏也。而记传之笔,从而效之,又文人之通弊也!

　　九曰：古人文成法立，未尝有定格也。传人适如其人，述事适如其事，无定之中，有一定焉。知其意者，旦暮遇之。不知其意，袭其形貌，神弗肖也。往余撰和州故给事成性志传，性以建言著称，故采录其奏议。然性少遭乱离，全家被害，追悼先世，每见文辞，而《猛省》之篇，尤沉痛可以教孝，故于终篇全录其文。其乡有知名士赏余文曰："前载如许奏章，若无《猛省》之篇，譬如行船，鹢首重而舵楼轻矣。今此娄尾，可谓善谋篇也！"余戏诘云："设成君本无此篇，此船终不行耶？"盖塾师讲授四书文义，谓之时文，必有法度以合程式，而法度难以空言，则往往取譬以示蒙学。拟于房室，则有所谓间架结构；拟于身体，则有所谓眉目筋节；拟于绘画，则有所谓点睛添毫；拟于形家，则有所谓来龙结穴。随时取譬，然为初学示法，亦自不得不然，无庸责也。惟时文结习，深锢肠腑，进窥一切古书古文，皆此时文见解，动操塾师启蒙议论，则如用象棋枰布围棋子，必不合矣。是之谓井底天文，又文人之通弊也！

　　十曰：时文可以评选，古文经世之业，不可以评选也。前人业评选之，则亦就文论文可耳。但评选之人，多非深知古文之人。夫古人之书，今不尽传，其文见于史传。评选之家，多从史传采录。而史传之例，往往删节原文以就隐括，故于文体所具，不尽全也。评选之家，不察其故，误谓原文如是，又从而为之辞焉。于引端不具而截中径起者，诩谓发轫之离奇。于刊削余文而遽入正传者，诧为篇终之崭峭。于是好奇而寡识者转相叹赏，刻意追摹，殆如左氏所云"非子之求而蒲之觅"矣！有明中叶以来，一种不情不理，自命为古文者，起不知所自来，收不知所自往，专以此等出人思议，夸为奇特，于是坦荡之涂，生荆棘矣！夫文章变化，侔于鬼神。斗然而来，戛然而止，何尝无此景气，何尝不为奇特！但如山之岩峭，水之波澜，气积势盛，发于自然，必欲作而致之，无是理矣。文人好奇，易于受惑，是之谓误学邯郸，又文人之通弊也！

二八　清曾涤生《复李眉生论古文家用字之法书》

接手书，承询虚实譬喻异诂等门，属以破格相告，若鄙人有所秘惜也者。仆虽无状，亦何敢稍怀吝心！特以年近六十，学问之事，一无所成，未言而先自愧赧。昔在京师，读王怀祖、段茂堂诸书，亦尝研究古文家用字之法。来函所询三门：虚实者，实字而虚用，虚字而实用也。何以谓之实字虚用？如："春风风人，夏雨雨人。"上风、雨，实字也；下风、雨，则当作养字解，是虚用矣。"解衣衣我，推食食我。"上衣、食，实字也；下衣、食，则当作惠字解，是虚用矣。"春朝朝日，秋夕夕月。"上朝、夕，实字也；下朝、夕，则当作祭字解，是虚用矣。"入其门，无人门焉者。入其闺，无人闺焉者。"上门、闺，实字也；下门、闺，则当作守字解，是虚用矣。后人或以实者作本音读，虚者破作他音读，若风读如讽，雨读如吁，衣读如裔，食读如嗣之类，古人曾无是也。何以谓之虚字实用？如：步，行也，虚字也。然《管子》之六尺为步，韩文之步有新船，《舆地》之瓜步、邀笛步，《诗经》之国步、天步，则实用矣。薄，迫也，虚字也。然因其丛密而林曰林薄，因其不厚而帘曰帷薄，以及《尔雅》之屋上薄，《庄子》之高门悬薄，则实用矣。覆，败也，虚字也，然《左传》设伏以败人之兵，其伏兵即名曰覆，如郑突为三覆以待之、韩穿帅七覆于敖前，是虚字而实用矣。从，顺也，虚字也。然《左传》于位次有定者，其次序即名曰从，如荀伯不复从、竖牛乱大从，是虚字而实用矣。然此犹就虚字之本义而引伸之也，亦有与本义全不相涉而借此字以名彼物者。如：收，敛也，虚字也，而车之轸名曰收。贤，长也，虚字也，而车毂之大穿名曰贤。畏，惧也，虚字也，而弓之渊名曰畏。峻，高也，虚字也，而弓之挂弦处名曰峻。此又器物命名，虚字实用之别为一类也。至用字有譬喻之法，后世须数句而喻意始明，古人止一字而喻意已明。如：骏，良马也。因其良而美之，故《尔雅》骏训为大。马行必疾，故骏又训为速。《商颂》之"下国骏庞"，《周颂》之"骏发尔私"，是取大之义为喻也。《武成》之"侯卫骏奔"，《管子》之"弟子骏作"，是取速之义为喻也。脄，牛百叶也，或作肶，或作毗，音义并同。牛百叶重叠而体厚，故《尔雅》、《毛传》皆训为厚。《节南山》之"天子是毗"，《采菽》之"福禄脄之"，是取厚之义为喻也。宿，夜止也，止则有留义，又有久义。子路之"无宿诺"，《孟子》之"不宿怨"，是取留之义为喻也。《史记》之"宿将"、"宿儒"，是取久之义为喻也。渴，欲饮也，欲之则有切望之义，又有急就之义。郑笺《云汉诗》曰"渴雨之甚"，石苞《檄吴书》曰"渴赏之士"，是取切望之义为喻也。《公羊传》曰"渴葬"，是急就之义为喻也。至于异诂云者，则无论何书，处处有之，大抵人所共知，则为常语。人所罕闻，则为异诂。昔郭景纯注《尔雅》，近世王伯申著《经传释词》，于众所易晓者，皆指为常语而不甚置论。惟难晓者，则深究而详辨之。如淫，训为淫乱，此常语，人所共知也。然如《诗》之"既有淫威"，则淫训为大。《左传》之"淫刑以逞"，则淫训为滥。《书》之"淫舍梏牛马"，《左》之"淫刍荛者"，则淫当训为纵。《庄子》之"淫文章"、"淫于性"，则淫字又当训为赘。皆异诂也。党，训乡党，此常语，人所共知也。然《说文》云："党，不鲜也。"党字从黑，则色不鲜，乃是本义。《方言》又云："党，智也。"郭注以为解瘠之貌。乡射礼"侯党"，郑注以为"党，旁也"。《左传》"何党之乎"，杜注以为"党，所也"。皆异诂也。展，训为舒展，此常语也。即《说文》训展为转，《尔雅》训展为诚，亦常语，人所共知也。然《仪礼》"有司展群币"，则展训为陈。《周礼》"展其功绪"，则展训为录。《旅獒》"时庸展亲"，则展当训为存省。《周礼》之"展牺牲"、"展钟"、"展乐器"，则展又当训为察验。皆异诂也。此国藩讲求故训，分立三门之微意也。古人用字，不主故常，初无定例，要之各有精意运乎其间。且如高平曰阜,大道曰路,土之高者曰冢、曰坟,皆实字也。然以其有高广之意,故《尔雅》、《毛传》于此四字均训为大。"四牡孔阜"、"尔殽既阜"、"火烈具阜"、"阜成兆民",其用阜字,俱有盛大之意。王者之门曰路门,寝曰路寝,车曰路车,马曰路马,其用路字,俱有正大之意。长子曰冢子,长妇曰冢妇,天官曰冢宰,友邦曰冢君,其用冢字,俱有重大之意。《小雅》之"牂羊坟首",《司烜》之"共坟烛",其用坟字,俱有肥大之意。至三坟五典,则高大矣。凡此等类,谓之实字虚用也可,谓之譬喻也可,即谓之异诂也亦可。阁下见读《通鉴》,司马公本精于小学,胡身之亦博极群书,即就《通鉴》异诂之字,偶一钞记,或他人视为常语而己心以为异,则且钞之,或明日视为常语,而今日以为异,亦姑钞之。久之多识雅训,不特譬喻虚实二门可通,即其他各门,亦可触类而贯彻矣! 聊述鄙见,以答盛意。

二九 清曾涤生《复陈右铭太守书》

　　大著粗读一过，骏快激昂，有陈同甫、叶水心诸人之风！仆昔备官朝列，亦尝好观古人之文章。窃以自唐以后，善学韩公者，莫如王介甫氏。而近世知言君子，惟桐城方氏、姚氏所得尤多。因就数家之作而考其风旨，私立禁约，以为有必不可犯者，而后其法严而道始尊。大抵剽窃前言，句摹字拟，是为戒律之首。称人之善，依于庸德，不宜褒扬溢量，动称奇行异征，邻于小说诞妄者之所为。贬人之恶，又加慎焉。一篇之内，端绪不宜繁多，譬如万山旁薄，必有主峰，龙衮九章，但挈一领，否则首尾衡决，陈义芜杂，兹足戒也。识度曾不异人，或乃竞为僻字涩句以骇庸众，斫自然之元气，斯又才士之所同蔽，戒律之所必严。明兹数者，持守勿失，然后下笔，造次皆有法度，乃可专精以理吾之气，深求韩公所谓与相如、子云同工者。熟读而强探，长吟而反复，使其气若翔翥于虚无之表，其辞跌宕俊迈而不可以方物。盖论其本，则循戒律之说，词愈简而道愈进，论其末，则抗吾气以与古人之气相翕。有欲求太简而不得者，兼营乎本末，斟酌乎繁简。此自昔志士之所为毕生矻矻，而吾辈所当勉焉者也！国藩粗识途径，所求绝少，在军日久，旧业益荒，忽忽衰老，百无一成，既承切问，略举所见以资参证。

三〇 清曾涤生《求阙斋日记》论文九则

谋篇布势是一段最大工夫 古文之道,谋篇布势,是一段最大工夫。《书经》、《左传》每一篇空处较多,实处较少,旁面较多,正面较少。精神注于眉宇目光,不可周身皆眉,到处皆目也。线索要如蛛丝马迹,丝不可过粗,迹不可太密也。

熟 古人文笔,有云属波委官止神行之象,实从熟后生出。所谓文人妙来无过熟者,此也。

布局 古文之布局,须有千岩万壑、重峦复嶂之观,不可一览而尽,又不可杂乱无纪。

文欲气盛在段落清 为文全在气盛,欲气盛,全在段落清。每段分束之际,似断不断,似咽非咽,似吞非吞,似吐非吐,古人无限妙境,难于领取。每段张起之际,似承非承,似提非提,似突非突,似纾非纾,古人无限妙用,亦难领取。

奇辞大句须得气以行 奇辞大句,须得瑰玮飞腾之气驱之以行。凡堆重处皆化为空虚,乃能为大篇,所谓气力有余于文之外也。否则气不能举其体矣!

阳刚之美与阴柔之美 吾尝取姚姬传先生之说:文章之道,分阳刚之美,阴柔之美。大抵阳刚者气势浩瀚,阴柔者韵味深美。浩瀚者喷薄而出之;深美者吞吐而出之。就吾所分十一类言之:论著类、词赋类宜喷薄,序跋类宜吞吐;奏议类、哀祭类宜喷薄,诏令类、书牍类宜吞吐;传志类、叙记类宜喷薄,典志类、杂记类宜吞吐。其一类中微有区别者:如哀祭类虽宜喷薄,而祭郊社祖宗则宜吞吐。诏令类虽宜吞吐，而檄文则宜喷薄。书牍类虽宜吞吐，而论事则宜喷薄。此外各类，皆可以是意推之。

雄直怪丽茹远洁适　尝慕古文境之美者，约有八言：阳刚之美，曰雄直怪丽；阴柔之美，曰茹远洁适。蓄之数年，而余未能发为文章，略得八美之一，以副斯志。是夜将此八言各作十六字赞之，至次日辰刻作毕，附录如下：

雄　划然轩昂，尽弃故常。跌宕顿挫，扪之有芒。

直　黄河千曲，其体仍直。山势如龙，转换无迹。

怪　奇趣横生，人骇鬼眩。易玄山经，张韩互见。

丽　青春大泽，卉卉初葩。诗骚之韵，班扬之华。

茹　众义辐凑，吞多吐少。幽独咀含，不求共晓。

远　九天俯视，下界聚蚊。寤寐周孔，落落寡群。

洁　冗意陈言，颣字尽芟。慎尔褒贬，神人共监。

适　心境两闲，无营无待。柳记欧跋，得大自在。

古文古诗最可学者　偶思古文古诗最可学者，占八句云：《诗》之节，《书》之括。《孟》之烈，韩之越。马之咽，庄之跌。陶之洁，杜之拙。

古文之道与骈体通　古文之道，与骈体相通。由徐、庾而进于任、沈，由任、沈而进于潘、陆，由潘、陆而进于左思，由左思而进于班、张，由班、张而进于卿、云。韩退之之文，比卿、云更高一格。解学韩文，则窥六经之阃奥矣！

三一　清张廉卿《答吴挚父论学古人之文在因声以求气书》

　　来书过以文事见推，且虚怀谘度，谆谆无已，裕钊则何足以知此！虽然，既承下问，不敢不竭其愚。古之论文者曰："文以意为主，而辞欲能副其意，气欲能举其辞。譬之车然，意为之御，辞为之载，而气则所以行也。"其始在因声以求气，得其气，则意与辞往往因之而并显，而法不外是矣！是故契其一，而其余可以绪引也。盖曰意，曰辞，曰气，曰法，之数者，非判然自为一事，常乘乎其机而绲同以凝于一，惟其妙之一出于自然而已。自然者，无意于是，而莫不备至，动皆中乎其节，而莫或知其然。日星之布列，山川之流峙，是也。宁惟日星山川，凡天地之间之物之生而成文者，皆未尝有见其营度而位置之者也，而莫不蔚然以炳，而秩然以从。夫文之至者，亦若是焉而已。观者因其既成而求之，而后有某者某者之可言耳。夫作者之亡也久矣，而吾欲求至乎其域，则务通乎其微，以其无意为之，而莫不至也。故必讽诵之深且久，使吾之气与古人讻合于无间，然后能深契自然之妙，而究极其能事。若夫专以沉思力索为事者，固时亦可以得其意，然与夫心凝形释，冥合于言议之表者，则或有间矣。故姚氏暨诸家因声求气之说为不可易也。吾所求于古人者，由气而通其意以及其辞与法，而喻乎其深。及吾所自为文，则一以意为主，而辞气与法胥从之矣。阁下以为然乎？阁下为苦中气弱，讽诵久则气不足载其辞。裕钊迩岁亦正病此。往在江宁闻方存之云："长老所传：刘海峰绝丰伟，日取古人之文，纵声读之。姚惜抱则患气羸,然亦不废哦诵,但抑其声使之下耳。"是或亦一道乎? 裕钊比所遇多乖舛,又迫忧患,于此事恐终无所就。阁下才高而志远,年盛而气锐,它日必能绍邑中诸老盛业。用敢进其粗有解于文字者以为涓埃之裨,惟亮察不宣。

三二 清张廉卿《答刘生论文章之道莫要于雅健书》

　　蚤春承寄示文数首，入秋，又得手书，勤拳恳至，足下之用心，何其近古人也！足下诸文，所为尊君事略，最肫挚可爱。《读老子》中一段词甚高，闯然入古人之室矣！前幅微觉用力太重，少自然之趣。他文识议并超出凡近，而亦时不免病此。夫文章之道，莫要于雅健。欲为健而厉之已甚，则或近俗。求免于俗而务为自然，又或弱而不能振。古之为文者，若左丘明、庄周、荀卿、司马迁、韩愈之徒，沛然出之，言厉而气雄，然无有一言一字之强附而致之者也。措焉而皆得其所安，文惟此最为难。知其难也，而以意默参于二者之交，有机焉以寓其间，此固非乇莫所能企，而亦非口所能道，治之久而一旦悠然自得于其心，是则其至焉耳。至之之道无他，广获而精导，熟讽而湛思，舍此则未有可以速化而袭取之者也。吾告子止于是矣。夫文之为事至深博，而裕钊所及知者止于是。其所不及知者，不敢以相告也。以足下之才，循而致之以不倦，他日必卓有所就。此乃称心而言，非相誉之辞也。足下勿以疑而自沮焉，可也。足下文，知友中多求观者，故且欲留此，俟他日再奉还耳。惟亮察不宣。

三三　清吴挚甫《与姚仲实论文书》

在津盘桓数日,深敬深敬!大著①匆匆读竟,所附记者,大抵得于所闻,非有心得相益。文事利病,亦有不必人言,徐乃自知者。从此不懈,所诣必日进。桐城诸老气清体洁,海内所宗,独雄奇瑰玮之境尚少。盖韩公得扬、马之长,字字造出奇崛,欧阳公变为平易,而奇崛乃在平易之中。后儒但能平易,不能奇崛,则才气弱薄,不能复振,此一失也。曾文正公出而矫之,以汉赋之气运之,而文体一变,故卓然为一代大家。近时张廉卿又独得于《史记》之谲怪。盖文气雄俊不及曾,而意思之恢诡、辞句之廉劲,亦能自成一家。是皆由桐城而推广以自为开宗之一祖,所谓有所变而后大者也!说道说经,不易成佳文。道贵正,而文者必以奇胜。经则义疏之流畅,训诂之繁琐,考证之该博,皆于文体有妨,故善为文者尤慎于此。退之自言"执圣之权",其言道止《原性》、《原道》等三篇而已。欧阳辨《易》论《诗》诸篇,不为绝作,其他可知。至于常理凡语,涉笔即至者,用功深,则不距自远,无足议也!

---

① 著,原作"箸",误。

三四　清吴挚甫《与严几道论译西书书》

　　来示谓新旧二学，当并存具列，且将假自它之耀以祛蔽揭翳，最为卓识。某前书未能自达所见，语辄过当。本意谓中国书籍猥杂，多不足行远。西学行，则学人日力，夺去太半，益无暇浏览向时无足轻重之书。而姚选古文，则万不能废，以此为学堂必用之书，当与六艺并传不朽也。若中学之精美者，固亦不止此等。往时曾太傅言："六经外有七书，能通其一，即为成学。七者兼通，则间气所钟，不数数见也！"七书者，《史记》《汉书》《庄子》、韩文、《文选》《说文》《通鉴》也。某于七书，皆未致力，又欲妄增二书：其一姚公此书，余一则曾公《十八家诗钞》也。但此诸书，必高材秀杰之士，乃能治之。若资性平钝，虽无西学，亦未能追其涂辙。独姚选古文，即西学堂中，亦不能弃去不习，不习，则中学绝矣！世人乃欲编造俚文以便初学，此废弃中学之渐，某所私忧而大恐者也。区区妄见，敬以奉质。别纸垂询数事。某浅学不足仰副明问，谨率陈臆说，用备采择。欧美文字，与我国绝殊，译之似宜别创体制，如六朝人之译佛书，其体全是特创。今不但不宜袭用中文，并亦不宜袭用佛书。窃谓以执事雄笔，必可自我作古。又妄意彼书固自有体制，或易其辞而仍其体，似亦可也。不通西文，不敢意定。独中国诸书，无可仿效耳。来示谓"行文欲求尔雅，有不可阑入之字，改窜则失真，因仍则伤洁"。此诚难事。鄙意与其伤洁，毋宁失真。凡琐屑不足道之事，不记何伤？若名之为文，俚俗鄙浅，荐绅所不道，此则昔之知言者无不悬为戒律。曾氏所谓辞气远鄙也。文固有化俗为雅之一法，如左氏之言"马矢"，庄生之言"矢溺"，公羊之言"登来"，太史之言"夥颐"。在当时固皆以俚语为文，而不失为雅。若《范书》所载铁胫、尤来、大抢、五楼、五蟠等名目，窃料太史公执笔，必皆芟薙不书。不然，胜、广、项氏时必多有俚鄙不经之事，何以《史记》中绝不一见？如今时鸦片馆等比，自难入文，削之似不为过。倘令为林文忠作传，则烧鸦片一事，固当大书特书，但必叙明原委，如史公之记《平准》、班氏之叙《盐铁论》耳，亦非一切割弃，至失事实也。姚郎中所选文，似难为继，独曾文正《经史杂抄》，能自立一帜。王黎所续，似皆未善。国朝文字，姚春木所选《国朝文录》较胜于《廿四家》。然文章之事，代不数人，人不数篇。若欲备一朝掌故，如"文粹"、"文鉴"之类，则世盖多有。若谓足与文章之事，则姚郎中之后，止梅伯言、曾太傅及近日武昌张廉卿数人而已。其余盖皆自郐也。来示谓"欧洲国史，略似中国所谓长篇纪事本末等比"。然则欲译其书，即用曾太傅所称叙记、典志二门，似为得体。此二类，曾公于姚郎中所定诸类外，特建新类，非大手笔不易辨也。欧洲记述名人，失之过详，此宜以迁、固史法裁之。文无翦裁，专以求尽为务，此非行远所宜。中国间有此体，其最著者，则孟坚所为《王莽传》。若《穆天子》、《飞燕》、《太真》等传，则小说家言，不足法也。欧史用韵，今亦以韵译之，似无不可，独雅词为难耳。中国用韵之文，退之为极诣矣。私见如此，未审有当否？

三五　清严几道译《天演论》例言

　　一译事三难：信、达、雅。求其信，已大难矣。顾信矣，不达，虽译，犹不译也，则达尚焉。海通已来，象寄之才，随地多有，而任取一书，责其能与于斯二者，则已寡矣。其故在浅尝一也；偏至二也；辨之者少三也。今是书所言，本五十年来西人新得之学，又为作者晚出之书。译文取明深义，故词句之间，时有所傎到附益，不斤斤于字比句次，而意义则不倍本文。题曰"达恉"，不云"笔译"，取便发挥，实非正法。什法师有云："学我者病。"来者方多，幸勿以是书为口实也！

　　一西文句中名物字，多随举随释，如中文之旁支，后乃遥接前文，足意成句。故西文句法，少者二三字，多者数十百言，假令仿此为译，则恐必不可通，而删削取径，又恐意义有漏。此在译者将全文神理融会于心，则下笔抒词，自然互备。至原文词理本深，难于共喻，则当前后引衬以显其意。凡此经营，皆以为达。为达，即所以为信也。

　　一《易》曰："修辞立诚。"子曰："辞达而已。"又曰："言之无文，行之不远。"三者乃文章正轨，亦即为译事楷模。故信、达而外，求其尔雅。此不仅期以行远已耳，实则精理微言，用汉以前字法句法，则为达易，用近世俗利文字，则求达难。往往抑义就词，毫厘千里，审择于斯二者之间，夫固有所不得已也，岂钓奇哉！不佞此译，颇贻艰深文陋之讥，实则刻意求显，不过如是。又原书论说，多本名数格致及一切畴人之学，倘于之数者向未问津，虽作者同国之人，言语相通，仍多未喻，矧夫出以重译也耶！

　　一新理踵出，名目纷繁，索之中文，渺不可得。即有牵合，终嫌参差。译者遇此，独有自具衡量，即义定名。顾其事有甚难者，即如此书上卷导言十余篇,乃因正论理深,先敷浅说。仆始翻卮言,而钱塘夏穗卿曾佑病其滥恶,谓"内典原有此种,可名'悬谈'"。及桐城吴丈挚父汝纶见之,又谓"卮言既成滥词,悬谈亦沿释氏,均非能自树立者所为。不如用诸子旧例,随篇标目为佳"。穗卿①又谓:"如此则篇自为文,于原书建立一本之义稍晦。"而悬谈、悬疏诸名,悬者,乡也,乃会撮精旨之言,与此不合,必不可用。于是乃依其原目,质译导言,而分注吴之篇目于下,取便阅者。此以见定名之难。虽欲避生吞活剥之诮,有不可得者矣!他如物竞、天择、储能、效实诸名,皆由我始。一名之立,旬月踟蹰,我罪我知,是存明哲。

①　卿,原作"乡",误。

三六　清马眉叔《文通序》

　　昔古圣开物成务，废结绳而造书契，于是文字兴焉。夫依类象形之谓文，形声相益之谓字。形也，声也，阅世递变，而相沿讹谬至不可殚极。上古渺矣，汉承秦火，郑、许辈起，务究元本，而小学乃权舆焉。自汉而降，小学旁分，各有专门。欧阳永叔曰：《尔雅》出于汉世。正名物讲说资之，于是有训诂之学。许慎作《说文》，于是有偏旁之学。篆隶古文，为体各异，于是有字书之学。五声异律，清浊相生，而孙炎始作字音，于是有音韵之学。吴敬甫分三家：一曰体制，二曰训诂，三曰音韵。胡元瑞则谓小学一端，门径十数，有博于文者，义者，音者，迹者，考者，评者，统类而要删之，不外训诂、音韵、字书三者而已。三者之学，至我朝始称大备。凡诂释之难，点画之细，音韵之微，靡不详稽旁证，求其至当。然其得失异同，匪庸与嗜奇者又往往互相主奴，聚讼纷纭，莫衷一是。则以字形字声，阅世而不能不变，今欲于已变之后，以返求夫未变之先，难矣。盖所以证其未受之形与声者，第据此已变者耳。藉令沿源讨流，悉其元本，所是正者，一字之疑，一音之讹，一画之误已耳。殊不知古先造字，点画音韵，千变万化，其赋以形，而命以声者，原无不变之理。而所以形其形而声其声者，神其形声之用者，要有一成之律，贯乎其中，历千古而无或少变。盖形与声之最易变者，就每字言之，而形声变而犹有不变者，就集字成句言之也。《易》曰"艮其辅，言有序"。《诗》曰"出言有章"，曰"有序"，曰"有章"，即此有形有声之字，施之于用，各得其宜，而著为文者也。传曰："物相杂谓之文。"《释名》谓"会集象采以成锦绣"。会集众字以成词谊，如锦绣然也。今字形字声之最易变者，则载籍极博，转使学者无所适从矣。而会集众字以成文,其道终不变者,则古无传焉。士生今日而不读书为文章则已,士生今日而读书为文章,将发古人之所未发,而又与学者以易知易能,其道奚从哉?《学记》谓"比年入学,中年考校,一年视离经辨志"。其疏云:"离经,谓离析经理,使章句断绝也。"《通雅》引作"离经辨句",谓丽于六经,使时习之,先辨其句读也。徐邈音豆。皇甫茂正云:"读书未知句度,下视服杜。"度即读,所谓句心也。然则古人小学,必先讲解经理,断绝句读也明矣。夫知所以断绝句读,必先知所以集字成句成读之义。刘氏《文心雕龙》云:"夫人之立言,因字生句,积句成章,积章成篇。篇之彪炳,章无疵也。章之明靡,句无玷也。句之清英,字不妄也。振本而末从,知一而万毕矣。"顾振本知一之故,刘氏亦未有发明。慨夫蒙子入塾,首授以四子书,听其终日伊吾。及少长也,则为之师者,就书衍说,至于逐字之部分类别,与夫字与字相配成句之义,且同一字也,有弁于句首者,有殿于句尾者,以及句读先后参差之所以然,塾师固昧然也。而一二经师自命,与攻乎古文词者,语之及此,罔不曰:"此在神而明之耳,未可以言传也!"噫嘻!此非循其当然而不求其所以然之蔽也哉!后生学者,将何考抵而问道焉?上稽经史,旁及诸子百家,下至志书小说,凡措字遣辞,苟可以述吾心中之意以示今而传后者,博引相参,要皆有一成不变之例。愚故罔揣固陋,取《四书》《三传》《史》《汉》、韩文为历代文词升降之宗,兼及诸子《语》《策》为之字栉句比,繁称博引,比而同之,触类而长之,穷古今之简篇,字里行间,涣然冰释,皆有以得其会通,辑为一书,名曰《文通》。部分为四:首正名。天下事之可学者各自不同,而其承用之名,亦各有主义而不能相混。佛家之根尘法相,法律家之以准皆各及其即若,与夫军中之令,司官之式,皆自为条例。以及屈平之灵修,庄周之因是,鬼谷之捭阖,苏张之纵横,所立之解,均不可移置他书。若非预为诠解,标其立义之所在,而为之界说,阅者必洸洋而不知所谓,故以正名冠焉。次论实字。凡字有义理可解者,皆曰实字。即其字所有之义而类之,或主之,或宾之,或先焉，或后焉，皆随其义以定其句中之位，而措之乃各得其当。次论虚字。凡字无义理可解，而惟用以助辞气之不足者，曰虚字。刘彦和云："至于夫惟盖故者，发端之首唱。之而于以者，札句之旧体。乎哉矣也，亦送末之常科。"虚字所助，不外此三端，而以类别之者因是已。字类既判，而联字分疆，胥有定准，故以论句豆终焉。虽然，学问之事，可授受者规矩方圆，其不可授受者，心营意造。然即其可授受者，以深求夫不可授受者，而刘氏所论之文心，苏辙氏所论之文气，要不难一蹴贯通也。余特怪伊古以来，皆以文学有不可授受者在，并其可授受者而不一讲焉。爰积十余年之勤求深讨以成此编，盖将探夫自有文字以来至今未宣之秘奥，启其缄縢，导后人以先路，挂一漏万，知所不免。所望后起有同志者悉心领悟，随时补正以臻美备，则愚十余年力索之功，庶不泯也已！

三七　清马眉叔《文通例言》

是书本旨专论句读，而句读，集字所成者也。惟字之在句读也，必有其所，而字字相配，必从其类，类别而后进论夫句读焉。夫字类与句读，古书无论及者。故字类与字在句读所居先后之处，古亦未有其名。夫名不正则言不顺，《语》曰："必也正名乎！"是书所论者三：首正名，次字类，次句读。

古经籍历数千年传诵至今，其字句浑然，初无成法之可指。乃同一字也，同一句也，有一书迭见者，有他书互见者，是宜博引旁证，互相比拟，因其当然以进求其所同所异之所以然，而后著为典则，义类昭然。但其间不无得失，所望后之同志，匡其不逮，俾臻美备。

此书在泰西名为"葛郎玛"。"葛郎玛"者，音源希腊，训曰字式，犹云学文之程式也。各国皆有本国之葛郎玛，大旨相似，所异者，音韵与字形耳。童蒙入塾，先学切音，而后授以葛郎玛。凡字之分类，与所以配用成句之式具在。明于此，无不文从字顺，而后进学格致数度，旁及舆图史乘，绰有余力，未及弱冠，已斐然有成矣。此书系仿葛郎玛而作，后先次序，皆有定程。观是书者稍一凌躐，必至无从领悟。如能自始至终，循序渐进，将逐条详加体味，不惟执笔学中国古文词，即有左宜右宜之妙，其于泰西古今之一切文字，以视自来学西文者，盖事半功倍矣！

构文之道，不外虚实两字。实字，体骨；虚字，神情也。而经传中实字易训，虚字难释。《颜氏家训》有《音辞》篇，于古训罕有发明。独赖《尔雅》、《说文》二书解释经传之词气，最为近似。然亦时有结鞠为病者。至以虚实之字，措诸句读间，凡操笔为文者，皆知当然。而其当然之所以然,虽经师通儒,亦有所不知。间尝为《孟子》"亲之欲其贵也,爱之欲其富也"两句中之两其字皆指象言,何以不能相易?《论语》"爱之能勿劳乎,忠焉能勿诲乎"两句之法相似,何为之、焉二字,变用而不得相通?"俎豆之事,则尝闻之矣。军旅之事,未之学也"两句之法,矣、也二字,何亦不能互变?凡此之类,曾以叩攻小学者,则皆知其如是,而卒不知其所以如是。是书为之曲证分解,辨析毫厘,务令学者知所区别,而后施之于文,各得其当。若未得其真解,必将穷年累月,伊吾不辍,执笔之下,犹且与耳谋,与口谋,方能审其取舍。劳逸难易,迥殊霄壤。

此书为古今来特创之书。凡事属创见者,未可徒托空言,必确有凭证而后能见信于人。为文之道,古人远胜今人,则时运升降为之也。古文之运,有三变焉。春秋之世,文运以神。《论语》之神淡,《系辞》之神化,《左传》之神隽,《檀弓》之神疏,庄周之神逸。周秦以后,文运以气。《国语》之气朴,《国策》之气劲,《史记》之气郁,《汉书》之气凝,而《孟子》则独得浩然之气。下此则韩愈氏之文,较诸以上运神运气者,愈为仅知文理而已。今所取为凭证者,至韩愈氏而止。先乎韩文而非以上所数者,如《公羊》、《穀梁》、《荀子》、《管子》亦间取焉。维排偶声律者,等之自郐以下耳。凡所取书,皆取善本以是正焉。

书中正文,只叙义例,不参引书句,则大旨易明。正文内各句,有须引书为证者,则从《十三经注疏》体,皆低一格写,示与正文有别。引《论语》、《孟子》、《大学》、《中庸》与《公羊》、《穀梁》,只举《论》、《孟》、《学》、《公》、《穀》一字以冠引书之首。《国语》、《国策》,只举《语》、《策》,而以所引《语》、《策》之国名冠之。《公》、《穀》之后,缀以某公某年。引《左氏》则不称《左》,单标公名与其年。《庄子》只称篇名。《史记》只称某某本纪,某某世家,列传八书亦如之。《前汉》只称某帝,某传某志。若引他史,必称史名,如《后汉》、《三国》、《晋书》之类。韩文单举篇名,且删其可省者。

诸所引书,实文章不祧之祖,故可取证为法。其不如法者,则非其祖之所出，非文也。古今文词经史道家，姚姬传氏之所类纂，曾文正之杂钞，旁如诗赋词曲，下至八股时文，盖无有能外其法者。

凡引书句，易与上下文牵合误读，今于所引书句俱用小字居中印。于所引书名篇名之旁以线志之，以示区别。

三八 胡以鲁《论译名》

传四裔之语者曰译,故称译必从其义。若袭用其音,则为借用语,音译二字,不可通也。借用语固不必借其字形。字形虽为国字,而语非己有者,皆为借用语。且不必借其音也。外国人所凑集之国字,揆诸国语不可通者,其形其音虽国语,其实仍借用语也。借用语原不在译名范围内,第世人方造音译之名,以与义译较长短,故并举而论之。

社会不能孤立,言语又为交际之要具,自非老死不相往还。如昔之爱斯几摩人者,其国语必不免外语之侵入。此侵入之外语,谓之借用语。然言语为一社会之成俗,借用外语,非其所习,亦非其所好也。不习不好,而犹舍己从人,如波兰人之于俄语者可不论,不然者,必其事物思想非所固有,欲创新语,其国语又有所短,不得已而后乞借者也。固有之事物思想少而国语不足以为译者,概言之,即其国之文化,相形见绌,而其国语之性质,又但宜借用,不宜义译耳。波斯语中,亚剌伯语居多数,英语中,拉丁、希腊、法语等居七分之五,日语中,汉语等居半,是其彰明较著者也。吾国语则反是。自来中国与外国交通,惟印度佛法入中国时,侏离之言随之,所谓多义、此无、顺古、生善以及此土所无者,皆著为例,称五不翻也。然迄今二千有余载,佛法依然,不翻之外语,用者有几?顶礼佛号以外,通常殆无闻也。外患之侵,无代蔑有,外语之防,则若泾与渭。征服于蒙古者百年,而借用歹以代不好,如郑思肖所称者,殆为仅有之例。征服于满洲者亦几三百年,语言则转以征服之,借为我用者殆绝无也。殆于晚近,欧西文物盛传,借用外语者方接踵而起。持之有故,言之成理者,约举

之,盖有六派:

(一)象形文字,多草昧社会之遗迹,思想变迁,意标依旧,于是以为非外语不足以表彰新颖之名词。嫌象形之陋,主张借用外语者,此一派也。

(二)意标文字,多望文生义之蔽。名词为通俗所滥用,习为浮华,泛然失其精义,则利用外语之玄妙以严其壁垒,此一派也。

(三)侨居其地,讽诵其书,对于外语名词,联想及其文物,乡往既深,起语词包晕之感。以为非斯词必不足以尽斯义者,此一派也。

(四)名词之发达不同,即其引伸之义不能无异,辗转假借,又特异于诸语族之所为,藉以表彰新事新理所含众义,往往不能吻合,则与其病过不及,毋宁仍外语之旧,以保其固有之分际,此一派也。

(五)习俗不同,则事功异;风土不同,则物产异。西势东渐,文物蒸蒸,吾国名词,遂无以应给之。此土所无,宜从主称者,此一派也。

(六)北宋之亡,民日以媮。文敝言废,常用不过千名而止,事物虽繁,莫能自号。述易作难,姑且因循者,此又一派也。

最后二派,鉴于事实不得已,前之四派,则持名理以衡言语者也。今先向名理论者一为解说,然后就事实论者商榷焉。

天地之始无名也。名之起,缘于德业之摹仿。草昧之人,摹仿不出感觉感情二事,则粗疏迷离之义,遂为名词先天之病矣。此麦斯牟拉之所云,诸国语之所大同者也。习俗既成,虽哲者无能为力,竭其能事,亦惟定名词之界说,俾专用于一途,或采方言借用语以刷新其概念耳。然方言借用语既未尝不同病。定义之功,新奇之感,又不过一时而止,习久则用之泛滥,义亦流而为通俗,粗疏迷离,又如故矣!疗后天病者,其法其功亦不过如前而止。费文豪之大力,作一时之补苴。思想之进化,与言语之凝滞,其相去终不可以道里计。二十世纪光明灿烂新世界,聆其名词,非不新颖玄妙也,语学者一追溯其本义,则索然于千百年之上矣。象形文字,固其彰明较著者,音标语亦复如是也。通常用语，既因循旧名而不变，学术新语，亦大抵取材于希腊、拉丁而损益之。其旧社会之文化，未尝高出于吾国，其措义独能适用于今乎？知其不适而徒取音之标义，乃利其晦涩以自欺也，则非学者所当为。将利用其晦涩以免通俗之滥用也，其效亦不过一时。习用之而知其本义，则粗疏迷离之感，既同于意标，习用之而不知，则生吞活剥之弊，或浮于望文生义矣。推其本原，一由人心措词张皇欲为之，一由联想习惯性为之。科学不能私名词为己有，即不得祛其病而去，语无东西，其敝一也。人心既有张皇欲矣，发语务求其新颖，冀以耸人之听闻。闻者固亦有张皇欲而以新颖为快也。新名词既奏其效，遂于不甚适用处，亦杂凑而尝试之，辗转相传，名词遂从此泛滥矣。淫巧浮动之国民，其张皇之欲望，其习惯之变迁愈甚，则此泛滥之病愈剧。泛滥者日久而厌倦也，则与外语相接触，即取而借用之。苟其文化较逊，则对于借用语，不惟有新颖之感，亦且不胜崇拜之情焉。一见闻其名词，恍乎其事其物，皆汹涌而靡遗，是所谓包晕之感也。此感既深，对于借用语，遂神秘之无以易，而不悟此包晕者，为吾心自发之联想，为名词后起之义。及至习以为常，吾心之役于外语者，盖已久矣。使向者独立自营，虽事物非吾固有，而名与实习，固亦能如是也。名者，实之宾而已，视用为转移，何常之有！虽名词既成后，引伸之义，不能无异同。然如吾国语者，易于连缀两三词成一名词，义之过不及处，仍得藉两三义之杂糅，有以损益之也。

例如逻辑，犹吾国之名学也。论者以名之义不足以概逻辑，遂主张借用之而不译。夫不足云者，谓从夕从口取冥中自命之义，其源陋也，谓通俗之义多端也，谓引伸之义不同也，亦谓西洋之逻辑，褒然成一科学，尤非吾国昔之名学比也。是固然矣。然逻辑一词源于希腊，训词、训道，其本义之褊陋略同。引伸词与道之义，举凡一切言之成理，本条理以成科者，皆结以逻支。逻支者，逻辑之语尾音变也。吾国语，特木强难变耳。刑名、爵名、文名、散名，其引伸处亦有同者。假借之义，诚不若吾国之多，然能以之为科学而研究之，则斟酌损益，仍非无术。曰演绎名理，曰归纳名理，望而知其为名学之专名，其义所涵，视隐达逻辑、题达逻辑之但作内引外引解者，有过之，无不及也。岂得以其易解易泛之故，因噎废食哉？况教师就任曰隐达，折减以去亦曰题达。易地皆然，浮泛之病，不自吾始乎？培根后之逻辑，与亚利斯多德氏所草创者较，其内容之精粗，相去悬如，培根甚且斥亚氏之逻辑为无裨于人知。然斥之而犹袭用其名不变者，希腊、拉丁语固为西洋诸国语之母，向且诵其书以学逻辑之学矣，深入人心，积重难变，概念随用，义为转移，无待乎变更。强欲变更，而词义肤浅之国语，又有所不足也。不足云者，文化短绌，未尝具此概念。语词之发达，又以在物质在感觉者居多，表形上之思，粗笨不适也。吾国语自与外语接触以来，对外文化之差，既非若波斯之于亚剌伯，英之于拉丁、希腊，日本之于我，词富形简，分合自如，不若音标之累赘，假名之粗率。数千年来，自成大社会，其言语之特质，又独与外语异其类，有自然阻力若此，此借用语所以至今不发达于吾国也。

　　况意标文字中，取借用音语杂糅之，诘屈聱牙，则了解难。词品不易辗转，则措词句度难。外语之接触不仅一国，则取择难。同音字多，土音方异，则标音难。凡此诸难事，解之殆无术也。主张借用语者，宁不为保重学术计乎？对于通俗，则磔格不能入，徒足神秘其名词而阁束之。稍进者，据吾国所定学校之学科，宜已通解一二之外语，即无需此不肖之赘疣。更进则悉外语之源流，当益鄙以羊易牛之无谓矣！形象粗笨，如德语，对外新名词亦勉取义译，且不复借材于希腊、拉丁之旧语。十二三世纪以来，伊之邓堆、英之仓沙、德之加堆等，无不以脱弃外语、厘正国语为急者，盖国家主义教育之趋势也。弹琵琶，学鲜卑语者，方洋洋盈耳，挽之犹恐不及，奈何推而助之耶？

　　理之曲直若彼，势之顺逆，计之得失若此。吾于是决以义译为原则，并著其例如下：

　　（一）吾国故有其名，虽具体而微，仍以固有者为译名。本体自微而著，名词之概念，亦自能由屈而伸也。例如名学原有概念，虽不及今之西洋逻辑,然其学进,其名之概念必能与之俱进,亦犹希腊逻辑之于今日也。

(二)吾国故有其名,虽概念少变,仍以故有者为译。概念由人,且有适应性,原义无妨其陋,形态更可不拘也。例如谷一稔为年,月一周为月,一夜转为日,今者用阳历,概念虽少变,以之表四季三十日十二辰之时依然者,无妨沿用吾旧名。以四季为年,季节之义,亦原于农时。以月周为月,对夜而称日照时间为日,西语亦大略相同,至今未见其不通也。以序数称日略"日"之语词,则犹我国以基数称日耳,亦未尝以"号"相称也。无病呻吟何为哉?

(三)吾国故有其名,虽废弃不用,复其故有。人有崇古之感情,修废易于造作也。例如俗名洋火,不可通也。吾国固有焠儿、火寸等称,《天禄识余》载杭人削木为小片,薄如纸,镕硫黄涂木片顶分许,名曰发烛,又曰焠儿。史载周建德六年,齐后妃贫者以发烛为业。宋陶公谷《清异录》云:夜有急,苦于作灯缓,有知者披杉条染硫黄,置之待用。一与火遇,得焰穗然,呼为引光奴。今遂有货者,易名火寸。曷取而用之?

(四)但故有之名,新陈代谢既成者,则用新语。言语固有生死现象,死朽语效用自不及现行语也。例如质剂非不古雅也,第今者通用票据,则译日人所谓手形者,亦自译作票据而已。又如古之冠,不同于今之帽。免冠,又非若今之行礼也,有译脱帽为免冠者,事物不称,饰从雅言,百药所以见讥于子玄也!

(五)吾国未尝著其名,日本人曾假汉字以为译,而其义于中文可通者从之。学术,天下公器。汉字,又为吾国固有。在义可通,尽不妨假手于人也。例如社会、淘汰等语,取材于汉籍,主观、客观等,与邦人所译不谋而合。尤觇书同文者,其名尽可通用也。

(六)日人译名,虽于义未尽允洽,而改善为难者,则但求国语之义可通者因就之。名词固难求全,同一挂漏,不如仍旧也。例如心理学,以心之旧义为解,诚哉其不可通。第在彼取义希腊,亦既从心概念屈伸,今义已无复旧面目矣!欲取一允当之新名不可得,则因陋就简而已!

（七）日人译名，误用吾故有者，则名实混淆，误会必多，亟宜改作。例如经济义涵甚广，不宜专指钱谷之会计，不若译生计之为愈。场合为吴人方言，由场许转音，其义为处，不能泛指境遇、分际等义也。又如治外法权，就吾国语章法解之，常作代动字之治字下缀以外字者，宜为外国或外人之隐名，若欲以外为状词，其上非常用名字者不可（例如化外）。黄遵宪译《日本国志序》，治外法权概译为领事裁判权，固其所也。然则译作超治法权或超治外法权何如？

（八）故有之名，国人误用为译者，亦宜削去更定。误用者虽必废弃语，第文物修明之后复见用，则又淆惑矣。是宜改作者。第近似相假借者，则言语所应有，自不必因外名之异，我亦繁立名目耳。例如镕锑，本火齐珠也，今借锑以译金类元素之名。汽，本水涸也，今借汽以译蒸气之名，则不可。第如焚煤曰煤，古树入地所化，亦因其形似曰煤，则不妨假借，不必因外语异名而此亦异译也。必欲区别，加限制字可已。

（九）彼方一词而众义，在我不相习，易于淆惑者，随其词之用义分别译之。例如"梭威稜帖"（sovereingty）一词，英人假借之至于三义。吾译应从其运用之方面及性质，或译主权，或译统治权，或译至高权，不能拘于一也。又如财产权、物权、所有权，英人以"伯劳伯的"（property）一词概之者，在译者则宜分别之。此假借不同也。（不悟假借之异，宜有各执一端以相讼者矣。）又有西语简陋而吾国特长者，亦不当从其陋，如伯叔舅之称无别，从表兄弟之称无别，斯所谓窕语也，自亦宜分别为译。旧邦人事发达万端，西方恒言，在吾为窕语者，固不知凡几也。

（十）彼方一词，而此无相当之词（即最初四条所举皆不存也）者，则并集数字以译之。汉土学术不精，术语自必匮乏，非必后世龀龆喻之故也。故事事必兴废以傅会，不惟势有所难，为用亦必不给。况国语发展有多节之倾向，科学句度以一词为术语，亦嫑跋不便乎！例如"爱康诺米"（economy），译为理财，固偏于财政之一部，计学之计字,独用亦病跛畸,不若生计便也。

（十一）取主名之新义（如心理等词,改善为难者）,非万不得已,毋取陈腐以韬晦。例如"非罗沙非"（philosophy）,日人译为哲学,已得梗概。章师太炎译为玄学,尤阐其精义。爱智二字,造者原为偶然,还从其陋,甚无谓也。

（十二）取易晓之译名,毋取暧昧旧名相淆乱。例如"狃脱"（neuter）,原为不偏,译作中或中立可也。假罔两之鬼名以混之,则惑矣。又如文法上诸名词,《马氏文通》所译皆畅明易晓。不曰动字而曰云谓,不曰介词而曰介系,则诚文人所以自盖浅陋者哉！

（十三）宜为世道人心计,取其精义而斟酌之于国情,勿舍本齐末,小学大遗以滋弊。例如权利、义务,犹盾之表里二面,吾国义字约略足以当之。自希腊有正义即权力之说,表面之义方含权之意。而后世定其界说,有以法益为要素者,日人遂撷此二端,译作权利,以之专为法学上用语,虽不完,犹可说也。一经俗人滥用,遂为攘权夺利武器矣。既不能禁俗之用,何如慎其始而译为理权哉。义务之务字,含有作为之义,亦非其通性也。何如译为义分。

（十四）一字而诸国语并存者,大抵各有其历史事实及国情,更宜斟酌之,分别以为译。例如吾国旧译同一自由也,拉丁旧名曰"立白的"（liberty）,以宽肆为意;盎格鲁萨克逊本语云"勿黎达姆"（freedom）,则以解脱为意。盖罗马人遇其征服者,苛酷而褊啬,得享较宽之市民权者,便标为三大资格之一,与英人脱贵族大地主之束缚者不同。此译亦既不易改作矣,后有类此者,宜慎厥始。

（十五）既取译义,不得用日人之假借语（日人所谓宛字也）。既非借用,又不成义,非驴非马,徒足以混淆国语也。例如手形、手续等等,乃日人固有语,不过假同训之汉字撮掇以成者,读如国语,而实质仍日语也,徒有国语读音之形式,而不能通国语之义,则仍非国语。读音之形式既非,实质失其依据,则亦非复日本语,名实相淆,莫此为甚。票据之故有语,程叙之译语,未见其不适也,是亦不可以已乎？

（十六）既取义译，不必复取其音。音义相同之外语，殆必不可得，则两可者，其弊必两失也。例如幺匿、图腾，义既不通，音又不肖，粗通国文者，或将视为古语，通外语者又不及联想之为外语，似两是而实皆非，斯又焉取斯哉？即如几何有义可解矣，然数学皆求几何，于斯学未尝有特别关联也。彼名"几何米突"，原义量地几何地之义也。割截其半，将何别于地质学、地球学、地理学等之均以几何二音为冠者乎？音义各得其一部，不如译为形学多矣！

（十七）一字往往有名字动字两用者，译义宁偏重于名字，所以尊严名词概念也。用为动字，则或取其他动字以为助。例如"题非尼荀"（definition），日人译为定义，此译为界说。就吾国语句度言之，名字上之动词，常为他动，其全体亦即常为动词。定义有兼摄"题文"（define）动字之功，然非整然名词也，宁取界说，虽木强而辞正。欲用为动词，则不妨加作为等字。

（十八）名词作状词用者，日译常赘的字，原于英语之"的"（ty）或"的夫"（tive）语尾，兼取音义也。国语乃之字音转。通俗用为名代者，羼杂不驯，似不如相机斟酌也。例如名学的、形学的，可译为名理、形理。国家的、社会的，可译为国家性、社会性。人的关系、物的关系，可译为属人关系、属物关系。道德的制裁、法律的制裁，可译为道德上制裁、法律上制裁。相机斟酌，不可拘也。

（十九）日语名词，有其国语前系，或日译而不合吾国语法者，义虽可通，不宜袭用，防淆乱也。例如相手、取缔等，有相取前系而不可通者，十五条既概括之矣。即如打击、排斥、御用、入用等，带有前系词，及所有、持有等，诸译名义非不可通者，然不得混用。此非专辟外语也，外语而与国语似而其法度异，足以乱国语纲纪者，不得不辟也。

（二十）器械之属，故有其名者，循而摭之；故无其名者，自我译之。名固不能以求全，第浅陋、迷信、排外、媚外等义不可有。例如洋火，浅陋也；钟曰自鸣，迷信也；何如循旧名曰烛儿、曰钟乎？_{欧语语源，亦大抵钟之旧名。}餐曰番餐，排外也；曰大餐，曰大餐间，曰大衣，大帽，又由排外变而为媚外。若为大势所趋，则余欲无言。不然，欲区别之，冠以西字、洋字可也。必欲号称新奇，如古之称胡麻饭、贯头衣，各与以译名，亦无不可，乌所用其感情哉！

此以义译为原则者也。第事物固有此土所无而彼土专有者，则比字属名以定其号。终不可题号者，无妨从其主称。

（一）人名以称号著，自以音为重，虽有因缘，不取义译。如摩西以水得名者，不能便取其义而名之曰水。严格言之，如慕容、冒顿之慕、冒，轻唇音，且宜读古重唇以肖其原名也（阙氏迄今犹读胭脂者，其严格者也）。然读史在知其为人，苟但求西史普通智识，则人名亦不妨略肖国人姓名以便记忆，收声等无妨从略。华盛顿、拿破仑等名，通俗知之，蒙古、印度史中人名，虽学子不能记忆。无他，相似者易为习，诘诎者难为单节语国民识也。孔、孟二名之作罗马音也，赘有 us 拉丁语尾，西人遂一般习知之，且未尝误会其为希腊、罗马人也。以汉音切西名，势必不肖，不肖而犹强为之，无非便不解西文者略解西史耳。然则曰叶斯比，曰亚利斯多德，庸何伤。至谓为解西文者说法，则纯用西文，且读作其人本国语之音，是固鄙意所期也。

（二）地名取音与人名同。可缘附者不妨缘附，如新嘉坡是也。可略者无妨从略，如桑港是也。国名、洲名之习用者，不妨但取首音，如亚洲、英国是也。音声学应有之损益，无妨从惯习而损益之，如美利坚、重音在母音后之第二节，其母音往往不成声。如俄罗斯欲明辨首音之重音，或至别添一音，此所谓不同化也。是也。其所异于人名者，则可译无妨译义，如喜望峰、地中海、黑海、红海等是已。第渺茫之义及国家之名一成不可译。如或谓吾国支那之名本于缯儿，然不能称支那曰缯儿。尼达兰义为洼地，不能称尼达兰曰洼地。日本之名虽自我起，既成则不能更曰扶桑。

（三）官号各国异制，多难比拟，不如借用其名以核其实，如单于、汗且渠、当户、百里玺天德，皆其例也。然法制日趋大同，官职相似者日多，既相似，故不妨通用此号。而非汉官所有，特为作名，如左右贤王、僮仆都尉，古亦有其例也。

（四）鸟兽草木之名，此土所有者，自宜循《尔雅》、《本草》诸书，撷其旧名。此土所无而有义可译者，仍不妨取义，如知更鸟、勿忘草等是也。无义可译，则沿用拉丁旧名，然亦宜如葡萄、苜蓿，取一二音以为之，俾同化于国语也。

（五）金石化学之名亦然。金银盐矾故有者不必论。有义者，则如酒精、苹果酸等取义译。无义者，则依拉丁首一二音作新名，然音不可强用他义之旧名（例如锑本有火齐珠之义，不可以为原素名），义不可漫撷不确定一端之义（例如轻气在当时以其为原素中之最轻，今则义变而名亵矣），斟酌尽善，则专家之务也。

（六）理学上之名最难迻译。向有其名，如赤道、黄道者仍旧贯。确有其义，如温带、寒带者从义译。专名无关于实义者，不妨因故有之陋，如星以五行名，电以阴阳名，无损于其实也。似专名而义含于其名者则宜慎重，称"爱耐而几"（energy）曰储能，称"伊太"（ether）曰清气，漫加状词，殆未有不误谬者。"爱耐而几"，固有储有行；"伊太"在理想中，无从状其清浊也。爱耐而几，或可译作势乎？伊太，则伊太而已矣。

（七）机械之属，有义可译者，如上第二十条所云。无可译者，则仿后三四条作新名，璧柳珂珴，古原有其例也。"亚更"（organ），不能译原义曰机。"批阿娜"（piano）不能译原义曰清平，而曰风琴、洋琴，则淆矣。无已，其亦借音作名，如古之琵琶乎？

（八）玄学上多义之名不可译，如内典言般若，犹此言智慧，而智慧不足以尽之。亚利斯多德言"奴斯"（nous），犹此言理，而理不足以尽之。名之用于他者，犹无妨其不尽。玄学则以名词为体，以多义为用者，不可以不尽也。

（九）宗教上神秘之名不可译，如"曼那"（manus），译为甘露，则史迹讹淆。涅盘，译为乌有，则索然无味。佛义为知者，不能号为知者。基督义为灌顶,不能称其灌顶王也。

(十)史乘上一民族一时特有之名不可译,如法律史上罗马人之自由权、市民权、氏族权,称曰"三加普"(tria caputa),不能译加普曰资格,政治史上希腊人放逐其国人之裁判法曰"亚斯托刺西斯姆"(ostracism),不能译其义曰国民总投票等是也。

美诗人普来鸟德氏尝语其友曰:"观君数用法兰西语。果使精练英语,无论何种感想,自有语言可表,安用借法语为也!"德文豪加堆且曰:"表示感想,惟国语为最适切。"诚哉!好用外语者,盖未尝熟达国语也。自史籀之古书凡九千名,非苟为之也。有其文者必有其谚言,秦篆杀之,《凡将》诸篇继作,及邠氏时,亦九千名。衍乎邠氏者,自《玉篇》以逮《集韵》,不损三万字,非苟为之。有其文者必有其谚言:刻玉曰琢。刻竹以为书曰篆。黑马之黑,与黑丝之黑,名实眩也,则别以骊、缁。青石之青,青笋之青,名实眩也,则别以苍、箐、琅玕。白鸟之白,白雪之白,白玉之白,名实眩也,则别以皠、皑、皦。怨偶,匹也;合偶,匹也。其匹同,其匹之情异,则别以述、仇。马之重迟,物之重厚,其重同,其重之情异,则别以笃、竺。此犹物名也,更以动静名言之:直言曰经。一曲一直曰迂。自圆心以出辐线,稍前益大曰奊。两线平行略倾,渐远而合成交角曰弖。车小缺复合曰辍。釜气上蒸曰融。南北极半岁见日,半岁不见日,曰暨。东西半球两足相抵曰僢。简而别,昭而切,则孳乳之用,具众理而应万事。古者术语固无虞其匮乏也。后世俗偷文敝,使术名为废语。于是睹外货,则目眩神摇,习西学,则心仪顶礼。耳食而甘,觉无词以易,乞借不足,甚且有倡用万国新语者。习于外而忘其本,滔滔者盖非一日矣!欧语殊贯,侵入犹少,日人之所矫揉者,则夺乱陵杂,不知其所底止也。吾虽于义译五六条下,著日人译语,不妨从同,然集一政党,亦必曰国民、曰进步、曰政友、曰大同俱乐部,亦何訾媕至于斯极乎!国语,国民性情节族所见也。汉土人心故涣散,削于外族者再,所赖以维持者厥惟国语。使外语蔓滋,陵乱不修,则性情节族沦夷,种族自尊之念亦将消杀焉,此吾所为涓涓而悲也! 综上所著三十条,更为之申言曰:故有其名者,举而措之,荀子所谓散名之在万物者,从诸夏之成俗曲期也。故无其名者,骈集数字以成之。国语释故、释言而外,复有释训,非联绵两字,即以双声、叠韵成语,此异于单举。又若事物名号合用数言,放勋、重华,古圣之建名,阿衡、祈父,官僚之定名,是皆两义并为一称,犹西语合希腊、拉丁两言为一名也。今通俗用言虽不过二千,其不至甚忧匮乏者,犹赖此转移,盖亦吾国语之后天发达也。音少义多,单举易淆,明体达用,莫便于此。荀子所谓絫而成文,名之丽也,无缘相拟,然后仿五不翻之例,假外语之一二音作之,荀子所谓有循于旧名,有作于新名也。

本斯三端,著为三十例,冀于斯道稍有所贡献,当否不敢知也。至于切要之举,窃以为宜由各科专家集为学会,讨论抉择,折衷之于国语国文之士,复由政府审定而颁行之。例如日本,法政家之名从国法,学术之名从学会,国家主要用品如军舰、飞艇等名,则由政府布告以完定之。名正则言顺,庶几百官以治,万民以察乎!

三九　容挺公致《甲寅》记者论译名

记者足下：顷读贵志《译名》一首，《逻辑》二首，音译之说，敬闻命矣。如"依康老蜜"，如"逻辑"，如"萨威稜帖"，如"札斯惕斯"等，学名术语，兼示其例。又闻《庸言报》载有胡君以鲁《论译名》一首，于夙昔尊论，有所指弹。愚未读《庸言》，弗详胡说。窃思足下于迻译究心甚深，持说甚坚。愚于此本极疏陋，直觉所见未能苟同，怀疑填臆，请得陈之："逻辑"及"依康老蜜"二语，倘指科学，用作学名，则愚颇以音译为不适。盖科学之职志，无千古不易之范围，故其领域之张，咸伴时代之文明而进。即同一时代，学者之解释区划，言人人殊。无论何一科学，初未尝有一定之职，故一学成科之始，学者为之授名，后其学递衍递变，名则循而不易。是故"逻辑"与"依康老蜜"，在欧文原义业不能尽涵今日斯学之所容，而今剌取其音，用之以名斯学，指为最切，物曲影直，恐无此理。谓义译有漏义，而音译已不能无漏，初无彼此，其漏也等。谓义译须作界，而音译更不能不作界。同是作界，二者所费之力，姑不计其多寡，然就读者用者主客两观之，觉为学术说明时，往往诸学名列举对称以示诸学之镠镯，或以明所述事物之属性，又或行文之便，用为副词，苟音译义译杂用，长名短名错出，不妙之处，浅而易明。若就读者一方言之，觉羌无意趣之学语，自非专门学者无由通其义，直觉既不望文生义，联想亦难观念类化。凡俗念佛，咒诵万遍，了无禅悟，将毋类是。今世科学，不能与佛典等观，固欲举科学概念，化为尽人常识者也。且果如斯说，将见现有百科学名，几无一完卵，势非一一尽取而音译之不可。愚观日人辞书，除人名、地名、物

118

名,其精神科学名辞,鲜有音译者。即地名、物名,有时亦以义译出之。愚不同尊说,并无特见,不过体诸经验,比长度短,谓终未可以彼易此。又如"萨威稜帖"及"札斯惕斯"二语,虽或义为多涵,颇难适译。例以佛典多涵不译,似从音为便。愚谓我邦文学,虽木强难化,不若欧文之柔而易流,然精神的文明,为我邦之古产,凡外域精神科学之名辞,若以邦文迻译,纵不皆吻合,亦非绝无相近者。其完全合致者,则直取之;不实不尽者,则浑融含蓄以出之。如此以译名视原名,纵不能应有者尽有,或亦得其最大部分之最大涵义。抑方今之急,非取西学移植国中之为尚,曾食而化之、吐而出之之尚。西学入国,为日已长,即今尚在幼稚之域。我国学者于移植之功,固不能无作,然第一味移植,遂谓克尽能事,亦未见其可!尊论谓厘名与义而二之。名为吾所固有者不论,吾无之,则径取欧文之音而译之,名为一事,义又为一事。义者,为名作界也;名者,为物立符也。作界之事,诚有可争,作符之事,则一物甲之而可,乙之亦可,不必争也。惟以作界者作符,则人将以争界者争符,而争不可止等语。昔张横渠作《砭愚》《订顽》,程子见之,谓恐启争端,为改题《东铭》、《西铭》,皆命名息争之说也。又有若贵志以"甲寅"为号,容别有寄托,然息争一端,必为作用之一,此即愚浑融含蓄之说也。夫一事一象,有涵义甚富者,乃今欲櫽括于一语之中,即智力绝特之士,孰不感其难能。即在愚最大部分之最大涵义之说,甲以此为大,乙或以彼为更大,争端仍不可免。然学问之事,必不能无所争,而亦无取乎息争。非第不许息争,为消极之作用,将有以启争求积极之成功,则有争宁足忧,无争又宁足喜。苟学者各竭其心思,新名竞起,将由进化公理,司其取舍权衡。其最适者,将于天择人择,不知不识之间,岿然独存。精确之名既定,则学术自伴之而进。即如足下手定之名,自出世之日始,固已卷入于天演中。将来之适不适,存不存,人固无能为,今亦不能测。惟一番竞争,一番淘汰,所谓最大部分之最大涵义,或可于残存者遇之。此时以其所得,以视译音得失何如,终有可见。然即在音译,已不能免与义译派之争，是固欲无争，反以来争。且两派之争，绝无折衷余地，所谓争不可止，斯诚争不可止。愚又闻"逻辑"与"依康老蜜"二学，日儒传习之初，异译殊名，纷纷并起，更时既久，卒定于一，举世宗之。然而涵义之争，今亦不已，而亦终无穷期。尊论急以作界者作符，则人将以争界者争符，而争不可止者。观此，见争符者之终有止境，与乎争界者不必并其符而亦相争，似与尊论作一反比。迩来日本学界喜以假名调欧字，彼邦学者已多非之。然此乃一时之流行品，非所论于译例也。说者又虑义译多方，期统一于政府。惟政府之力，亦不能过重视之。盖惟人名、地名暨乎中小学教科书所采用之名辞，政府始能致力，稍进恐非所及。然即就可及者为之，仍须在学者自由译述之后，政府从而取舍，颁诸全国以收统一之用。若谓聚少数之学者，开一二会议，举学术用语一一规定而强制施行之，亦未见其可也。愚自忘谫陋，自拟译例：凡欧文具体名辞，其指物为吾有者，则直移其名名之，可毋俟论。其为中土所无者，则从音。无其物而有其属者，则音译而附属名。至若抽象名辞，则以义为主。遇有势难兼收并蓄，则求所谓最大部分之最大涵义。若都不可得，苟原名为义多方，在此为甲义则甲之，在彼为乙义则乙之。仍恐不周，则附原字或音译以备考。非万不获已，必不愿音译。此例简易浅白，与佛典五不翻之例未合，与尊论亦有不同，诚愿拜闻高论，匡我不足。前足下于论译名时，曾许异日更当详述。仆不自量，雅欲献其肤见，作大论之引端。倘蒙不鄙，愿假明教。不宣。

四〇　章行严答容挺公论译名

来书所论各节，委曲周至，一读倾心，非精于译例者不能道其只字，甚盛，甚盛！惟足下所言，有稍稍误会鄙意者，有终为鄙意不欲苟同者。推贤者不耻下问之心，广孔氏各言尔志之义，请得为足下渎陈之：愚之主张音译，特谓比较而善之方，非以为绝宜无对之制。且施行此法，亦视其词是否相许，尤非任遇何名，辄强为之。足下以愚言"译事以取音为最切"，致来"物曲影直"之讥。又以愚说所之，"百科学名，都为羌无意趣之译语"，实则愚自执笔论此，未尝为此绝对之言也。夫以音定名之利，非音能概括涵义之谓，乃其名不滥，学者便于作界之谓。如译Logic为逻辑，非谓雅里士多德、倍根、黑格尔、穆勒诸贤以及将来无穷之斯学巨子所有定义，悉于此二字收之，乃谓以斯字名斯学。诸所有定义，乃不至蹈夫迷惑抵牾之弊也。果尔，则足下谓"科学……领域之张，咸伴时代之文明而进，即同一时代，学者之解释区画，言人人殊"，适足以张义译之病，而转证音译之便也。足下亟称日人，谓其"辞书鲜从音译"，且"逻辑一名，彼邦传习之初，殊名纷起，卒定于一，举国宗之"，则愚知其所译逻辑之名，乃论理学也。论理学（science of reasoning）云者，斯学稚时之定义，其浅狭不适用，初学犹能辨之。今既奉为定名，于斯别求新义。是新义者，非与论理一义，渺不相涉，即相涉，而仅占其小部。总而言之，作界之先，当先为一界曰："论理学者，非论理学也。"名界抵触，至于如此！宁非滥订名义者之恶作剧！是果何如直取西名之能永保尊严者乎？足下谓："义译须作界，音译更不能不作界。"此就界而论，尊说诚是。若只言译事，定音与义胡择？则义译固然，音译乃不尔也。义译之第一障害，即在定名之事，混于作界。先取一界说以为之名,继得新界,前界在法当弃,而以为名之故,不得不隶新界于弃界之下。若取音译,则定名时与界义无关涉,界义万千,随时吐纳,绝无束缚驰骤之病。利害相校,取舍宜不言可知。循是而谈,苟音译之说学者采之,一名既立,无论学之领域,扩充至于何地,皆可永守勿更。其在义译,则难望此。逻辑初至吾国,译曰"辨学"。继从东籍,改称"论理"。侯官严氏陋之,复立"名学"。自不肖观之,辨义第一,名义次之,论理最为劣译。东学之徒,首称论理,名辨俱无取焉。内地人士,似右严译,次称东名。吾邦初传之号,反若无睹。今吾学子,似俱审逻辑为一学科矣。其名胡取,尚无定论。然则足下所谓"一学成科之始,学者为之授名,后其学递衍递变,名则循而不易"。以译事论,音译诚将有然,义译似未易语是。足下取证日人,谓"一名既定,学者相率用之,不更交相指摘",以破愚"争符不止"之说。不知是乃彼邦学者习为苟安以唱宗风,首当矫正,而乃甘蹈其覆也耶!且彼之为此,亦以其名沿用既久,势已难于爬梳,故出于迁就一途。则吾人乍立新名,允当借镜于兹,勿将苟简褊狭之思,以重将来难返之势。足下乃谓为可法,愚窃为智者不取也。足下以天演公例,施之译林,然当知适者生存,适者未必即为良者。且据晚近学者所收例证,择种所留,其为不良之尤者,往往有之。以故为真正进化计,天演论已当改造。以论问学,义尤显然。今言逻辑,请以辨、名、论理三名抛之吾国学界,听其推移演进,以大势观之,得收最后胜利,或为论理,如日人之今运然。是则足下所信"一番竞争,一番淘汰,所谓最大部分之最大涵义,或可于残存者遇之"。愚则以为最小部分之最小涵义,亦或可于残存者遇之也!盖百事可以任之自然,惟学问之事,端赖先觉,非服食玩好,人有同嗜者可比。此乃提倡之道,不得等之强制之科。足下达者,当不以为妄。至音译有弊,诚如足下所云。愚虽右之,未敢忽视。故愚用斯法,亦择其可用者用之,非不问何症,惟恃一方也。足下所拟译例,就义译一方,用意极为周到,愚请谨志,相与同遵。惟足下遇义译十分困难时,因忆及鄙说,不无几微可论之价,则亦书林之幸也!妄陈乞教。

四一　梁任公《中学以上作文教学法》

一

本讲义为中学以上国文教师讲授及学生自习之用,意在研究文章构造之原则,俾学者有规矩准绳之可循。讲义开始之前,应自行划定所讲之范围及体例如下:

第一,作文第一步工夫,本应注意文法,但此事应该别有专书教授,而且在高等小学期间内该已大略授过,所以本讲义把这部分姑且剔开,专从全篇结构上讲。

第二,本讲义所用教材,专限于文言文,其语体文一概从略。并非对于语体文有什么不满,只因为:

一、本讲义预备中学以上教学用。假定学生在小学期间对于语体文已有相当之素养,到中学以上无专门教授语体文之必要。

二、文言文行用已二千多年,许多精深的思想和优美的文学作品,皆用他来发表,所以学生应该学习他,最少也要能读他,能解他,而学习的期间,以中学为最宜。

三、文言和语体,我认为是一贯的,因为文法所差有限得很。而会作文言的人,当然会作语体。或者可以说文言用功愈深,语体成就愈好。所以中学以上,在文言下些工夫,于语体文也极有益。

四、语体尚在发达幼稚时代,可以充学校教材的作品不很多。文言因为用得久了,名作林立,要举模范,俯拾即是,所以教授较为方便。

因为以上四种原故,所以我主张中学以上国文科以文言为主。但这是专从讲授一面说,至于学生自作,当然不妨语文并用。或专作语体,亦无不可。因为会作文与否,和文学作得好歹,所重不在体裁而在内容。这些道理,下文再说。

第三,文章可大别为三种:一记载之文。二辩论之文。三情感之文。而一篇之中,虽然有时或兼两种,或兼三种,但总有所偏重,我们勉强如此分类,当无大差。作文教学法,本来三种都应教,都应学。但第三种情感之文,美术性含得格外多,算是专门文学家所当有事,而中学学生以会作应用之文为最要,这一种不必人人皆学。而且本讲义亦为时间所限,所以仅讲前两种为止。至于第三种的研究法,我上半年在清华学校,曾有一篇颇长的讲义,名曰《中国韵文里头所表现的情感》,诸君若对于这方面有兴味,不妨拿来参考参考。

第四,本讲义从教授方面讲居多,但学生很可以用来自习,或者得益更多,亦未可知。

第五,所引模范文,因没有汇辑成书,故仅以最通行者为限,而且所引势难举全文,望诸君觅原本比对参考才好。

二

今论记载文作法:凡叙述客观的事实者为记载文,而其种类可大别为四:

一、记物体之内容或状态。 如替一部书作提要,替一幅图画作记,说明一种制度的实质,说明一件东西的特性之类。

二、记地方之形势或风景。 记形势的如方志之类,记风景的如游记之类。

三、记个人言论行事及性格。 简单的如列传之类,详细的如行状年谱之类。而其中复可分为一人专传、多人合传。

四、记事件之原委因果。 小之记一人一家所发生的事件,大之记关于全国家全人类的事件。短之记以一日或几点钟为起讫的事件,长之记数千年继续关系不断的事件。

上四类中,第一类最为易记。因为范围是有限制的,观察力容易集中,性质是固定的,让我们慢慢地翻来覆去观察,不会变样子。第二类也还易记。因为性质虽然不免变化,比较的还属固定,空间的范围虽然复杂,可以由我们画出界限部分来。第三类的记载便较难。头一件因为人类生活,总须有相当的时间经过,才能表明,而时间最是变动不居的。第二件因为要想明白一个人的真相,不能光看他外表的行事,还要看他内在的精神,不能专从大处看,有时还要从小处看。所以作一篇好传记,实不容易。至于第四类的记载便更难了。要知道一件事的原委因果,总要把时间关系观察清楚,把人的要素物的要素分析明白。种种极复杂状态,都拼拢在一处,非大大的费一番组织工夫,不能记述得恰好。然无论做何类记载文,有两个原则总要严守的:

第一要客观的忠实。记载文既以叙述客观的事实为目的,若所记的虚伪或讹舛或阙漏,便是与目的相反。所以对于材料之搜集要求其备,鉴别要求其真,观察要求其普遍①而精密。而尤要者,万不可用主观的情感,夹杂其中,将客观事实,任意加减

---

① 遍,原作"偏",误。

轻重。要而言之：凡作一篇记载之文，便要预备到后来作可靠的史料。一面对于事实负严正责任，一面对于读者负严正责任。而学生初学作文时，给他这种观念，不惟把"文德"的基础立得巩固，即以文体论，也免了许多枝叶葛藤。

第二叙述要有系统。客观的事实，总是散漫的、断续的，若一条一条的分开胪列——像孔子所作《春秋》一般，只能谓之记载，不能谓之文。既要作文，总须设法把散漫的排列起来，把断续的连贯起来。未动笔以前，先要观察事实和事实的关系，究竟有多少主要脉络，把全篇组织先立出个系统，然后一切材料能由我自由驾驭。而教学生作文，从此入手，不惟文章容易成就，而且可以养成他部分的组织能力。

三

以上泛论记载文的纲领已完，以下便举实例分论各种作法。

记载文有把客观事实全部记载者。例如韩昌黎《画记》(《古文辞类纂》卷五十一)，记的是一幅田猎人物画手卷。用四百多个字，把画中人马及其他动物杂器物五百多件全部叙入，能令我们读起来，仿佛如见原画。我常推它是《昌黎集》中第一杰作。他这篇杰作，实很费一番组织工夫，才能构成。他先把全画人物分为四大部：一人，二马，三其他动物，四杂器物。第一第二部用列举的记叙法，第三第四部用概括的记叙法。他把这个组织系统先行立定，再行驾驭画中的材料。写人的状态应最详，他便用精密的列举，先写大人，后写妇人小孩。大人之中，先写骑马的，次写别种动作的。骑马之中，又种种分类，别种动作中，又种种分类，叙明作某种状态者若干人，某种状态者又若干人，而总结之以"凡人之事三十有二，为人大小百二十有三，而莫有同者焉"。次叙马，亦列举其状态，而不举每种状态所占之马数,总结处,却与叙人同一笔法,说道:"凡马之事二十有七,马大小八十有三,而莫有同者焉。"次叙其他动物,则但云:"牛大小十一头,橐驼三头……"但举其数,不复状其状态。次叙杂器物,则分兵器、服用器、游戏器三类,统记其总数"二百五十有一具",更不分记其器有若干具了。而其余山水树林等情形,文中一字不见,但我们从他写人马状态里头,大约可以推度得出来。这篇文,用那么短篇幅,写那么琐屑复杂的状态,能令人对于客观的原样,一目了然,而且在文章上很发生美感。问他何以能如此呢?主要工夫,全在有系统的分类观察。把主从轻重先弄明白,再将主要部分一层一层的详密分类,自然能以简御繁。我们想练习观察事物的方法,这便是一个模范。

这种叙述法,施诸一幅呆板的画,或尚适用。因为画中人物虽然复杂,毕竟同属画出来的东西,想把全部叙下,还有办法。若所叙的对象含有各种不同性质,你想要全部一丝不漏都叙下,结果一定闹到主从不分明,把应叙倒反落掉,令读者如堕五里雾中了。所以叙事文通例,总是限于部分的记述。纸面的记述,虽仅限于一部分,而能把全部的影子摄进来,便算佳文。

部分记述之主要方法有四:

　　一、侧重法
　　二、类概法
　　三、鸟瞰法
　　四、移进法

侧重法专注意题中某一点或某几点,其余或带叙,或竟不叙。最显著的例,如陈群等之《魏律序略》(《晋书·刑法志》引),目的专在记魏律与秦汉律篇章之异同。而起首便说道:"旧律所难知者,由于六篇篇少故也。篇少,则文荒。文荒,则事寡。事寡,则罪漏。是以后人少增,更与本体相离。今制新律,宜都总事类,多其篇条。"这几句,把改律的动机和宗旨都简单明了提出。以下便将旧律某篇某篇如何不合论理，如何不便事实，据何种理由增加某篇、挪动某条，至末后总结一笔："凡所定增十三篇，故就五篇，合十八篇。于正律九篇为增，于旁章科令为省矣！"全文不过七百字，然而叙述得非常得要领。我们试把它仔细研究一遍，便可以制成一个极明了的"汉魏律篇章对照表"。它对于许多法律上重要问题，都没有提及，所记专集中于这一点。正惟集中于这一点，所以对于这部分，确能充分说明，遂成为天地间有用且不朽之文。

凡遇着一个廓大的题目，应该叙述的有许多部分，最好专择一部分为自己兴味所注者以之为主，其余四方八面的观察都拱卫着他，自然会把这部分的真相看得透，说得出。别的部分，只好让别人去研究说明。这种方法，虽然可以说是文家取巧，其实也是做学问切实受用的一种途径。

侧重法，只要能把所重的说得透切，本来无论侧重哪一点皆可。但能够把题目最重的地方看清楚，然后用全力侧重他，自然更好。我刚才说过："部分的叙述，须能全部影子摄进来。"想以部分摄全部，非从最重要处落脉不可。比方攻击要塞，侧重法是专打一个炮台，所打的若是主力炮台，自然比打普通炮台效力更大了。例如有一个题目在此，《记德国新宪法》，不会用侧重法的人，想要把全宪法各部分平均叙述，一定闹到写了几万字，还是茫然无头绪。会用侧重法的人，便认定某几点重要，其余都不管。但是同一样的侧重法，侧重得握要，文章价值自分高下。例如侧重新宪法和旧宪法比较，看帝制与共和异同何在，原不失为一种好方法，但关于共和之建设，各国大略相同，就令从这方面详细解剖，仍不足以说明德宪特色。我有位朋友张君劢做过这一篇文，专把德宪中关于"生产机关社会有"的条文和关于"生计会议"的组织及权限详细说明，其余多半从略，这便是极有价值的一篇文字。因为这两点，是从来别国宪法所未有，德国新宪能在今后立法界有绝大价值，就靠这两点。

凡一件事实，总容得许多观察点，所以一个题目，容得有许多篇好文章。教授学生时，最好是择些方面多的题目，先令学生想想这题目可以有几个观察点，等他们答完之后，教师把几个正当观察点逐一指出，然后令各生自认定一个观察点做去，既认定时，便切戒旁骛以免思路混杂，凡所有资料，皆凭这观察点为去取。经过这样的训练，学生自然会把侧重法应用得很好了。

但前文讲的观察点之比较选择，万不要忘却，倘若所选之点，太不关痛痒，总不能成为正当的好文章。例如《史记·管晏列传》叙个人关涉琐事居大半，太史公自己声明所侧重的观察点，说道："至其书世多有之，是以不论，论其轶事。"他既有了这几句话，我们自然不能责他不合章法。但替两位政治家作传，用这种走偏锋的观察法，无论如何，我总说是不该。

四

类概或类从法者，所记述的对象，不能有所偏重，然而又不能偏举，于是把他分类，每类絜出要领，把所有资料，随类分隶，这种模范作品，最可学的是《史记·西南夷传》：

> 西南夷君长以什数，夜郎最大。其西南靡莫之属以什数，滇最大。自滇以北君长以什数，邛都最大。此皆魋结，耕田，有邑聚。
>
> 其外西自同师以东，北至楪榆，名为巂、昆明，皆编发，随畜迁徙，毋常处，毋君长。地方可数千里。
>
> 自巂以东北，君长以什数，徙、筰都最大。自筰①以东北，君长以什数，冉駹最大。其俗或土著，或移徙。在蜀之西，自冉駹以东北，君长以什数，白马最大。皆氐类也。此皆巴蜀西南外夷也。

---

①　筰，原作"巂"，误。

这篇传叙述的川边、川南、云南、贵州一带氐、羌、苗、蛮诸种族情形异常复杂,虽在今日,尚且很难理清头绪。太史公却能用极简净的笔法,把形势写得了如指掌。他把他们分为三大部,用土著、游牧及头发的装束等等做识别。每一大部中复分为若干小部,每小部举出一个或两个部落为代表。代表者之特殊地位固然见出,其他散部落亦并不罣漏。到下文虽然专记几个代表国——如滇、夜郎等——的事情,然已显出这些事情是西南夷全体的关系。这是详略繁简的最好标准。

凡记载条理纷繁之事物,欲令眉目清楚,最好用这方法。用这方法最要注意的工夫是分类。分类所必要的原则有三:第一要包括,第二要对等,第三要正确。包括是要所分类能包含该事物之全部。对等是要所分类性质相等。正确是要所分类有互排性,不相混合。例如说中国有汉满蒙回藏五族,这个分类,便不包括,因为把蛮子、猡猡等族漏掉了。例如把日月及金木水火土五星名为七曜,便是不对等。因为日月和五行星不同性质。例如把中国书分为经、史、子、集四部,便是不正确。因为有许多书可以入这部,也可以入那部,或者入这部不对,入那部也不对。分类本来是一件极难的事。以严格论,每种事物,非专门家不能为适当的分类。但要学生思想缜密,非教他们多做这层工夫不可。学做记事文,尤以为紧要途径。好在学生学别种功课时,已经随时得有分类的智识。教授作文时,一面他们已学过的功课当题目,叫他们就所听受者加详加密分类,一面别出新题目,叫他们自己找标准去分类。如此则作文科与别科互相联络,学生无形间可以两面受益。

把分类分清之后,要看文章的体裁篇幅何如。若是一篇长文乃至著一部书,应该逐类都详细说明,那便循着步骤说去就是了。倘若限于篇幅要翦裁,那么学《史记·西南夷列传》,先将眉目提清,再把各类的重要部分重笔特写以概其余。这是作文求简洁的最好法门。

试再举两个分类的例:各史儒林传自《晋书》以下都不分类了,我们读起来,便觉得流派不明。《史记》《汉书》《后汉书》所叙各儒者,都不以年代为次,但以各人所专经为分类。《后汉书》更分得清晰,每部经分今文家、古文家，两家中又分派，每派各举出几个代表人物，读过去，自然把一代经术原流派别都了然。所以《晋书》以下的儒林传，可以说是无组织的。前三史是有组织的，《后汉书》是组织得最精密巧妙的。

又如魏默深著的《元史》，体例和旧史很有不同。他立的传很少，应立传的都把他分类，他只用开国功臣、平金功臣、平蜀功臣、平宋功臣、某朝相臣、某朝文臣、治历治水诸臣等等名目①做列传标题，把人都纳在里头，于是凡关于这一类人所做的事，都归拢在一处。每篇之首，把事的大纲，提絜清楚，用几个重要人物做代表，其余二三等人附带叙入，事迹既免罣漏，又免重复，又主从分明。比较各史，确应认为有进步的组织。这段是讲的著书体例，教学生作文或说不到此。但以文章构造的理法论，构造几十卷书，却和构造几百字的短文，不外一理。总要令学生知道怎样才算有组织，怎样才算组织得好。做有组织的文字，下笔前甚难，下笔后便易。做无组织的文，恰恰相反。同是一种材料，组织得好，费话少而能令读者了解，且有兴趣。组织得不好，便恰恰相反。想学记载文的组织文吗？分类便是最重要的一步工夫了。

五

鸟瞰法和前两法不同：前两法都要精密的观察，鸟瞰法只要大略观察。像一只鸟飞在空中，拿斜眼一瞥下面的人民城郭，像在腾高二千尺的飞机上头，用照相镜照取山川形势。这种观察法，在学问上很是必要。前人有两句诗说得好："不识庐山真面目，只缘身在此山中。"若仅有部分的精密的观察，结果会闹成显微镜的生活，镜圈里的情形虽然看得无微不至，圈子外却是茫然。如此则部分与部分间的相互关系看不出来，甚至连部分的位置也是模糊，决不能算是看出该事物的真相。鸟

---

① 目，原作"同"，误。

瞰法虽然是只得着一个朦胧的影子,但这影子却是全个的。

这个方法,凡做一部书的提要,或做一个人的略传,一件事的略记,都要用他。而且在一篇长文中,总须有地方用他。

鸟瞰法的最好模范,莫如《史记·货殖列传》。从"汉兴海内为一"起,到"燕代田畜而事蚕"止,这几大段讲的是当时经济社会状况。物的方面,把各地主要都市所在,与及物产的区画,交通的脉络,人的方面,把各地历史的关系,人民性质遗传上好处坏处,习惯怎样养成,职业怎样分布,都说到了。他全篇大略分为六部:一、关中(陕西),当时帝都,把陇(甘肃)、蜀(四川)附入。二、三河(河南),把种、代、赵、中山(山西及直隶之一部)附入,又附论郑、卫(河南)。三、燕(直隶),把辽东附入。四、齐鲁(山东)。五、梁、宋(山东、河南间)。六、三楚。西楚指江淮上游一带(湖北及河南、四川之各一部),东楚指江淮下游一带(江苏、安徽附浙江),南楚指东南大部分(安徽、江西、湖南、广东、广西)。他分类不见得十分正确,所论亦互有详略,加以太史公一派固有的文体,很有些缭纠,像不易理出头绪。但他能把各地的特点说出,各地相互间的关系处处联络,确是极有价值的一篇大文。

鸟瞰法的文做得好不好,全看他能不能提挈起全部的概要。试举两篇同题目的为例:汉朝的高诱做了一篇《吕氏春秋序》(现在冠于原书篇首),清朝的汪中也同样有一篇(《述学补遗》)。高诱的钞《史记·吕不韦列传》,占了四分之三,都是说吕氏的故事。其实吕氏并非学者,这书又是他的门客所编,与本人无甚关系。况且这些话,《史记》都说过,何必再说呢?末段才说到这书的内容,说:"此书所尚,以道德为标的,以无为为纲纪,以忠义为品式,以公方为检格……"全是空话。而且四句之中,便有重复。我们读了,绝不能对于这部书得何等印象。汪中的便不是这样。他说他某篇某篇采自儒家言,某篇某篇采自道家言,某篇某篇采自法家、墨家、兵家、农家言,末后总结说:"是书之成,不出于一人之手,故不名一家之学,而为后世修文御览华林编略(书类)之所托始,《艺文志》列之杂家,良有以也。"我们读了这篇序,就令看不见原书,然而全书的规模性质,都可以理会了。

六

移进法和前三项不同:前三项都是立在一个定点上从事观察,或立在旁边,或立在高顶,或精密的观察局部,或粗略的观察全体。要之作者拣择一个定点站住,自然邀同读者也站定这一点,把我观察所得传达给他。移进法恰与相反。作者不站定一点,循着自己所要观察的路线,挪同自己去就他,自然也邀同读者跟着自己走,沿路去观察。这种作法,《汉书·西域传》便是一个好例。

《西域传序》先叙述西域交通的两条路,说道:"自玉门、阳关出西域有两道。从鄯善傍南山北波河(颜注云波河循河也)西行至莎车,为南道。南道西逾葱岭,则出大月氏、安息。自车师前王庭随北山波河西行至疏勒,为北道。北道西逾葱岭,则出大宛、康居、奄蔡。"因为这些地方初通中国,一般人不知其所在,不能像什么关中、河内、燕、蓟、齐、鲁,提起名来,大家都会想象他在某地点,所以这篇传换一种记载法,先把两条大路点清眉目,后入本传正文,就跟着路线叙去。路线是从南道往,从北道归。头一段说:"出阳关自近者始,曰婼羌……西北至鄯善乃当道云。"自此便顺着南道叙鄯善且末……经过葱岭中的西夜子合,度岭叙罽宾、安息、大月氏,算是南道的最远点。跟着趋北,叙北道最远点的康居、大宛。回头入葱岭,叙捐毒、莎车、疏勒。顺着北道东归,最后到车师前后王庭而止。其不当两大路之冲者,则随其所附近之路线插叙。每叙一国,都记明去长安若干千里。他这种组织法,和本书的地理志迥别,好像带着我们沿着两条路线往返旅行一遍,能够令我们容易明白,且有兴味。

和这个一样的作法,如柳子厚的游记,内中《始得西山宴游记》、《钴鉧潭记》、《钴鉧潭西小丘记》、《至小丘西小石潭记》、《袁家渴记》、

《石渠记》、《石涧记》、《小石城山记》等,一连十多篇,其字句之研炼,笔法之隽拔,人人共赏,不必我再下批评。最妙是把他逐日发见的名胜,挨次分篇叙述,令我们读起来,好像跟他去游览,和他得同等的快乐,这就是移进法的好处。

移进法自然用在地理方面的记载最相宜,因为观察点跟着地段挪移,是最便的。但跟着时间挪移也可以。就历史的记载而论,纪传体是站在一个定点上观察的,编年体就是跟着时间挪移的。所以以《左传》、《通鉴》里头许多好文章,极能引人入胜。还有许多好小说,令读者不能中断,非追下去看完不可,都因为用移进法用得入妙。

所写对象,本来有空间时间的层次。作文时一步一步移进去,自是这一类作法的正格。亦有本身原无层次,作者自己创造出层次来移进。汪容甫有篇名作《广陵对》,便是绝好模范。汪是扬州人,这篇《广陵对》,是说扬州在历史的关系,替自己乡土大吹特吹,用近人通用的命题,也可以标为《历史的扬州》。扬州史迹本来甚多,若平铺直叙说去,不惟无味,亦且一定错乱罣漏。他把所有史迹,先行分类,最初所况一类,是没有什么成功,然而关系很重大的。从楚汉之交的召平说起,次以汉末三国的臧洪,东晋祖约、苏峻构难时的郗鉴,桓元僭逆时的刘毅,萧梁侯景作乱时的祖皓、来巂,唐武后革命时的徐敬业,宋篡周时的李重进,宋亡时抗拒蒙古的李庭芝,明亡时抵抗满洲的史可法,怎么多件事,并为一类,都是忠愤爱国的一流。总束一句道:"历十有八姓,二千余年,而亡城降子,不出于其间。"引起读者的眼光,看扬州成了忠义之乡了!然而这些什有九都是失败的史迹,而且主其事者,多半不是扬州人。于是他进一步叙本土人成功者为一类,内中又分两小类。先从守境之功说起,叙三国时陈登的匡琦之战说起,两宋时韩世忠的大仪之战,宋元之交赵葵的新塘之战。继叙进取建设之功,则晋拒苻秦时谢玄的淝水之战,隋平陈时贺若弼的白水冈之战,五代朱温割据时扬行密的清口之战。令我们读起来,便觉得扬州地方,真是举足可以为轻重于天下,扬州人之武勇,真个如荼如火。末后一段叙扬州人在扬州以外所做的事,历举十几位,各种人物都有,又把我们眼光引到别方面去,觉得扬州真是人才渊薮了！这篇文章字字句句都沉炼,笔笔都跳荡,固然是他特别,令人可爱的原因,然而最主要者,实在他的章法。本来只有许多平面的材料,他会把他分类,造出层次,从这个观察点移到那个观察点,每移一度,令人增加一重趣味,这可以说是故意造出来的移进法。我们懂得这种法门,无论遇着什么题目,都可以应用了。

七

以上四法,第一第二类记载文——即记物件之内容或状态,记地方之形势或风景——最为适用。因为这两类所记载,都属事物的静态,专用"物理的或数理的观察法"便够,至于第三第四两类——即记人记事——最要紧的是能写出他的动态,非兼用"化学的观察法"不可。以下当别论这两类文的作法。

凡记述一个人,最要紧的是写出这个人与别人不同之处。人类性格什有八九是共通的,尤其是同一时代同一社会之人人,相类似之点尤多,好像用同我的模子铸出来的一般。虽然,人类之所以异于他物者,因为人类性格只有相类似,不会相雷同。所以一个模子可以铸几千万绝对同样式的钱,一个马群可以养出千百个绝对同性质的马,一个社会中想找两个绝对同样的人,断断找不出。相类似是人类的群性,不雷同是人类的个性。个性惟人类才有,别的物都不能有。凡记人的文字,唯一职务在描写出那人的个性。

近世写实派大家莫伯桑初学作文时,他先生教他同时观察十个车夫的动作,作十篇文章,把他们写出,每篇限一百字。这是从最难求出个性处,刻意去求,这种个性发见得出,别的自然容易了。莫伯桑经过这一番训练之后,文思大进,后来常常举以教人。《水浒传》写一百零八个强盗,要想写得个个面目不同,虽然不算十分成功,但总有十来个各各表出他的个性，这部书所以成不朽之作就在此。懂得这种道理，对于传记文作法，便有入手处了。

小说体的文，写个人特性，全凭作者想象力如何；传记体的文，写个人特性，全凭作者观察力如何。有了相当的想象力观察力，怎样才能把所想象所观察尽量的恰肖的传出，全凭作者技术如何。技术千变万化，虽然没有什么原则可指，但古今中外传记名手，大率有一种最通用的技术，是凡足以表现传中人个性的言论行事，无论大小，总要淋漓尽致，委曲详尽的极力描写，令那人人格跃于纸上。宁可把别方面大事抛弃，而在这种关键中，绝不爱惜笔墨。这种作法，在欧洲则布鲁特奇之《英雄传》，在中国则司马迁之《史记》，最能深入其中三昧。今试将《史记》杂举几篇为例：

一　《廉颇蔺相如传》记蔺相如完璧归赵及渑池之会两事，从始至末，一言一动，都记得不漏，这是详记大事之法。因为这两件大事，最足表现相如的个性，所以专用重笔写他，其余小事都不叙。廉颇的大事，三回伐齐，两回伐魏，一回伐燕，传中前后只用三四十个字便算写过，绝不写他如何作战，如何战胜，因为这些战术战功，是良将所通有，不足以特表廉颇的人格。倒是廉颇怎样的妒忌蔺相如，经相如退让之后，怎样的肉袒谢罪，失势得势时候，怎么的对付宾客，晚年亡命在外，思念故国，怎么的"一饭斗米肉十斤，被甲上马，示尚可用"，这些小事，写得十分详细。读起便可以知道廉颇为人短处在褊狭，长处在重意气，识大体。

二　《郦食其列传》记食其想见汉高祖，找同里骑士做引线，教他几句话，说道："臣里中有郦生，年六十余，长八尺，人皆谓之狂生，生自谓我非狂生。"记他自己这几句话，便把一位胸有经纬，倜傥不群的老名士，活画出来。又写他初见高祖时，高祖怎样的"倨床使两女洗足"，郦生怎样的"长揖不拜"，高祖怎样骂，郦生怎样的和他对骂，说道："足下欲诛无道秦，不宜倨见长者。"到后来郦生说齐归汉，齐人上了当责备他，他说："而公不为若更言。"(老子不和你说废话。)便摄衣就烹。这些话本来都是小节，太史公却处处注意，务将他话的原样和说话的神气都传出，便能把这老名士的人格活现。

三　《信陵君列传》说他怎样的待侯嬴，怎样的待朱亥，怎样的待博徒毛公卖浆薛公，这几件事，说得委曲详尽，几占全篇之半，而且把他的事业都穿插在这几个人身上，便活画出极有奇气的一位贵公子，而且把当时社会背景都刻画出来。

八

记事文——前述第四类所谓记一事之原委因果者，在各种记载文中最为难做。因为凡事情总不会独立，孤立的事情，便无记载之价值。凡一篇记事文，总是把许多人许多时候的动作聚拢一处来记。严格的说，并非记一物事，乃是记一组事，并非把各件各件叙述得详明正确便算了，一定要把许多性质不同的事，前后八面相照应，厘然成为一组，所以甚难。

难固然是难，但也有个很容易的方法，什么方法呢？整理空间时间的关系。因为凡同一时间所发生的事实，必异其空间；同一空间所发生的事实，必异其时间。作者但能把这两种关系观察清楚，叙述得有法度，自然会把满盘散沙的事件，弄成一组了。

记事文最难的，莫如记战争。学会记战争，别的文自迎刃而解。因为战争非一人所为，其成败因果，非一人一时一地之事。倘使有一部分叙述得罣漏或错误，便把全篇弄成不可解。所以教授记事文作法，最好将下文所列《左传》、《通鉴》中之战记，令学生先行细读，再由教师综合比较，向学生说明记载原则。

《左传》

秦晋韩原之战

晋楚城濮之战

晋齐鞌之战

晋楚邲之战

晋楚鄢陵之战

吴楚柏举之战

《资治通鉴》

秦汉之交巨鹿之战

王莽时昆阳之战

三国时赤壁之战

东晋时淝水之战

此外好的还不少，为参考用，自然愈多愈妙。头一步讲习，就恁么多篇，也够引例说明之用了。

一回大战争所包含的事实如此其复杂，若要一一记载无遗，实为事势上所绝对不可能。善作战记的人，专以叙述胜败因果为主要目的，于是定出一个原则：凡有关于胜败者，虽小必录；无关于胜败者，虽大必弃。守定这个原则，对于材料去取，便有把握。

材料搜齐选定之后，怎样排列呢？就要从时间空间两方面分别整理。就时间论，每回战争总可分为三大段：

一、战前　所应叙述者为战争动机，两造准备，两造心理状态，两造行动及其位置等等。

二、战时　两造接触之实况。

三、战后　战事之收束，及因战争发生之直接影①响、间接影响。

战记通例，大率叙战前者居十之七八，叙战时及战后者不过居其二三。因为胜败原因，多半在开火以前便已决定。且每回战事，也是事前

―――――――――

① 影，原作"应"，据文意改。

酝酿甚久,一到开火,事势便急转直下。事实上时间分配,战前和战时差不多也是八与二之比例,所以注重战前是普遍原则。像《通鉴》昆阳之战,叙战时几占三分之一,实属一种例外。《左传》每篇叙战时实况的文句多极简。最奇怪的如邲之战,全文六千多字,内中确为叙战时实况者,只有"车驰卒奔,乘晋师"七个字。而且连这七个字,也属空话。然而两方胜败原因,已能令读者了然。其余各篇写战时的语句都极少,诸君试回去细细校阅,自能见出。战后收束,如鞍之战,韩之战,邲之战,都叙得较详,几占全文六分之一或五分之一。因为战后所发生的影响,能令从前局面生大变动,而且为后来新事实的原因,所以比较的要详叙。

聚集大多数人,在一大空间内行动,非先明了各部分所占的位置不可,所以记载时要整理空间。战纪通例,大率叙战事实时,先把地理上形势随时逗点,令读者对于这方面知识得有准备。叙到临战时,才把当时形势明显指出。因为两造地位屡屡转移,所以到临时点叙最好。但也不一定,有时亦在一篇之首先叙清楚。倘若位置始终无大变化,便可以如此办法。

整理空间,莫如用图。没有图的文章,能令读者可以据文置图便是佳文。例如《通鉴》巨鹿之战:

> 章邯已破项梁,以为楚地兵不足忧,乃渡河北击赵,大破之,引兵至邯郸,张耳与赵王歇走入巨鹿城,王离围之。陈余北收常山兵,得数万人,军巨鹿北。章邯军巨鹿南棘原。赵数请救于楚。……楚王召宋义……置以为上将军……项羽为次将……以救赵……齐将田都助楚救赵。宋义行至安阳,留四十六日不进。……章邯筑甬道属河饷王离,王离兵食多,急攻巨鹿。巨鹿城中食尽,兵少。……陈余使五千人先当秦军,至皆没。当是时,齐师燕师皆来救赵,张敖亦北收代兵,得万余人来,皆壁余旁,未敢先击。项羽已杀卿子冠军(宋义),乃渡河救巨鹿……绝章邯甬道。王离军乏食。……项羽乃悉引兵渡河……围王离,与秦军遇,九战,大破之。章邯引兵却。

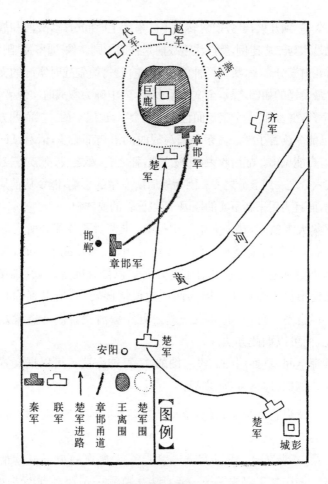

甲巨鹿战役图

我们根据这段记事，便可以制图如上。

《左传》城濮之役，详略两军将帅及战时行动如下：

> 晋原轸将中军，郤溱佐之。狐毛将上军，狐偃佐之。栾枝将
> 下军，胥臣佐之。……晋师陈于莘北。胥臣以下军之佐当陈、
> 蔡。(楚)子玉以若敖之六卒将中军。子西将左。子上将右。胥
> 臣蒙马以虎皮，先犯陈、蔡。陈、蔡奔，楚右师溃。狐毛设二旆而

退之,栾枝使舆曳柴而伪遁。楚师驰之,原轸、郤溱以中军公族横击之,狐毛、狐偃以上军夹攻子西。楚左师溃,楚师败绩。子玉收其卒而止,故不败。

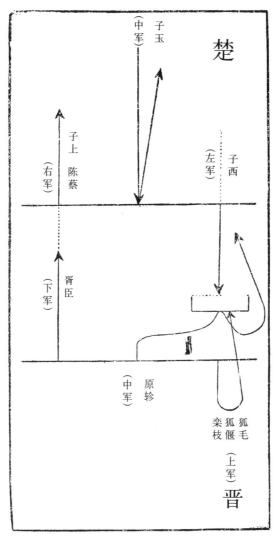

乙城濮战役图

观此知楚右军乃是用陈、蔡两国兵组织，晋拿下军之一半对付他，因为他不是楚人，力较脆弱，先破他以挫敌锋。楚中军是精锐所萃，不动他。第二步便以全力对付楚左军。本来楚左军正面之敌，是晋上军，至是晋三军协力专向他，下军伪遁，中军横击，上军夹攻。到楚两翼全溃，中军无战斗勇气，战事便算了结。据此可以制图如上。

四二　胡适之《文学改良刍议》

今之谈文学改良者众矣，记者末学不文，何足以言此。然年来颇于此事，再四研思，辅以友朋辩论，其结果所得，颇不无讨论之价值。因综括所怀见解，列为八事，分别言之，以与当世之留意文学改良者一研究之。

吾以为今日而言文学改良，须从八事入手。八事者何？

一曰，须言之有物。

二曰，不摹仿古人。

三曰，须讲求文法。

四曰，不作无病之呻吟。

五曰，务去烂调套语。

六曰，不用典。

七曰，不讲对仗。

八曰，不避俗字俗语。

一曰须言之有物　吾国近世文学之大病，在于言之无物。今人徒知"言之无文，行之不远"，而不知言之无物，又何用文为乎？吾所谓"物"，非古人所谓"文以载道"之说也。吾所谓"物"，约有二事：

（一）情感　《诗序》曰："情动于中而形诸言。言之不足，故嗟叹之。嗟叹之不足，故咏歌之。咏歌之不足，不知手之舞之，足之蹈之也。"此吾所谓情感也。情感者，文学之灵魂。文学而无情感，如人之无魂，木偶而已，行尸走肉而已！（今人所谓"美感"者亦情感之一也。）

（二）思想　吾所谓"思想"，盖兼见地、识力、理想三者而言之。思想不必皆赖文学而传，而文学以有思想而益贵，思想亦以有文学的价值而益贵也。此庄周之文，渊明、老杜之诗，稼轩之词，施耐庵之小说，所以复绝千古也！思想之在文学，犹脑筋之在人身，人不能思想，则虽面目姣好，虽能笑啼、感觉，亦何足取哉！文学亦犹是耳。

文学无此二物，便如无灵魂无脑筋之美人，虽有秾丽富厚之外观，抑亦末矣！近世文人沾沾于声调字句之间，既无高远之思想，又无真挚之情感，文学之衰微，此其大因矣。此文胜之害，所谓言之无物者是也。欲救此弊，宜以质救之。质者何？情与思二者而已。

二曰不摹仿古人　文学者，随时代而变迁者也。一时代有一时代之文学，周秦有周秦之文学，汉魏有汉魏之文学，唐宋元明有唐宋元明之文学。此非吾一人之私言，乃文明进化之公理也。即以文论，有《尚书》之文，有先秦诸子之文，有司马迁、班固之文，有韩、柳、欧、苏之文，有语录之文，有施耐庵、曹雪芹之文，此文之进化也。试更以韵文言之：《击壤》之歌，《五子》之歌，一时期也。三百篇之诗，一时期也。屈原、荀卿之骚赋，又一时期也。苏、李以下，至于魏晋，又一时期也。江左之诗，流为排比，至唐而律诗大成，此又一时期也。老杜、香山之"写实"体诸诗（如杜之《石壕吏》、《羌村》，白之《新乐府》），又一时期也。诗至唐而极盛，自此以后，词曲代兴。唐五代及宋初之小令，此词之一时代也。苏、柳（永）、辛、姜之词，又一时代也。至于元之杂剧传奇，则又一时代矣。凡此诸时代，各因时势风会而变，各有其持长，吾辈以历史进化之眼光观之，决不可谓古人之文学皆胜于今人也。左氏、史公之文奇矣，然施耐庵之《水浒传》，视《左传》、《史记》何多让焉！《三都》、《两京》之赋富矣，然以视唐诗、宋词，则糟粕耳。此可见文学因时进化，不能自止。唐人不当作商周之诗，宋人不当作相如、子云之赋——即令作之，亦必不工。逆天背时，违进化之迹，故不能工也。

既明文学进化之理,然后可言吾所谓"不摹仿古人"之说。今日之中国,当造今日之文学,不必摹仿唐宋,亦不必摹仿周秦也。前见"国会开幕词",有云:"于铄国会,遵晦时休。"此在今日而欲为三代以上之文之一证也。更观今之"文学大家",文则下规姚、曾,上师韩、欧,更上则取法秦汉魏晋,以为六朝以下无文学可言,此皆百步与五十步之别而已,而皆为文学下乘。即令神似古人,亦不过为博物院中添几许"逼真赝鼎"而已。文学云乎哉!昨见陈伯严先生一诗云:

> 涛园钞杜句,半岁秃千毫。所得都成泪,相过问奏刀。万灵噤不下,此老仰弥高。胸腹回滋味,徐看薄命骚。

此大足代表今日"第一流诗人"摹仿古人之心理也。其病根所在,在于以"半岁秃千毫"之工夫,作古人的钞胥奴婢,故有"此老仰弥高"之叹。若能洒脱此种奴性,不作古人的诗,而惟作我自己的诗,则决不致如此失败矣。

吾每谓今日之文学,其足与世界"第一流"文学比较而无愧色者,独有白话小说(我佛山人、南亭亭长、洪都百炼生三人而已)一项。此无他故,以此种小说皆不事摹仿古人(三人皆得力于《儒林外史》、《水浒》、《石头记》,然非摹仿之作也),而惟实写今日社会之情状,故能成真正文学。其他学这个,学那个之诗古文家,皆无文学之价值也。今之有志文学者,宜知所从事矣。

三曰须讲①文法 今之作文作诗者,每不讲求文法之结构。其例至繁,不便举之,尤以作骈文律诗者为尤甚。夫不讲文法,是谓"不通"。此理至明,无待详论。

四曰不作无病之呻吟 此殊未易言也。今之少年往往作悲观,其取别号则曰"寒灰"、"无生"、"死灰",其作为诗文,则对落日而思暮年,对秋风而思零落,春来则惟恐其速去,花发又惟惧其早谢。此亡

---

① 按前文所述"八事",下有"求"字。

国之哀音也。老年人为之犹不可，况少年乎？其流弊所至，遂养成一种暮气，不思奋发有为，服劳报国，但知发牢骚之音，感喟之文，作者将以促其寿年，读者将亦短其志气，此吾所谓无病之呻吟也。国之多患，吾岂不知之？然病国危时，岂痛哭流涕所能收效乎？吾惟愿今之文学家作费舒特（Fichte），作玛志尼（Mazzini），而不愿其为贾生、王粲、屈原、谢皋羽也。其不能为贾生、王粲、屈原、谢皋羽，而徒为妇人醇酒丧气失意之诗文者，尤卑卑不足道矣！

五曰务去烂调套语 今之学者，胸中记得几个文学的套语，便称诗人。其所为诗文，处处是陈言烂调，"蹉跎"、"身世"、"寥落"、"飘零"、"虫沙"、"寒窗"、"斜阳"、"芳草"、"春闺"、"愁魂"、"归梦"、"鹃啼"、"孤影"、"雁字"、"玉楼"、"锦字"、"残更"……之类，累累不绝，最可憎厌。其流弊所至，遂令国中生出许多似是而非，貌似而实非之诗文。今试举吾友胡先骕先生一词以证之：

> 荧荧夜灯如豆，映幢幢孤影，凌乱无据。翡翠衾寒，鸳鸯瓦冷，禁得秋宵几度？么弦漫语，早丁字帘前，繁霜飞舞。袅袅余音，片时犹绕柱。

此词骤观之，觉字字句句皆词也，其实仅一大堆陈套语耳。"翡翠衾"、"鸳鸯瓦"，用之白香山《长恨歌》则可，以其所言乃帝王之衾之瓦也。"丁字帘"、"么弦"，皆套语也。此词在美国所作，其夜灯决不"荧荧如豆"，其居室尤无"柱"可绕也。至于"繁霜飞舞"，则更不成话矣。谁曾见"繁霜"之"飞舞"耶？

吾所谓务去烂调套语者，别无他法，惟在人人以其耳目所亲见亲闻、所亲身阅历之事物，一一自己铸词以形容描写之，但求其不失真，但求能达其状物写意之目的，即是工夫。其用烂调套语者，皆懒惰不肯自己铸词状物者也。

六曰不用典 吾所主张八事之中，惟此一条最受朋友攻击，盖以此条最易误会也。吾友江亢虎君来书曰：

　　所谓典者,亦有广狭二义。饾饤獭祭,古人早悬为厉禁,若并成语故事而屏之,则非惟文字之品格全失,即文字之作用亦亡。……文字最妙之意味,在用字简而涵义多,此断非用典不为功。不用典,不特不可作诗,并不可写信,且不可演说。来函满纸"旧雨"、"虚怀"、"治头治脚"、"舍本逐末"、"洪水猛禽"、"发聋振聩"、"负弩先驱"、"心悦诚服"、"词坛"、"退避三舍"、"滔天"、"利器"、"铁证"……皆典也。试尽抉而去之,代以俚语俚字,将成何说话? 其用字之繁简,犹其细焉。恐一易他词,虽加倍蓰,而涵义仍终不能如是恰到好处,奈何?

此论甚中肯要。今依江君之言,分典为广狭二义,分论之如下:

　　(一)广义之典,非吾所谓典也。广义之典约有五种:

　　(甲)古人所设譬喻,其取譬之事物,含有普通意义,不以时代而失其效用者,今人亦可用之。如古人言:"以子之矛,攻子之盾。"今人虽不读书者,亦知用"自相矛盾"之喻,然不可谓为用典也。上文所举例中之"治头治脚"、"洪水猛禽"、"发聋振聩"……皆此类也。盖设譬取喻,贵能切当,若能切当,固无古今之别也。若"负弩先驱"、"退避三舍"之类,在今日已非通行之事物,在文人相与之间,或可用之,然终以不用为上。如言"退避",千里亦可,百里亦可,不必定用"三舍"之典也。

　　(乙)成语　成语者,合字成辞,别为意义。其习见之句,通行已久,不妨用之。然今日若能另铸"成语",亦无不可也。"利器"、"虚怀"、"舍本逐末"……皆属此类。此非典也,乃日用之字耳。

　　(丙)引史事　引史事与今所论议之事相比较,不可谓为用典也。如老杜诗云:"未闻殷周衰,中自诛褒妲。"此非用典也。近人诗云:"所以曹孟德,犹以汉相终。"此亦非用典也。

（丁）引古人作比　此亦非用典也。杜诗云："清新庾开府，俊逸鲍参军。"此乃以古人比今人，非用典也。又云："伯仲之间见伊吕，指挥若定失萧曹。"此亦非用典也。

（戊）引古人之语　此亦非用典也。吾尝有句云："我闻古人言：'艰难惟一死。'"又云："'尝试成功自古无'，放翁此语未必是。"此乃引语，非用典也。

以上五种为广义之典，其实非吾所谓典也。若此者可用可不用。

（二）狭义之典，吾所主张不用者也。吾所谓用典者，谓文人词客不能自己铸词造句以写眼前之景，胸中之意，故借用或不全切，或全不切之故事陈言以代之，以图含混过去，是谓"用典"。上所述广义之典，除戊条外，皆为取譬比方之辞，但以彼喻此，而非以彼代此也。狭义之用典，则全为以典代言，自己不能直言之，故用典以言之耳。此吾所谓用典与非用典之别也。狭义之典亦有工拙之别。其工者偶一用之，未为不可，其拙者则当痛绝之。

（子）用典之工者　此江君所谓用字简而涵义多者也。客中无书，不能多举其例，但杂举一二，以实吾言：

（1）东坡所藏"仇池石"，王晋卿以诗借观，意在于夺。东坡不敢不借，先以诗寄之，有句云："欲留嗟赵弱，宁许负秦曲。传观慎勿许，间道归应速。"此用蔺相如返璧之典，何其工切也！

（2）东坡又有《章质夫送酒六壶，书至而酒不达》，诗云："岂意青州六从事，化为乌有一先生！"此虽工，已近于纤巧矣！

（3）吾十年前尝有《读十字军英雄记》一诗云："岂有酖人羊叔子，焉知微服赵主父？十字军真儿戏耳，独此两人可千古。"以两典包尽全书，当时颇沾沾自喜，其实此种诗，尽可不作也。

（4）江亢虎代华侨谏陈英士文有"未悬太白，先坏长城。世无钼麑，乃戕赵卿"四句，余极喜之。所用赵宣子一典，甚工切也。

（5）王国维咏史诗："虎狼在堂室，徙戎复何补？神州遂陆沉，百年委榛莽。寄语桓元子，莫罪王夷甫。"此亦可谓使事之工者矣。

上述诸例，皆以典代言，其妙处终在不失。设譬比方之原意，惟为文体所限，故譬喻变而为称代耳。用典之弊，在于使人失其所欲譬喻之原意，若反客为主，使读者迷于使事用典之繁，而转忘其所为设譬之事物，则为拙矣！古人虽作百韵长诗，其所用典不出一二事而已。（《北征》与白香山《悟真寺诗》皆不用一典。）今人作长律，则非典不能下笔矣。吾尝见一诗八十四韵，而用典至百余事，宜其不能工也。

（丑）用典之拙者　用典之拙者，大抵皆懒惰之人，不知造词，故以此为躲懒藏拙之计。惟其不能造词，故亦不能用典也。总计拙典亦有数类：

（1）比例泛而不切，可作几种解释，无确定之根据。今取王渔洋《秋柳》一章证之：

娟娟凉露欲为霜，万缕千条拂玉塘。浦里青荷中妇镜，江干黄竹女儿箱。空怜板渚隋堤水，不见琅琊大道王。若过洛阳风景地，含情重问永丰坊。

此诗中所用诸典无不可作几样说法者。

（2）僻典使人不解。夫文学，所以达意抒情也，若必求人人能读五车之书，然后能通其文，则此种文可不作矣。

（3）刻削古典成语，不合文法。"指兄弟以孔怀，称在位以曾是"（章太炎语），是其例也。今人言"为人作嫁"亦不通。

（4）用典而失其原意。如某君写山高与天接之状，而曰"西接杞天倾"是也。

（5）古事之实有所指，不可移用者，今往往乱用作普通事

149

实。如古人灞桥折柳以送行者,本是一种特别土风。阳关、渭城亦皆实有所指。今之懒人不能状别离之情,于是虽身在滇、越,亦言灞桥;虽不解阳关、渭城为何物,亦皆言"阳关三叠"、"渭城离歌"。又如张翰因秋风起而思故乡之莼羹鲈脍,今则虽非吴人,不知莼鲈为何味者,亦皆自称有"莼鲈之思"。此则不仅懒不可救,直是自欺欺人耳!

凡此种种,皆文人之下下工夫,一受其毒,便不可救。此吾所以有"不用典"之说也。

七曰不讲对仗 排偶乃人类言语之一种特性,故虽古代文字,如老子、孔子之文,亦间有骈句。如:"道可道,非常道。名可名,非常名。无名天地之始,有名万物之母。故常无,欲以观其妙。常有,欲以观其徼。"此三排句也。"食无求饱,居无求安。""贫而无谄,富而无骄。""尔爱其羊,我爱其礼。"此皆排句也。然此皆近于语言之自然,而无牵强刻削之迹,尤未有定其字之多寡,声之平仄,词之虚实者也。至于后世文学末流,言之无物,乃以文胜。文胜之极,而骈文律诗兴焉,而长律兴焉。夫骈文律诗之中,非无佳作,然佳作终鲜。所以然者何? 岂不以其束缚人之自由过甚之故耶?(长律之中上下古今无一首佳作可言也。)今日而言文学改良,当"先立乎其大者",不当枉废有用之精力于微细纤巧之末,此吾所以有废骈废律之说也。即不能废此两者,亦但当视为文学末技而已,非讲求之急务也。

今人犹有鄙夷白话小说为文学小道者,不知施耐庵、曹雪芹、吴趼人皆文学正宗,而骈文律诗乃真小道耳。吾知必有闻此言而却走者矣。

八曰不避俗语俗字[①] 吾惟以施耐庵、曹雪芹、吴趼人为文学正宗,故有"不避俗字俗语"之论也(参观上文第二条下)。盖吾国言文之背驰久矣! 自印度佛书输入,译者以文言不足以达意,故以浅近之

---

① 俗语俗字,按前述"八事",作"俗字俗语"。

文译之，其体已近白话。其后佛氏讲义语录尤多用白话为之者，是为语录体之原始。及宋人讲学以白话为语录，此体遂成讲学正体。明人因之。当是时，白话已久入韵文，观唐宋人白话之诗词可见也。及至元时，中国北部已在异族之下三百余年矣（辽金元）。此三百年中，中国乃发生一种通俗行远之文学。文则有《水浒》、《西游》、《三国》……之类，戏曲则尤不可胜计。（关汉卿诸人，人各著剧数十种之多。吾国文人著作之富，未有过于此时者也。）以今世眼光观之，则中国文学当以元代为最盛，可传世不朽之作，当以元代为最多，此可无疑也。当是时，中国之文学最近言文合一，白话几成文学的语言矣。使此趋势不受阻遏，则中国几有一"活文学"出现，而但丁、路得之伟业（欧洲中古时，各国皆有俚语，而以拉丁文为文言，凡著作书籍皆用之，如吾国之以文言著书也。其后意大利有但丁［Dante］诸文豪，始以其国俚语著作。诸国踵兴，国语亦代起，路得［Luther］创新教始以德文译《旧约》、《新约》，遂开德文学之先。英法诸国亦复如是。今世通用之英文新、旧约，乃一六一一年译本，距今才三百年耳。故今日欧洲诸国之文学，在当日皆为俚语。迨诸文豪兴，始以"活文学"代拉丁之死文学，有活文学而后有言文合一之国语也），几发生于神州。不意此趋势骤为明代所阻，政府既以八股取士，而当时文人如何、李七子之徒，又争以复古为高，于是此千年难遇言文合一之机会，遂中道夭折矣。然以今世历史进化的眼光观之，则白话文学之为中国文学之正宗，又为将来文学必用之利器，可断言也（此"断言"乃自作者言之，赞成此说者今日未必甚多也）。以此之故，吾主张今日作文作诗，宜采用俗字俗语。与其用三千年前之死字（如"于铄国会，遵晦时休"之类），不如用二十世纪之活字；与其作不能行远不能普及之秦汉六朝文字，不如作家喻户晓之《水浒》、《西游》文字也。

上述八事，乃吾年来研思此一大问题之结果。远在异国，既无读书之暇暑，又不得就国中先生长者质疑问难，其所主张容有矫枉过正之处。然此八事皆文学上根本问题，一一有研究之价值，故草成此论，以为海内外留心此问题者作一草案。谓之刍议，犹云未定草也，伏惟国人同志有以匡纠是正之。

四三　胡适之《谈新诗》

一

（略）

二

　　我常说文学革命的运动，不论古今中外，大概都是从"文的形式"一方面下手，大概都是先要求语言文字文体等方面的大解放。欧洲三百年前，各国国语的文学起来代替拉丁文学时，是语言文字的大解放。十八十九世纪法国嚣俄、英国华次活（Wordsworth）等人所提倡的文学改革，是诗的语言文字的解放。近几十年来，西洋诗界的革命，是语言文字和文体的解放。这一次中国文学的革命运动，也是先要求语言文字和文体的解放。新文学的语言是白话的，新文学的文体是自由的，是不拘格律的。初看起来，这都是"文的形式"一方面的问题，算不得重要，却不知道形式和内容，有密切的关系。形式上的束缚，使精神上不能自由发展，使良好的内容不能充分的表现。若想有一种新内容和新精神，不能不先打破那些束缚精神的枷锁镣铐。因此中国近年的新诗运动，可算得是一种"诗体的大解放"。因为有了这一层诗体的大解放，所以丰富的材料、精密的观察、高深的理想、复杂的感情方才能跑到诗里去。五七言八句的律诗,决不能容丰富的材料。二十八字的绝句,决不能写精密的观察。长短一定的七言五言,决不能委婉达出高深的理想与复杂的感情。

最明显的例,就是周作人君的《小河》长诗。这首诗是新诗中的第一首的杰作,但是那样细密的观察,那样曲折的理想,决不是那旧式的诗体词调所能达得出的。周君的诗太长了,不便引证。我且举我自己的一首诗作例:

应 该

他也许爱我——也许还爱我——
但他总劝我莫再爱他。
他常常怪我。
这一天他眼泪汪汪的望着我,
说道:"你如何还想着我?
想着我,你又如何能对他?
你要是当真爱我,
你应该把爱我的心爱他,
你应该把待我的情待他。"
…… ……
他的话句句都不错——
上帝帮我!
我"应该"这样做!

这首诗的意思神情,都是旧体诗所达不出的。别的不消说,单说"他也许爱我,也许还爱我"这十个字的几层意思,可是旧体诗能表得出的吗?再举康白情君的《窗外》:

窗外的闲月,
紧恋着窗内蜜也似的相思。

相思都恼了，

他还涎着脸儿在墙上相窥。

回头月也恼了，

一抽身儿就没了。

月倒没了，

相思倒觉着舍不得了。

这个意思，若用旧诗体，一定不能说得如此细腻。

就是写景的诗，也须有解放了的诗体，方才可以有写实的描画。例如杜甫诗"江天漠漠鸟飞去"，何尝不好？但他为律诗所限，必须对上一句"风雨时时龙一吟"，就坏了！简单的风景，如"高台芳树，飞燕蹴红英，舞困榆钱自落"之类，还可用旧诗体描写，稍微复杂细密一点，旧诗就不够用了。如傅斯年君的《深秋永定门晚景》中的一段：

……那树边，地边，天边，

如云，如水，如烟，

望不断——一线。

忽地里扑喇喇一响，

一个野鸭飞去水塘，

仿佛像大车音浪，漫漫的工——东——嵣。

又有一种说不出的声息，若续若不响。

这一段的第六行，若不用有标点符号的新体，决做不到这种完全写实的地步。又如俞平伯君的《春水船》中的一段：

……对面来了个纤人，

拉着个单桅的船徐徐移去。

双橹挂在船唇，

皱面开纹，

活活水流不住。

船头晒着破网，

> 渔人坐在板上，
> 把刀劈竹拍拍的响。
> 船口立个小孩，又憨又蠢，
> 不知为什么，
> 笑迷迷痴看那黄波浪……

这种朴素真实的写景，乃是诗体解放后最足使人乐观的一种现象。

　　以上举的几个例，都可以表示诗体解放后诗的内容之进步。我们若用历史进化的眼光来看中国诗的变迁，便可看出自"三百篇"到现在，诗的进化没有一回不是跟着诗体的进化来的。"三百篇"中虽然也有几篇组织很好的诗，如"氓之蚩蚩"、"七月流火"之类，又有几篇很妙的长短句，如"坎坎伐檀兮"、"园有桃"之类，但是"三百篇"究竟还不曾完全脱去"风谣体"（ballad）的简单组织。直到南方的骚赋文学发生，方才有伟大的长篇韵文，这是一次解放。但是骚赋体用兮些等字煞尾，停顿太多又太长，太不自然了。故汉以后的五七言古诗删除没有意思的煞尾字，变成贯串篇章，便更自然了。若不经过这一变，决不能产生《焦仲卿妻》、《木兰辞》一类的诗。这是二次解放。五七言成为正宗诗体以后，最大的解放，莫如从诗变为词。五七言诗是不合语言之自然的，因为我们说话，决不能句句是五字或七字。诗变为词，只是从整齐句法变为比较自然的参差句法。唐五代的小词，虽然格调很严格，已比五七言诗自然的多了。如李后主的"剪不断，理还乱，是离愁。别是一般滋味在心头"，这已不是诗体所能做得到的了。试看晁补之的《蓦山溪》：

> ……愁来不醉，不醉奈愁何？
> 汝南周，东阳沈，
> 劝我如何醉？

这种曲折的神气，决不是五七言诗能写得出的。又如辛稼轩的《水龙吟》：

……落日楼头,断鸿声里,江南游子,

把吴钩看了,阑干拍遍,

无人会,登临意。

这种语气,也决不是五七言的诗体能做得出的。这是三次解放。宋以后,词变为曲,曲又经过几多变化,根本上看来,只是逐渐删除词体里所剩下的许多束缚自由的限制,又加上词体所缺少的一些东西,如衬字套数之类。但是词曲无论如何解放,终究有一个根本的大拘束。词曲的发生,是和音乐合并的。后来虽有可歌的词,不必歌的曲,但是始终不能脱离"调子"而独立,始终不能完全打破词调曲谱的限制。直到近来新诗发生,不但打破五言七言的诗体,并且推翻词调曲谱的种种束缚,不拘格律,不拘平仄,不拘长短,有什么题目,做什么诗,诗该怎样做,就怎样做。这是第四次的诗体解放。这种解放,初看去似乎很激烈,其实只是"三百篇"以来的自然趋势。自然趋势逐渐实现,不用有意的鼓吹去促进他,那便是自然进化,自然趋势。有时被人类的习惯性守旧性所阻碍,到了该实现的时候,均不实现,必须用有意的鼓吹去促进他的实现,那便是革命了。一切文物制度的变化,都是如此的。

三

上文我说新体诗是中国诗自然趋势所必至的,不过加上了一种有意的鼓吹,使他于短时间内猝然实现,故表面上有诗界革命的神气。这种议论很可以从现有的新体诗里寻出许多证据。我所知道的"新诗人",除了会稽周氏兄弟之外,大都是从旧式诗、词、曲里脱胎出来的。沈尹默君初作的新诗,是从古乐府化出来的。例如他的《人力车夫》:

　　　日光淡淡，白云悠悠，

　　　风吹薄冰，河水不流。

　　　出门去雇人力车。街上行人，往来很多；车马纷纷，不知干

些甚么？

　　　人力车上人，个个穿棉衣，个个袖手坐，还觉风吹来，身上冷

不过。车夫单衣已破，他却汗珠儿颗颗往下堕。

稍读古诗的人都能看出这首诗是得力于《孤儿行》一类的古乐府的。

我自己的新诗，词调很多，这是不用讳饰的。例如前年做的《鸽子》：

　　　云淡天高，好一片晚秋天气！

　　　有一群鸽子，在空中游戏。

　　　看他们三三两两，

　　　回环来往，

　　　夷犹如意。

　　　忽地里翻身映日，白羽衬青天，鲜明无比。

就是今年做诗，也还有带着词调的，例如《送任叔永回四川》的第

二段：

　　　你还记得，我们暂别又相逢，正是赫贞春好。

　　　记得江楼同远眺，云影渡江来，惊起江头鸥鸟。

　　　记得江边石上，同坐看潮回，浪声遮断人笑。

　　　记得那回同访友，日暗风横，林里陪他听松啸。

懂得词的人一定可以看出这四长句用的是四种词调里的句法。这首

诗的第三段便不同了：

　　　这回久别再相逢，便又送你归去，未免太匆匆。

　　　多亏得天意多留你两日，使我做得诗成相送。

　　　万一这首诗赶得上远行人，

　　　多替我说声："老任珍重！珍重！"

这一段便是纯粹新体诗。此外新潮社的几个新诗人——傅斯年、俞平伯、康白情——也都是从词曲里变化出来的，故他们初做的新诗，都带着词或曲的意味音节。此外各报所载的新诗也很多带着词调的。例太多了，我不能遍举，且引最近一期的《少年中国》（第四期）里周无君的《过印度洋》：

> 圆天盖着大海，黑水托着孤舟。
> 也看不见山，那天边只有云头。
> 也看不见树，那水上只有海鸥。
> 哪里是非洲？哪里是欧洲？
> 我美丽亲爱的故乡却在脑后！
> 怕回头，怕回头，
> 一阵大风，雪浪上船头，
> 飕飕，吹散一天云雾一天愁。

这首诗很可表示这一半词一半曲的过渡时代了。

四

　　我现在且谈新体诗的音节。

　　现在攻击新诗的人，多说新诗没有音节。不幸有一些做新诗的人，也以为新诗可以不注意音节。这都是错的。攻击新诗的人，他们自己不懂得"音节"是什么，以为句脚有韵，句里有"平平仄仄"、"仄仄平平"的调子，就是有音节了。中国字的收声，不是韵母（所谓阴声），便是鼻音（所谓阳声），除了广州入声之外，从没有用他种声母收声的，因此中国的韵最宽。句尾用韵，真是极容易的事，所以古人有"押韵便是"的挖苦话。押韵乃是音节上最不重要的一件事。至于句中的平仄，也不重要。古诗："相近日已远，衣带日已缓。浮云蔽白日，游子不顾返。"音节何等响亮！但是用平仄写出来，便不能读了。

平仄仄仄仄，平仄仄仄仄。
平平仄仄仄，平仄仄仄仄。

又如陆放翁："我生不逢柏梁建章之宫殿，安得峨冠侍游宴？"头上十一个字是"仄平仄平仄平仄平平平仄"，读起来何以觉得音节很好呢？这是因为一来这一句的自然语气是一气贯注下来的，二来呢，因为这十一个字里面，逢宫叠韵，梁章叠韵，不柏双声，建宫双声，故更觉得音节和谐了。

诗的音节，全靠两个重要分子：一是语气的自然节奏，二是每句内部所用字的自然和谐。至句末的韵脚，句中的平仄，都是不重要的事。语气自然，用字和谐，就是句脚无韵也不要紧。例如上文引晁补之的词："愁来不醉，不醉奈愁何？汝南周，东阳沈，劝我如何醉？"这二十个字语气又曲折，又贯串，故虽隔五个"小顿"方才用韵，读的人毫不觉得。

新体诗也有用旧体诗词的音节方法来做的。最有功效的，如沈尹默君的《三弦》：

中午时候，火一样的太阳，没法去遮阑，让他直晒长街上。静悄悄少人行路，只有悠悠风来，吹动路旁杨树。

谁家破大门里，半院子绿茸茸细草，都浮着闪闪的金光。旁边有一段低低的土墙，挡住了个弹三弦的人，却不能隔断那三弦鼓荡的声浪。

门外坐着一个穿破衣裳的老年人，双手抱着头，他不声不响。

这首诗从见解意境上和音节上看来，都可算是新诗中一首最完全的诗。看他第二段"旁边"以下一长句中，旁边是双声，有一是双声，段、低、低、的、土、挡、弹、的、断、荡、的十一个都是双声。这十一个都是"端透定"(D，T)的字，模写三弦的声响，又把"挡"、"弹"、"断"、"荡"

四个阳声的字,和七个阴声的双声字(段、低、低、的、土、的、的)参错夹用,更显出三弦的抑扬顿挫。苏东坡把韩退之听琴诗改为弹琵琶的词,开端是"呢呢儿女语,灯火夜微明。恩冤尔汝来去,弹指泪和声"。他头上连用五个极短促的阴声字,接着用一个阳声的"灯"字,下面"恩冤尔汝"之后,又用一个阳声的"弹"字,也是用同样的方法。

吾自己也常用双声叠韵的法子来帮助音节的和谐。例如《一颗星儿》一首:

> 我爱你这个顶大的星儿,
> 可惜我叫不出你的名字。
> 平日黄昏时候,
> 霞光遮尽了满天星。
> 今天风雨后,闷沉沉的天气,
> 我望遍天边,寻不见一点半点光明,
> 回转头来,
> 只有你在那杨柳高头依旧亮晶晶地。

这首诗"气"字一韵以后,隔开三十三个字方才有韵,读的时候全靠"遍、天、边、见、点、半、点"一组叠韵字(遍、边、半、明又是双声字),和"有、柳、头、旧"一组叠韵字夹在中间。故不觉得"气"、"地"两韵隔开那么远。

这种音节方法,是旧诗音节的精彩(参看清代周春的《杜诗双声叠韵谱》),能够容纳在新诗里,固然也是好事。但是这是新旧过渡时代的一种有趣味的研究,并不是新诗音节的全部。新诗大多数的趋势,依我们看来,是朝着一个公共方向走的。那个方向便是"自然的音节"。

自然的音节是不容易解说明白的,我且分两层说:

第一先说"节"——就是诗句里面的顿挫段落。旧体的五七言诗是两个字为一节的。随便举例如下:

红绽—雨肥—梅（两节半）

江间—波浪—兼天—涌（三节半）

王郎—酒酣—拔剑—斫地—歌—莫哀（五节半）

我生—不逢—柏梁—建章—之—宫殿（五节半）

又—不得—身在—荥阳—京索—间（四节外两个破节）

终—不似—一朵—钗头—颤袅—向人—欹侧（六节半）

新诗句子的长短是无定的，就是句里的奏节，也是依着意义的自然区分与文法的自然区分来分析的。白话里的多音字比文言多得多，并且不止两个字的联合，故往往有三个字为一节，或四五个字为一节的。例如：

万一—这首诗—赶得上—远行人

门外—坐着—一个—穿破衣裳的—老年人

双手—抱着头—他—不声—不响

旁边—有一段—低低的—土墙—挡住了个—弹三弦的人

这一天—他—眼泪汪汪的—望着我—说道—你如何—还想着我？想着我—你又如何—能对他？

第二再说"音"——就是诗的声调。新诗的声调有两个要件：一平仄要自然。二用韵要自然。白话里的平仄与诗韵的平仄，有许多大不相同的地方。同一个字，单独用来是仄声，若同别的字连用，成为别的字的一部分，就成了很轻的平声了。例如"的"字"了"字都是仄声。在"扫雪的人"和"扫尽了东边"里便不成仄声了。我们简直可以说："白话诗里，只有轻重高下，没有严格的平仄。"例如周作人君的《两个扫雪的人》的两行：

祝福你扫雪的人！

我从清早起在雪地里行走，不得不谢谢你。

"祝福你扫雪的人"上六个字都是仄声，但是读起来自然有个轻重高下。"不得不谢谢你"六个字，又都是仄声，但是读起来也有个轻重高下。又如同一首诗里有"一面尽扫，一面尽下"八个字都是仄声，但读起来不但不拗口，并且有一种自然的音调。白话诗的声调，不在平仄的调剂得宜，全靠这种自然的轻重高下。

至于用韵一层，新诗有三种自由：第一用现代的韵，不拘古韵，更不拘平仄韵。第二平仄可以互相押韵，这是词曲通用的例，不单是新诗如此。第三有韵固然好，没有韵也不妨。新诗的声调既在骨子里——在自然的轻重高下，在语气的自然区分——故有无韵脚，都不成问题。例如周作人君的《小河》虽然无韵，但是读起来自然有很好的声调，不觉得是一首无韵诗。我且举一段如下：

> ……小河的水是我的好朋友，
> 他曾经稳稳的流过我面前，
> 我对他①点头，他对我微笑，
> 我愿他能够放出了石堰，
> 仍然稳稳的流着，
> 向我们微笑……

又如周君的《两个扫雪的人》中一段：

> ……一面尽扫，一面尽下；
> 扫尽了东边，又下满了西边；
> 扫开了高地，又填平了洼地。

这是用内部词句的组织来帮助音节，故读时不觉得是无韵诗。

内部的组织——层次、条理、排比、章法、句法——乃是音节的最重要方法。我的朋友任叔永说："自然二字，也要点研究。"研究并不是叫我们去讲究那些"蜂腰"、"鹤膝"、"合掌"等等玩意儿，乃是要我们研究内部的词句应该如何组织安排，方才可以发生和谐的自然音

---

① 对他，原作"他对"，误。

节。我且举康白情君的《送客黄浦》一章作例：

> 送客黄浦，
> 我们都攀着缆——风吹着我们的衣服——
> 站在没遮阑的船边楼上。
> 看看凉月丽空，
> 才显出淡妆的世界。
> 我想世界上只有光，
>   只有花，
>   只有爱！
> 我们都谈着——
> 谈到日本二十年的戏剧，
> 也谈到"日本的光，的花，的爱"的须磨子。
> 我们都相互的看着。
> 只是寿昌有所思，
> 他不看着我，
> 他不看着别的那一个，
> 这中间充满了别意，
> 但我们只是初次相见。

五

　　我这篇随便的诗谈，做得太长了。我且略谈"新诗的方法"，作一个总结的收场。

　　有许多人曾问我做新诗的方法。我说做新诗的方法，根本上就是做一切诗的方法。新诗除了"新体的解放"一项之外，别无他种特别的做法。

这话说得太笼统了,听的人自然又问那么做一切诗的方法,究竟是怎样呢?

我说诗须要用具体的做法,不可用抽象的说法。凡是好诗,都是具体的。越偏向具体的,越有诗意诗味。凡是好诗,都能使我们脑子里发生一种——或许多种——明显逼人的影像,这便是诗的具体性。

李义山诗:"历览前贤国与家,成由勤俭败由奢。"这不成诗。为什么呢? 因为他用的是几个抽象的名词,不能引起什么明了浓丽的影像。

"绿垂风折笋,红绽雨肥梅。"是诗。"芹泥垂燕嘴,蕊粉上蜂须。"是诗。"四更山吐月,残夜水明楼。"是诗。为什么呢? 因为他们都能引起鲜明扑人的影像。

"五月榴花照眼明。"是何等具体的写法!

"鸡声茅店月,人迹板桥霜。"是何等具体的写法!

"枯藤老树昏鸦,小桥流水人家,古道西风瘦马,夕阳西下,断肠人在天涯!"这首小曲里有十个影像,连成一串,并作一片萧瑟的空气,这是何等具体的写法!

以上举的例,都是眼睛里起的影像。还有引起听官里的明了感觉的,例如上文引的"呢呢儿女语,灯火夜微明,恩冤尔汝来去弹指泪和声",是何等具体的写法!

还有能引起读者浑身的感觉的。例如姜白石词:"暝入西山,渐唤我一叶夷犹乘兴。"这里面四个合口的双声字,读的时候使我们觉得身在小舟里,在镜平的湖水上荡来荡去。这是何等具体的写法!

再进一步说:凡是抽象的材料,格外应该用具体的写法。看《诗经》的《伐檀》:

> 坎坎伐檀兮,置之河之干兮,
> 河水清且涟猗,
> 不稼不穑,胡取禾三百廛兮,
> 不狩不猎,胡瞻尔庭有县貆兮。

社会不平等,是一个抽象的题目,你看他却用如此具体的写法。

又如杜甫的《石壕吏》,写一天晚上,一个远行客人在一个人家寄宿,偷听得一个出差的公人同一个老太婆的谈话,寥寥一百二十个字,把那个时代的征兵制度、战祸、民生痛苦,种种抽象的材料,都一齐描写出来了。这是何等具体的写法!

再看白乐天的《新乐府》那几篇好的——如《折臂翁》、《卖炭翁》、《上阳宫人》——都是具体的写法。那几篇抽象的议论——如《七德舞》、《司天台》、《采诗官》——便不成诗了。

旧诗如此,新诗也如此。现在报上登的许多新体诗。很多不满人意的。我仔细研究起来,那些不满人意的诗,犯的都是一个大毛病——抽象的题目,用抽象的写法。

那些我不认得的诗人做的诗,我不便乱批评,我且举一个朋友的诗做例。傅斯年君在《新潮》四号里,做了一篇散文叫做《一段疯话》,结尾两行说道:

> 我们最当敬重的是疯子,最当亲爱的是孩子。疯子是我们的老师,孩子是我们的①朋友。
> 我们带着孩子,跟着疯子走,走向光明去。

有一个人在北京《晨报》里投稿,说傅君最后的十六个字是诗不是文。后来《新潮》五号里傅君有一首《前倨后恭》的诗——一首很长的诗,我看着说这是文,不是诗。

何以前面文是诗,后面的诗反是文呢? 因为那前面十六个字是具体的写法,后面的长诗是抽象的题目,用抽象的写法。我且钞那诗中的一段,就可明白了:

> 倨也不由他,恭也不由他。
> 你还赧他。

---

① 们的,原作"的们",误。

> 向你倨,你也不削一块肉;向你恭,你也不长一块肉。
>
> 况且终竟他要向你变的,理他呢!

这种抽象的议论,是不会成为好诗的。

再举一个例。《新青年》六卷四号里面沈尹默君的两首诗,一首是《赤裸裸》:

> 人到世间来,本来是赤裸裸。
>
> 本来没污浊,却被衣服重重的裹着,这是为什么?
>
> 难道清白的身,不好见人么?
>
> 那污浊的裹着衣服,就算免了耻辱么?

他本想用具体的譬喻来攻击那些作伪的礼教,不料结果还是一篇抽象的议论,故不成为好诗。还有一首《生机》:

> 刮了两日风,又下了几阵雪。
>
> 山桃虽是开着,却冻坏了夹竹桃的叶。
>
> 地上的嫩红芽,更僵了发不出。
>
> 人人说天气这般冷,草木的生机,恐怕都被摧折。
>
> 谁知道那路旁的细柳条,他们暗地里却一齐换了颜色。

这种乐观,是一个很抽象的题目,他却用最具体的写法,故好。

我们徽州俗话说自己称赞自己的是"戏台里喝采"。我这篇新诗谈里常引我自己的诗做例,也不知犯了多少次"戏台里喝采"的毛病,现在且再犯一次,举我的《老鸦》做一个"抽象的题目用具体的写法"的例罢:

> 我大清早起,
>
> 站在人家屋角上哑哑的啼。
>
> 人家讨厌我,
>
> 说我不吉利。
>
> 我不能呢呢喃喃讨人家的欢喜。

四四　胡适之《论短篇小说》

一　什么叫做"短篇小说"

中国今日的文人，大概不懂"短篇小说"是什么东西。现在的报纸杂志里面，凡是笔记杂纂不成长篇的小说，都可叫做"短篇小说"。所以现在那些"某生，某处人，幼负异才……一日，游某园，遇一女郎，睨之，天人也……"一派的烂调小说，居然都称为"短篇小说"。其实这是大错的。西方的"短篇小说"（英文叫做 short story），在文学上有一定的范围，有特别的性质，不是单靠篇幅不长，便可称为"短篇小说"的。

我如今且下一个"短篇小说"的界说：短篇小说是用最经济的文学手段，描写事实中最精彩的一段或一方面，而能使人充分满意的文章。

这条界说中，有两个条件最宜特别注意。今且把这两个条件分说如下：

（一）事实中最精彩的一段或一方面　譬如把大树的树身锯断，懂植物学的人看了树身的"横截面"，数了树的"年轮"，便可知道这树的年纪。一人的生活，一国的历史，一个社会的变迁，都有一个"纵剖面"和无数"横截面"。从纵面看去，须从头到尾，才可看见全部。而横面截开一段，若截在要紧的所在，便可把这个"横截面"代表这一人，或这一国，或这一个社会。这种可以代表全部的

168

部分，便是我所谓"最精彩"的部分也。譬如西洋照相术未发明之前，有一种"侧面剪影"（silhouette），用纸剪下人的侧面，便可知道是某人。这种可以代表全形的一面，便是我所谓"最精彩"的方面。若不是"最精彩的"所在，决不能用一段代表全体，决不能用一面代表全形。

（二）最经济的文学手段　形容"经济"两个字，最好是借用宋玉的话："增之一分则太长，减之一分则太短；着粉则太白，施朱则太赤。"须要不可增减，不可涂饰，处处恰到好处，方可当"经济"二字。因此凡可拉长演作章回小说的短篇，不是真正"短篇小说"。凡叙事不能畅尽，写情不能饱满的小说，也不是真正"短篇小说"。

能合我所下的界说的，便是理想上完全的"短篇小说"。世间所称"短篇小说"，虽未能处处都与这界说相合，但是那些可传世不朽的"短篇小说"，决没有不具上文所说两个条件的。如今且举几个例：西历一八七〇年，法兰西和普鲁士开战，后来法国大败，巴黎被攻破，出了极大的赔款，还割了两省地，才能讲和。这一次战争，在历史上就叫做普法之战，是一件极大的事。若是历史家记载这事，必定要上溯两国开衅的原因，中记战争的详情，下寻战与和的影响，这样记法，可满几十本大册子。这种大事，到了"短篇小说家"的手里，便用最经济的手腕，去写这件大事的最精彩的一段或一面。我且不举别人，单举 Daudet 和 Maupassant 两个人为例。Daudet 所做普法之战的小说有许多种，我曾译出一种叫做《最后一课》（La derniere classe），全篇用法国割给普国两省中一省的一个小学生的口气，写割地之后，普国政府下令不许再教法文法语，所写的乃是一个小学教师教法文的"最后一课"。一切割地的惨状，都从这个小学生眼中看出，口中写出。还有一种叫做《柏林之围》（Le siege de Berlin），写的是法皇拿破仑第三出兵攻普鲁士时，有一个曾在拿破仑第一麾下的老兵官，以为这一次法兵一定要大胜了，所以特地搬到巴黎，住在凯旋门边，准备着看法兵凯旋的大典。后来这老兵官病了，他的女儿天天假造法兵得胜的新闻去哄他。那时普国的兵已打破巴黎。普兵进城之日,他老人家听见军乐声,还以为是法兵破了柏林奏凯班师呢!这是借一个法国极强时代的老兵,来反照当日法国大败的大耻,两两相形,真可动人!

Maupassant 所做普法之战的小说也有多种,我曾译他的《二渔夫》(Deux amis),写巴黎被围的情形,却都从两个酒鬼身上着想。还有许多篇,如 Mile. Fili. 之类,或写一个妓女被普国兵士掳去的情形,或写法国内地村乡里面的光棍,乘着国乱,设立军政分府,作威作福的怪状……都可使人因此推想那时法国兵败以后的种种状态。这都是我所说的"用最经济的手段,描写事实中最精彩的片段,而能使人充分满意"的短篇小说。

二　中国短篇小说略史

短篇小说的定义,既已明了,如今且略述中国短篇小说的小史。

中国最早的短篇小说,自然要数先秦诸子的寓言了。《庄子》、《列子》、《吕览》诸书所载的寓言,往往有用心结构,可当短篇小说之称的。今举二例,第一例见于《列子·汤问》篇:

> 太形王屋二山,方七百里,高万仞,本在冀州之南,河阳之北。
>
> 北山愚公者,年且九十,面山而居,惩山之塞出入之迂也,聚室而谋曰:"吾与汝毕力平险,指通豫南,达于汉阴,可乎?"杂然相许。其妻献疑曰:"以君之力,曾不能损魁父之丘,如太形、王屋何?且焉置土石?"杂曰:"投诸渤海之尾,隐土之北。"
>
> 遂率子孙荷担者三夫,叩石垦壤,箕畚运于渤海之尾。邻人京城氏之孀妻有遗男,始龀,跳往助之。寒暑易节,始一返焉。
>
> 河曲智叟笑而止之曰:"甚矣!汝之不慧!以残年余力,曾

不能毁山之一毛。其如土石何？"

　　北山愚公长息曰："汝心之固，固不可彻，曾不若孀妻弱子！虽我之死，有子存焉。子又生孙，孙又生子，子又有子，子又有孙，子子孙孙，无穷匮也。而山不加增，何苦而不平？"河曲智叟亡以应。

　　操蛇之神闻之，惧其不已也，告之于帝。帝感其诚，命夸娥氏二子负二山，一厝朔东，一厝雍南。自此冀之南，汉之阴，无陇断焉。

这篇大有小说风味。第一因为他要说至诚可动天地，却平空假造一段太形、王屋两山的历史。第二这段历史之中，处处用人名地名，用直接会话，写细事小物，即写天神，也用操蛇之神，夸娥氏二子等私名，所以看来好像真有此事。这两层，都是小说家的家数。现在的人，一开口便是某生某甲，真是不曾懂得做小说的 ABC。

　　第二例见于《庄子·徐无鬼》篇：

　　庄子送葬，过惠子之墓，顾谓从者曰："郢人垩漫其鼻端，若蝇翼，使匠石斫之。匠石运斤成风，听而斫之，尽垩而鼻不伤，郢人立不失容。宋元君闻之，召匠石曰：'尝试为寡人为之。'匠石曰：'臣则尝能斫之。虽然，臣之质死久矣！'自夫子(谓惠子)之死也，吾无以为质矣！吾无与言之矣！"

这一篇写"知己之感"，从古至今，无人能及。看他写垩漫其鼻端，若蝇翼，写匠石运斤成风，都好像真有此事，所以有文学的价值。看他寥寥七十个字，写尽无限感慨，是何等"经济的"手腕！

　　自汉到唐这几百年中，出了许多杂记体的书，却都不配称做短篇小说。最下流的，如《神仙传》和《搜神记》之类不用说了。最高的如《世说新语》，其中所记，有许多很有短篇小说的意味，却没有短篇小说的体裁。如下举的例：

　　（1）桓公北征，经金城，见前为琅琊时种柳，皆已十围，慨然曰:"木犹如此,人何以堪!"攀枝执条,泫然流泪。

(2)王子猷居山阴,夜大雪,眠觉开室,命酌酒,四望皎然。因起彷徨,咏左思《招隐》诗,忽忆戴安道。时戴在剡,即便夜乘小船就之。经宿方至,造门不前而返。人问其故,王曰:"吾本乘兴而来,兴尽而返,何必见戴!"

此等记载,都是拣取人生极精彩的一小段,用来代表那人的性情品格,所以我说《世说》很有短篇小说的意味。只是《世说》所记都是事实,或是传闻的事实,虽有剪裁,却无结构,故不能称做短篇小说。

比较说来,这个时代的散文短篇小说,还该数到陶潜的《桃花源记》。这篇文字,命意也好,布局也好,可以算得一篇用心结构的短篇小说。此外便须到韵文中去找短篇小说了。韵文中《孔雀东南飞》一篇,是很好的短篇小说,记事言情,面面都到。但比较起来,还不如《木兰辞》更为经济。

《木兰辞》记木兰的战功,只用"将军百战死,壮士十年归"十个字,记木兰归家的那一天,却用了一百多字。十个字记十年的事,不为少。一百多字记一天的事,不为多。这便是文学的经济。但是比较起来,《木兰辞》还不如古诗《上山采蘼芜》更为神妙。那诗道:

> 上山采蘼芜,下山逢故夫。长跪问故夫:"新人复何如?""新人虽言好,未若故人姝。颜色类相似,手爪不相如。新人从门入,故人从阁去。新人工织缣,故人工织素。织缣日一匹,织素五丈余。将缣来比素,新人不如故。"

这首诗有许多妙处。第一他用八十个字,写出那家夫妇三口的情形,使人可怜那被逐的故人,又使人痛恨那没有心肝想靠着老婆发财的故夫。第二他写那人弃妻娶妻的事,却不用从头说起,不用说"某某,某处人,娶妻某氏,甚贤,已而别有所爱,遂弃前妻而娶新欢",他只从这三个人的历史中挑出那日从山上采野菜回来遇着故夫的几分钟,是何等经济的手腕,是何等精彩的片段! 第三他只用"上山采蘼芜,下山逢故夫"十个字,便可写出这妇人是一个弃妇,被弃之后,非常贫苦,只得挑野菜度日。这是何等神妙手段!懂得这首诗的好处,方才可谈短篇小说的好处。

到了唐朝,韵文散文中都有很妙的短篇小说,像韵文中杜甫的《石壕吏》是绝妙的例。那诗道:

> 暮投石壕村,有吏夜捉人,老翁逾墙走,老妇出门看。吏呼一何怒,妇啼一何苦!听妇前致词:"三男邺城戍。一男附书至,二男新战死。生者且偷生,死者长已矣!室中更无人,惟有乳下孙!有孙母未去,出入无完裙。老妪力虽衰,请从吏夜归。急应河阳役,犹得备晨炊。"夜久语声绝,如闻泣幽咽。天明登前途,独与老翁别!

这首诗写天宝之乱,只写一个过路投宿的客人,夜里偷听得的事,不插一句议论,能使人觉得那时代征兵之制的大害,百姓的痛苦,丁壮死亡的多,差役捉人的横行,一一都在眼前,捉人捉到生了孙儿的祖老太太,别的更可想而知了!

白居易的《新乐府》五十首中,尽有很好的短篇小说,最妙的是《新丰折臂翁》一首。看他写:"是时翁年二十四,兵部牒中有名字,夜深不敢使人知,偷将大石捶折臂",使人不得不发生"苛政猛于虎"的思想。白居易的《琵琶行》也可算得一篇很好的短篇小说。白居易的短处,只因为他有点迂腐气,所以处处要把做诗的"本意"来做结尾。即如《新丰折臂翁》,篇末加上"君不见开元宰相宋开府"一段,便没有趣味了。又如《长恨歌》一篇,本用道士见杨贵妃带来信物一件事作主体。白居易虽做了这诗,心中却不信道士见杨妃的神话,所以他不但说杨妃所在的仙山"在虚无缥缈中",还要先说杨妃死时"金钿委地无人收,翠翘金雀玉搔头",竟直说后来天上带来的"钿合金钗"是马嵬坡拾起的了。自己先不信,所以说来便不能叫人深信。人说赵子昂画马,先要伏地作种种马相。做小说的人,也要如此,也要用全副精神替书中人物设身处地,体贴入微。做短篇小说的人,格外应该如此。为什么呢? 因为短篇小说要把所挑出的最精彩的一段作主体,才可有全神贯注的妙处。若带点迂气,处处把本意点破,便是把书中事实作一种假设的附属品,便没有趣味了!

　　唐朝的散文短篇小说很多,好的却实在不多。我看来看去,只有张说的《虬髯客传》可算得上品的短篇小说。《虬髯客传》的本旨,只是要说"真人之兴,非英雄所冀",他却平空造出虬髯客一段故事,插入李靖红拂一段情史,写到正热闹处,忽然"太原公子褐裘而来",遂使那位野心豪杰绝心于事国,另去海外开辟新国。这种立意布局,都是小说家的上等工夫。这是第一层长处。这篇是历史小说,凡做历史小说,不可全用历史上的事实,却又不可违背历史上的事实。全用历史的事实,便成了演义体,如《三国演义》和《东周列国志》,没有真正小说的价值。若违了历史的事实,如《说岳传》使岳飞的儿子挂帅印,打平金国,虽可使一班愚人快意,却又不成历史的小说了。最好是能于历史事实之外,造成一些似历史的事实,写到结果却又不违背历史的事实。如法国大仲马的《侠隐记》写英国暴君查理①第一世为克林威尔所囚时,有几个侠士出了死力,百计想把他救出来,每次都到将成功时,忽又失败。写来极闹热动人,令人急煞,却终不能救免查理第一世断头之刑,故不违背历史的事实。又如《水浒传》所记宋江等三十六人,是正史所有的事实。《水浒传》所写宋江在浔阳江上吟反诗,写武松打虎杀嫂,写鲁智深大闹和尚寺等事,处处闹热煞,却终不违历史的事实。而《虬髯客传》的长处,正在他写了许多动人的人物事实,把历史的人物和非历史的人物穿插夹混,叫人看了,竟像那时真有这些人物事实。但写到后来虬髯客飘然去了,依旧是唐太宗得了天下,一毫不违背历史的事实。这是历史小说的方法,便是《虬髯客传》的第二层长处。此外还有一层好处。唐以前的小说,无

---

　　① 理,原作"尔",据下文改。

论散文韵文,都只能叙事,不能用全副气力描写人物。《虬髯客传》写虬髯客极有神气,自不用说了。就是写红拂、李靖等配角,也都有自性的神情风度。这种写生手段,便是这篇的第三层长处。有这三层长处,所以我敢断定这篇写《虬髯客传》,是唐代第一篇短篇小说。宋朝是章回小说发生的时代,如《宣和遗事》和《五代史平话》等书,都是后世章回小说的始祖。《宣和遗事》中记杨志卖刀杀人,晁盖等八人路劫生辰纲,宋江杀阎婆惜诸段,便是施耐庵《水浒传》的稿本。从《宣和遗事》变成《水浒传》,是中国文学史上一大进步。但宋朝是"杂记小说"极盛的时代,故《宣和遗事》等书,总脱不了杂记体的性质,都是上段不接下段,没有结构布局的。宋朝的"杂记小说"颇多好的,但都是不配称做短篇小说。短篇小说是有结构局势的,是用全副精神气力贯注到一段最精彩的事实上的。"杂记小说"是东记一段,西记一段,如一盘散沙,如一篇零用账,全无局势结构的。这个区别,不可忘记。

明清两朝的短篇小说,可分白话与文言两种。白话的短篇小说可用《今古奇观》作代表。《今古奇观》是明末的书,大概不全是一人的手笔。书中共有四十篇小说,大要可分两派:一是演述旧作的。一是自己创作的。如《吴保安弃家赎友》一篇,全是演唐人的《吴保安传》,不过添了一些琐屑节目罢了。但是这些加添的琐屑节目,便是文学的进步。《水浒》所以比《史记》更好,只在多了许多琐屑细节。《水浒》所以比《宣和遗事》更好,也只在多了许多琐屑细节。从唐人的吴保安变成《今古奇观》的吴保安;从唐人的李浣公变成《今古奇观》的李浣公;从汉人的伯牙、子期变成《今古奇观》的伯牙、子期——这都是文学由略而详,由粗枝大叶而琐屑细节的进步。此外那些明人自己创造的小说,如《卖油郎》,如《洞庭红》,如《乔太守》,如《念亲恩孝女藏儿》,都可称很好的短篇小说。依我看来,《今古奇观》的四十篇之中,布局以《乔太守》为最工,写生以《卖油郎》为最工。《乔太守》一篇,用一个李都管做全篇的线索,是有意安排的结构。《卖油郎》一篇,写秦重、花魁娘子、九妈、四妈各到好处。《今古奇观》中虽有很平常的小说,比起唐人的散文小说,已大有进步了。唐人的小说,最好的莫如《虬髯客传》。但《虬髯客传》写的是英雄豪杰,容易见长。《今古奇观》中大多数的小说写的都是些琐细的人情世故,不容易写得好。唐人的小说,大都属于理想主义。《今古奇观》中如《卖油郎》、《徐老仆》、《乔太守》、《孝女藏儿》便近于写实主义了。至于由文言的唐人小说,变成白话的《今古奇观》,写物写情,都更能曲折详尽,那更是一大进步了。

只可惜白话的短篇小说,发达不久,便中止了。中止的原因,约有两层:第一,因为白话的章回小说发达了,做小说的人,往往把许多短篇略加组织,合成长篇。如《儒林外史》和《品花宝鉴》名为长篇的章回小说,其实都是许多短篇凑拢来的。这种杂凑的长篇小说的结果,反阻碍了白话短篇小说的发达了。第二,是因为明末清初的文人,很做了一些中上的文言短篇小说,如《虞初新志》、《虞初续志》、《聊斋志异》等书里面,很有几篇可读的小说。比较起来,还该把《聊斋志异》来代表这两朝的文言小说。《聊斋》里面如《续黄粱》、《胡四相公》、《青梅》、《促织》、《细柳》诸篇,都可称为短篇小说。《聊斋》的小说,平心而论,实在高出唐人的小说。因蒲松龄虽喜说鬼狐,但他写鬼狐,却都是人情世故,于理想主义之中,却带几分写实的性质,这实在是他的长处。只可惜文言不是能写人情世故的利器。到了后来,那些学《聊斋》的小说,更不值得提起了。

三 结 论

最近世界文学的趋势,都是由长趋短,由繁多趋简要——简与略不同,故这句话与上文说由略而详的进步并无冲突。诗的一方面,所重的在于"写情短诗"(lyrical poetry,或择抒情诗。)像 Homer Milton

Dante 那些几十万字的长篇，几乎没有人做了。就有人做，_{十九世纪尚}多_{此种。}也很少人读了。戏剧一方面，莎士比亚的戏，有时竟长到五出二十幕（此所指乃 Hamlet 也），后来变到五出五幕，又渐渐变成三出三幕，如今最注重的是"独幕剧"了。小说一方面，自十九世纪中段以来，最通行的是短篇小说。而长篇小说如 Tolstoy 的《战争与和平》，竟是绝无而仅有的了。所以我们简直可以说"写情短诗"、"独幕剧"、"短篇小说"三项，代表世界文学最近的趋势。这种趋向的原因，不止一种。（一）世界的生活竞争，一天忙似一天。时间越宝贵了，文学也不能不讲究经济。若不经济，只配给那些吃了饭没事做的老爷太太们看，不配给那些在社会上做事的人看了。（二）文学自身的进步，与文学的经济有密切关系。斯宾塞说："论文章的方法，千言万语，只是'经济'一件事。"文学越进步，自然越讲求经济的方法。有此两种原因，所以世界的文学，都趋向这三种最经济的体裁。今日中国的文学，最不讲经济。那些古文家和那《聊斋》滥调的小说家，只会记某时到某地，遇某人作某事的死账，毫不懂状物写情，是全靠琐屑节目的。那些长篇小说家，又只会做那无穷无极《九尾龟》一类的小说，连体裁布局都不知道，不要说文学的经济了。若要救这两种大错，不可不提倡那最经济的体裁，不可不提倡真正的短篇小说。

四五　胡适之《国语文法概论》

第一篇　国语与国语文法

什么是国语？　我们现在研究国语文法，应该先问什么是国语，什么是国语文法。"国语"这两个字很容易误解。严格说来，现在所谓"国语"，还只是一种尽先补用的候补国语，并不是现任的国语。这句话的意思是说：这一种方言，已有了做中国国语的资格，但此时还不曾完全成为正式的国语。

一切方言，都是候补的国语，但先须先有两种资格，方才能够变成正式的国语：

第一，这一种方言，在各种方言之中，通行最广。

第二，这一种方言，在各种方言之中，产生的文学最多。

我们试看欧洲现在的许多的国语，哪一种不是先有了这两项资格的？当四百年前，欧洲各国的学者都用拉丁文著书通信，和中国人用古文著书通信一样。那时各国都有许多方言，还没有国语。最初成立的是意大利的国语。意大利的国语，起先也只是突斯堪尼（Tuscany）的方言，因为通行最广，又有了但丁（Dante）、鲍卡曲（Bocoacio）等人用这种方言做文学，故这种方言由候补的变成正式的国语。英国的国语，当初也只是一种"中部方言"，后来渐渐通行，又有了乔叟（Chaucer）与卫克立夫（Wycliff）等人的文学，故也由候补的变成正式的国语。此外法国、德国及其他各国的国语，都是先有这两种资格,后来才变成国语的。

我们现在提倡的国语,也俱有这两种资格:第一,这种语言是中国通行最广的一种方言——从东三省到西南三省(四川、云南、贵州),从长城到长江,那一大片疆域内,虽有大同小异的区别,但大致都可算是这种方言通行的区域。东南一角,虽有许多种方言,但没有一种通行这样远的。第二,这种从东三省到西南三省,从长城到长江的普通话,在这一千年之中,产生了许多有价值的文学的著作。自从唐以来,没有一代没有白话的著作。禅门的语录和宋明的哲学的语录自不消说了,唐诗里已有许多白话诗。到了晚唐,白话诗更多了。寒山和拾得的诗,几乎全是白话诗。五代的词里,也有许多白话词。李后主的好词,多是白话的。宋诗中更多白话。邵雍与张九成虽全用白话,但做的不好。陆放翁与杨诚斋的白话诗,便有文学的价值了。宋词变为元曲,白话的部分更多。宋代的白话小说,如《宣和遗事》之类,还在幼稚时代。自元到明,白话的小说方才完全成立。《水浒传》《西游记》《三国志》,代表白话小说的"成人时期"。自此以后,白话文学遂成了中国一种绝大的势力。这种文学有两层大功用:(一)使口语成为写定的文字,不然,白话绝没有代替古文的可能。(二)这种白话文学书通行东南各省,凡口语的白话及不到的地方,文学的白话都可侵入,所以这种方言的领土遂更扩大了。

这两种资格,缺了一种都不行。没有文学的方言,无论通行如何远,决不能代替已有文学的古文,这是不用说的了。但是若单有一点文学,不能行到远地,那也是不行的。例如广东话也有绝妙的"粤讴",苏州话也有"苏白"的小说,但这两种方言通行的区域太小,故必不能成为国语。

我们现在提倡的国语,是一种通行最广,最远,又曾有一千年的文学的方言。因为他有这两种资格,故大家久已公认他作中国国语的唯一候选人,故全国人此时都公认他为中国国语,推行出去,使他成为中国学校教科书的用语,使他成为中国报纸杂志的用语,使他成为现代和将来的文学用语,这是建立国语的唯一的方法。

什么是国语文法? 凡是一种语言,总有他的文法。天下没有一种没有文法的语言,不过内容的组织彼此有大同小异的区别罢了。但是有文法和有文法学不同。一种语言尽管有文法,却未必一定有文法学。世界文法学发达最早的,要算梵文和欧洲的古今语言。中国的文法学发生最迟。古书如公羊、穀梁两家的《春秋传》,颇有一点论文法的话,但究竟没有文法学出世。清朝王引之的《经传释词》用归纳的方法来研究古书中"词"的用法,可称得一部文法书。但王氏究竟缺乏文法学的术语和条理,故《经传释词》只是文法学未成立以前的一种文法参考书,还不曾到文法学的地位。直到马建忠的《文通》出世(光绪二十四年,西历一八九八),方才有中国文法学。马氏自己说:"上稽经史,旁及诸子百家,下至志书小说,凡措字遣词,苟可以述吾心中之意以示今而传后者,博引相参,要皆有一成不变之例。"(《文通前序》)又说:"斯书也,因西文已有之规矩,于经籍中求其所同所不同者,曲证繁引,以确知华文义例之所在。"(《后序》)到这个时代,术语也完备了,条理也有了,方法也更精密了,故马建忠能建立中国文法学。

中国文法学何以发生的这样迟呢? 我想有三个重要的原因:第一,中国文法本来很容易,故人不觉得文法学的必要。聪明的人自能"神而明之",笨拙的人,也只消用"书读千遍,其义自见"的笨法,也不想有文法学的捷径。第二,中国的教育,本限于很少数的人,故无人注意大多数人的不便利,故没有研究文法学的需要。第三,中国语言文字孤立几千年,不曾有和他种高等语言文字相比较的机会。只有梵文与中文接触最早,但梵文文法太难,与中文文法相去太远,故不成为比较的材料。其余与中文接触的语言,没有一种不受中国人的轻视的,故不能发生比较的研究的效果。没有比较,故中国人从来不曾发生文法学的观念。

这三个原因之中,第三原因更为重要:欧洲自古至今,两千多年之中,随时总有几种平等的语言文字互相比较,文法的条例,因有比较,遂更容易明白。我们的语言文字,向来没有比较参证的材料,故虽有王念孙、王引之父子那样高深的学问,那样精密的方法,终不能创造文法学。到了马建忠,便不同了。马建忠得力之处,全在他懂得西洋的古今文字,用西洋的文法作比较参考的材料。他研究"旁行诸国语言之源流,若希腊、若拉丁之文词,而属比之,见其字别种而句司字,所以声其心而形其意者,皆有一定不易之律。而因以律夫吾经籍子史诸书,其大纲盖无不同。于是因所同以同夫所不同者。"(《后序》)看这一段,更可见比较参考的重要了。

但如马建忠的文法,只是中国古文的文法。他举的例,到韩愈为止。韩愈到现在,又隔开一千多年了。《马氏文通》是一千年前的古文文法,不是现在的国语的文法。马建忠的大缺点,在于缺乏历史进化的观念。他把文法的条例,错认作"一成之律,历千古而无或稍变"。(《前序》)其实从《论语》到韩愈,中国文法已经过很多的变迁了。从《论语》到现在,中国文法也不知经过了多少的大改革。那不曾大变的,只有那用记诵摹仿的方法勉强保存的古文文法。至于民间的语言,久已自由变化,自由改革,自由修正,到了现在,中国的文法——国语的文法与各地方言的文法——久已不是马建忠的"历千古而无或少变"的文法了!

国语是古文慢慢的演化出来的,国语的文法,是古文的文法慢慢的改革修正出来的。中国的古文文法虽不很难,但他的里面还有许多很难说明的条例。我且举几个很浅的例罢。

（例一）知我者其天乎?（《论语》）

（例二）莫我知也夫?（《论语》）

（例三）有闻之,有见之,谓之有。（《墨子·非命中》）

（例四）莫之闻,莫之见,谓之亡。（同上）

这两个"我"字都是"知"字的"止词",这四个"之"字都是"见"字、"闻"

字的"止词"。但(例二)与(例四)的"我"字与"之"字,都必须翻到动字的前面,为什么呢?因为古文有一条通则:

凡否定句里做止词的代名词,必须在动词的前面。

这条通则很不容易懂,更不容易记忆,因为这通则规定三个条件:(一)否定句。故(例一)与(例三)不适用他。(二)止词。只有外动词可有止词,故别种动词不适用他。(三)代名词。故"不知命"、"不知人"、"莫知我艰"等句,虽合上二个条件,而不合第三条件,故仍不适用他。当从前没有文法学的时候,这种烦杂的文法,实在很少人懂得。就是那些号称古文大家的,也说不出一个所以然来。不过因为古书上是"莫我知",古文家也学作说"莫我知";古书上是"不汝贷",古文家也学作说"不汝贷";古书上是"莫之闻,莫之见",古文家也决不敢改作"莫闻之,莫见之"。他们过惯了鹦鹉的生活,觉得不学鹦鹉,反不成生活了!马建忠说的那"一成之律,历千古而无或少变",正是指那些鹦鹉文人这样保存下来的古文文法。但是一般寻常百姓,却是不怕得罪古人的。他们觉得"莫我知"、"不汝贷"、"莫之闻,莫之见"一类的文法,实在很烦难,很不方便,所以他们不知不觉的遂改作"没人知道我","不饶你","没人听过他,也没人见过他"——这样一改,那种很不容易懂又不容易记的文法,都变成很好讲,又很好记的文法了。

这样修正改革的结果,便成了我们现在的国语的文法。国语的文法,不是我们造得出来的,他是几千年的演化的结果,他是中国"民族的常识"的表现与结晶。"结晶"一个名词,最有意味。譬如雪花的结晶,或松花蛋(即皮蛋)白上的松花结晶,你说他是有意做成的么?他确是自然变成的,确是没有意识作用的。你说他完全无意识么?他确又有规则秩序,绝不是乱七八糟的。雪花的结晶,绝不会移作松花的结晶。国语的演化全是这几千年"寻常百姓"自然改变的功劳,文人与文法学者全不曾过问。我们这般老祖宗,并不曾有意的改造文法,只有文法不知不觉的改变了。但改变的地方,仔细研究起来,却又是很有理的,的确比那无数古文大家的理性还高明的多。因此我们对于这种玄妙的变化,不能不脱帽致敬,不能不叫他一声"民族的常识的结晶"。

至于国语的演化是进步呢,还是退步呢——这个问题太大了,太有趣味了,决不是可以这样简单说明的,故下章专讨论这个问题。

第二篇　国语的进化

一

现在国语的运动,总算传播得很快很远了。但是全国的人,对于国语的价值,还不曾有明了正确的见解。最错误的见解,就是误认白话为古文的退化。这种见解,是最危险的阻力。为什么呢? 因为我们既认某种制度文物为退化,决没有还肯采用那种制度文物的道理。如果白话真是古文的退化,我们就该仍旧用古文,不该用这退化的白话。所以这个问题——"白话是古文的进化呢? 还是古文的退化呢"? ——是国语运动的生死关头。这个问题不能解决,国语文与国语文学的价值,便不能确定。这是我所以要做这篇文章的理由。

我且先引那些误认白话为文言的退化的人的议论。近来有一班留学生出了一种周刊,第一期便登出某君的一篇《平新旧文学之争》。这篇文章的根本主张,我不愿意讨论,因为这两年的杂志报纸上,早已有许多人讨论过了。我只引他论白话退化的一段:

> 以吾国现今之文言与白话较,其优美之度,相差甚远! 常谓吾国文字至今日虽未甚进化,亦未大退化。若白话则反是。盖数千年来,国内聪明才智之士,虽未尝致力于他途,对于文字却尚孳孳研究,未尝或辍。至于白话,则语言一科不讲者久! 其乡曲愚夫,间巷妇稚,谰言俚语,粗鄙不堪入耳者无论矣。即在士

夫，其执笔为文，亦尚雅洁可观，而听其出言，则鄙俗可噱，不识
者几不辨其为斯文中人！……以是入文，不惟将文学价值扫地
以尽，且将为各国所非笑！

这一段说文言"虽未甚进化，亦未大退化"，白话却大退化了。我再引
孙中山先生的《孙文学说》第一卷第三章的一段：

中国文言殊非一致。文字之源本出于言语，而言语每随时
代以变迁。至于为文，虽亦有古今之殊，要不能随言语而俱
化。……始所歧者甚仅，而分道各驰，久且相距愈远。顾言语有
变迁而无进化，而文字则虽仍古昔，其使用之技术实日见精研。
所以中国言语为世界中之粗劣者，往往文字可达之意，言语不得
而传。是则中国人非不善为文，而拙于用语者也。亦惟文字可
传久远，故古人所作，摹仿匪难，至于言语，非无杰出之士妙于修
辞，而流风余韵，无所寄托，随时代而俱湮，故学者无所继承。然
则文字有进化，而言语转见退步者非无故矣。抑欧洲文字基于
音韵，音韵即表言语，言语有变，文字即可随之。中华制字以像
形会意为主，所以言语虽殊，而文字不能与之俱变。要之此不过
为言语之不进步，而中国人民非有所阙于文字。历代能文之士，
其所创作突过外人，则公论所归也。盖中国文字成为一种美术，
能文者直美术专门名家，既有天才，复以其终身之精力赴之，其
造诣自不易及。

孙先生直说："文字有进化，而语言转见退步。"他的理由，大致也
与某君相同。某君说文言因为有许多文人专心研究，故不曾退步，白
话因为没有学者研究，故退步了。孙先生也说文言所以进步，全靠文
学专家的终身研究他。又说中国文字是像形会意的，没有字母的帮
助，故可以传授古人的文章，但不能纪载那随时代变迁的言语。语言
但有变迁，没有进化。文字虽没有变迁，但用法更"精研"了！

我对于孙先生的《孙文学说》曾有很欢迎的介绍，《每周评论》第三

十一号。但是我对于这一段议论，不能不下一点批评。因为孙先生说的话，未免太笼统了，不像是细心研究的结果。即如他说："言语有变迁而无进化。"试问他可曾研究言语的"变迁"是朝什么方向变的？这种"变迁"何以不能说是"进化"？试问我们该用什么标准来定那一种"变迁"为"进化的"，那一种"变迁"为"无进化的"？若不曾细心研究古文变为白话的历史，若不知道古文和白话不同之点究竟在什么地方，若不先定一个"进化"、"退化"的标准，请问我们如何可说白话有变迁而无进化呢？如何可说文字有进化而语言转见退步呢？

某君用的标准是"优美"和"鄙俗"。文言是"优美"的，故不曾退化。白话是"鄙俗可噱"的，故退化了。但我请问我们又拿什么标准来分别"优美"与"鄙俗"呢？某君说："即在士夫，其执笔为文亦尚雅洁可观，而听其出言，则鄙俗可噱，不识者几不辨其为斯文中人！"请问"斯文中人"的话又应该是怎样说法？难道我们都该把我字改作予字，他字改作其字，满口"雅洁可观"的之乎者也，方才可算作"优美"吗？"梦为远别啼难唤，书被催成墨未浓"固可算是美，"衣裳已施行看尽，针线犹存未忍开"又何尝不美？"别时言语在心头，那一句依他到底？"完全是白话，又何尝不美？《晋书》说王衍少时，山涛称赞他道："何物老妪，生宁馨儿？"后来不通的文人把"宁馨"当作一个古典用，以为很"雅"很"美"。其实"宁馨"即是现在苏州、上海人的"那哼"，但是这般不通的文人一定说"那哼"就"鄙俗可噱"了！《王衍传》又说王衍的妻郭氏把钱围绕床下，衍早晨起来见钱，对婢女说："举阿堵物去。"后来的不通的文人又把"阿堵物"用作一古典，以为很"雅"很"美"。其实"阿堵"即是苏州人说的"阿笃"，官话说的"那个"、"那些"，但是这班不通文人一定说"阿笃"、"那个"、"那些"都是"鄙俗可噱"了！

所以我说"优美"还须要一个标准，"鄙俗"也须要一个标准。某君自己做的文言未必尽"优美"，我们做的白话未必尽"鄙俗可噱"。拿那没有标准的"优美"、"鄙俗"来定白话的进化退化，便是笼统，便是糊涂。

某君和孙先生都说古文因为有许多文人终身研究，故不曾退化。反过来说白话因为文人都不注意，全靠那些"乡曲愚夫，闾巷妇稚"自由改变，所以渐渐退步，变成"粗鄙不堪入耳"的俗话了。这种见解是根本错误的。稍稍研究言语学的人，都该知道文学家的文学，只可定一时的标准，决不能定百世的标准。若推崇一个时代的文学太过了，奉为永久的标准，那就一定要阻碍文字的进化。进化的生机，被一个时代的标准阻碍住了，那种文学就渐渐干枯，变成死文字或半死的文字。文字枯死了，幸亏那些"乡曲愚夫，闾巷妇稚"的白话还不曾死，仍旧随时变迁。变迁便是活的表示，不变迁便是死的表示。稍稍研究言语学的人，都该知道一种文字枯死或麻木之后，一线生机，全在那些"乡曲愚夫，闾巷妇稚"的白话。白话的变迁，因为不受那些"斯文中人"的干涉，故非常自由。但是自由之中，却有个条理次序可寻。表面上很像没有道理，其实仔细研究起来，都是有理由的变迁，都是改良，都是进化。

简单一句话，一个时代的大文学家，至多只能把那个时代的现成语言结晶成文学的著作，他们只能把那个时代的语言的进步，作一个小小的结束。他们是语言进步的产儿，并不是语言进步的原动力。有时他们的势力，还能阻碍文字的自由发达。至于民间日用的白话，正因为文人学者不去干涉，故反能自由变迁，自由进化。

二

本篇的宗旨，只是要证明上节末段所说的话，要证明白话的变化，并非退步，乃是进化。

立论之前，我们应该定一个标准。怎样变迁才算是进化？怎样变迁才算是退步？

这个问题太大，我们不能详细讨论，现在只能简单说个大概。

一切器物制度，都是应用的。因为有某种需要，故发明某种器物,故创造某种制度。应用的能力增加,便是进步;应用的能力减少,便是退步。例如车船两物,都是应付人类交通运输的需要的。路狭的地方有单轮的小车,路阔的地方有双轮的骡车,内河有小船,江海有大船。后来陆地交通有了人力车、马车、火车、汽车、电车,水路交通有了汽船,人类的交通运输更方便了,更稳当了,更快捷了。我们说小车、骡车变为汽车、火车、电车是大进步,帆船、划船变为汽船也是大进步,都只是因为应用的能力增加了。一切器物制度,都是如此。

语言文字也是应用的。语言文字的用处极多,简单说来:(一)是表情达意。(二)是纪载人类生活的过去经验。(三)是教育的工具。(四)是人类共同生活的惟一媒介物。我们研究语言文字的退化进化,应该根据这几种用处,定一个标准:表情达意的能力增加吗? 纪载人类经验更正确明白吗? 还可以做教育的利器吗? 还可以作共同生活的媒介物吗? 这几种用处增加了,便是进步,减少了,便是退化。

现在先泛论中国文言的退化:

(1)文言达意表情的功用久已减少至很低的程度了。禅门的语录,宋明理学家的语录,宋元以来的小说——这种白话文学的发生,便是文言久已不能达意表情的铁证。

(2)至于纪载过去的经验,文言更不够用。文言的史书传记,只能记一点极简略极不完备的大概。为什么只能记一点大概呢? 因为文言的自身本太简单了,太不完备了,决不能有详细写实的纪载,只好借"古文义法"做一个护短的托词。我们若要知道某个时代的社会生活的详细记载,只好向《红楼梦》和《儒林外史》一类的书里去找寻了。

(3)至于教育一层,这二十年的教育经验,更可以证明文言的绝对不够用了。二十年前,教育是极少数人的特殊权利,故文言的缺点还不大觉得。二十年来,教育变成了人人的权利,变成了人人的义务,故文言的不够用,渐渐成为全国教育界公认的常识。今年全国教育会的国语教科书的议案,便是这种公认的表示。

(4)至于作社会共同生活的媒介物,文言更不中用了。从前官府的告示,"圣谕广训"一类的训谕,为什么要用白话呢? 不是因为文言不能使人人懂得吗? 现在的阔官僚到会场演说,摸出一篇文言的演说辞,哼了一遍,一个人都听不懂。明天登在报上,多数人看了还是不懂! 再看我们的社会生活——在学校听讲,教授演说,命令仆役,叫车子,打电话,谈天,辩驳——那一件是用文言的? 我们还是"斯文中人",尚且不能用文言作共同生活的媒介,何况大多数的平民呢?

以上说语言文字的四种用处,文言竟没有一方面不是退化的。上文所说,同时又都可证明白话在这四方面,没有一方面的应用能力不是比文言更大得多。

总括一句话,文言的种种应用能力,久已减少到很低的程度,故是退化的。白话的种种应用能力,不但不曾减少,反增加发达了,故是进化的。

现在反对白话的人,到了不得已的时候,只好承认白话的用处,于是分出"应用文"与"美文"两种,以为"应用文"可用白话,但是"美文"还应该用文言。这种区别,含有两层意义:第一他承认白话的应用能力,但不承认白话可以作"美文"。白话不能作"美文",是我们不能承认的。但是这个问题和本文无关,姑且不谈。第二他承认文言没有应用的能力,只可以拿来做无用的美文。即此一端,便是古文报丧的讣闻! 便是古文死刑判决书的主文!

天下的器物制度,决没有无用的进化,也决没有用处更大的退化!

三

上节说文言的退化和白话的进化,都是泛论的。现在我要说明白话的应用能力是怎样增加的——就是要说明白话怎样进化。上文我曾说："白话的变迁，因为不受文人的干涉，故非常自由。但是自由之中，却有个条理次序可寻。表面上很像没有道理，其实仔细研究起来，都是有理由的变迁，都是改良，都是进化。"本节所说，只是要证明这一段话。

从古代的文言，变为近代的白话，这一大段历史有两个大方向可以看得出：（一）该变繁的都渐渐变繁了。（二）该变简的都变简了。

（一）该变繁的都变繁了　变繁的例很多，我只能举出几条重要的趋向：

第一，单音字变为复音字。中国文中，同音的字太多了，故容易混乱。古代字的尾音除了韵母之外，还有 p、k、t、m、n①、ng、h 等，故区别还不很难。后来只剩得韵母和 n、ng、h 几种尾音，便容易彼此互混了。后来"声母"到处增加起来，如轻唇重唇的分开，如舌头舌上的分开等，也只是不知不觉的要补救这种容易混乱的缺点。最重要的补救方法，还是把单音字变为复音字。例如师、狮、诗、尸、司、私、思、丝八个字，有些地方的人读成一个音，没有分别。有些地方的人分作"尸"（师、狮、诗、尸）、"厶"（私、思、司、丝）两个音，也还没有大分别。但说话时，这几个字都变成了复音字，师傅、狮子、死尸、尸首、偏私、私通、职司、思想、蚕丝，故不觉得困难。所以我们可以说单音字变成复音字，为中国语言的一大进化。这种变化的趋势起得很早，《左传》的议论文有许多复音字，如："散离我兄弟，挠乱我同盟，倾覆我国家……倾覆我社稷，帅我蟊贼以求荡摇我边疆。"汉代的文章用复音字更多。可见这种趋势在古文本身已有了起点，不过还不十分自由发达。白话因为有会话的需要，故复音字也最多。复音字的造成约有几种方法：

（1）同义的字拼成一字。例如规矩、法律、刑罚、名字、心

---

① 　n 后原还有一 n 字，今删。

思、头脑、师傅……

（2）本字后加"子"、"儿"等语尾。例如儿子、妻子、女子、椅子、桌子、盆儿、瓶儿……这种语尾，如英文之-Let，德文之-Clhen-Lein，最初都有变小和变亲热的意味。

（3）类名上加区别字。例如石匠、木匠、工人、军人、会馆、旅馆、学堂、浴堂……

（4）重字。例如太太、奶奶、慢慢、快快……

（5）其他方法，不能遍举。

这种变迁有极大的重要。现在的白话所以能应付我们会话讲演的需要，所以能做共同生活的媒介物，全靠单音字减少，复音字加多。现在注音字母所以能有用，也只是因为这个缘故。将来中国语言所以能有采用字母的希望，也只是因为这个缘故。

第二，字数增加。许多反对白话的人，都说白话的字不够用，这话是大错的。其实白话的字数比文言多的多。我们试拿《红楼梦》用的字，和一部《正续古文辞类纂》用的字相比较，便可知道文言里的字，实在不够用。我们做大学教授的人，在饭馆开一个菜单，都开不完全，却还要说白话字少，这岂不是大笑话吗？白话里已写定的字也就不少了，还有无数没有写定的字，将来都可用注音字母写出来。此外文言里的字，除了一些完全死了的字之外，都可尽量收入。复音的文言字，如法律、国民、方法、科学、教育等字自不消说了，有许多单音字，如诗、饭、米、茶、水、火等字，都是文言白话共同可用的。将来做字典的人，把白话小说里用的字和各种商业、工艺通用的专门术语搜集起来，再加上文言里可以收用的字，和新学术的术语，一定比文言常用的字要多好几十倍。文言里有许多字久已完全无用了，一部《说文》里可删的字也不知多少。

以上举了两条由简变繁的例。变繁的例很多，如动词的变化，如形容词和状词的增加……我们不能一一列举了。章太炎先生说：

有农牧之言,有士大夫之言。……而世欲更文籍以从鄙语,
冀人人可以理解,则文化易流,斯则左矣!今言"道"、"义",其旨
固殊也。农牧之言"道",则曰"道理",其言"义",亦曰"道理"。
今言"仁人"、"善人",其旨亦有辨也。农牧之言"仁人"则曰"好
人",其言"善人"亦曰"好人"。更文籍而从之,当何以为别矣。
夫里闾恒言,大体不具,以是教授,是使真意诡淆,安得理解也?
(《章氏丛书·检论五》)

这话也不是细心研究的结果。文言里有许多字的意思最含混,最纷
歧。章先生所举的"道"、"义"等字,便是最普通的例。试问文言中的
"道"字有多少种意义?白话用"道"字许多意义,每个各有分别。例
如"道路"、"道理"、"法子"等等。"义"字也是如此。白话用"义气"、
"意义"、"意思"等词来分别"义"字的许多意义。白话用"道理"来代
替"义"字时,必有"义不容辞"一类的句子,因为"义"字这样用法,与
"理"字本无分别,故白话也不加分别了。即此一端,可见白话对于文
言应该分别的地方,都细细分别,对于文言不必分别的地方,便不分
别了。白话用"好人"代"仁人"、"善人",也只是因为平常人说"仁人
君子",本来和"善人"没有分别。至于儒书里说的"仁人",本不是平
常人所常见的(如"惟仁人放流之"等例),如何能怪俗话里没有这个
分别呢?总之文言有含混的地方,应该细细分别的,白话都细细分别
出来,比文言细密得多。章先生所举的几个例,不但不能证明白话的
"大体不具",反可以证明白话的变繁变简,都是有理由的进化。

(二)该变简的都变简了 上文说白话更繁密,更丰富,都是很
显而易见的变迁。如复音字的便利,如字数的加多,都是不能否认的
事实。现在我要说文言里有许多应该变简的地方,白话里都变简了。
这种变迁,平常人都不大留意,故不觉得这都是进化的变迁。我且举
几条最容易明白的例:

第一,文言里一切无用的区别都废除了。文言里有许多极没有
道理的区别。如《说文》豕部说,豕生三月叫做"豯",一岁叫做"豵",

二岁叫做"豝",三岁叫做"豜";又牝豕叫做"豝",牡豕叫做"豭"。马部说,马二岁叫做"驹",三岁叫做"䭴",八岁叫做"䭱";又马高六尺为"骄",七尺为"騋",八尺为"龙";牡马为"骘",牝马为"骒"。羊部说,牝羊为"牂",牡羊为"羝";又夏羊牝曰"羭",夏羊牡曰"羖"。牛部说,二岁牛为"㸬",三岁牛为"犙",四岁牛为"牭"。这些区别,都是没有用处的区别。当太古畜牧的时代,人同家畜很接近,故有这些繁琐的区别。后来的人离开畜牧生活日远了,谁还能记得这些麻烦的区别?故后来这些字都死去了,只剩得一个"驹"字代一切小马,一个"羔"代一切小羊,一个"犊"字代一切小牛。这还是不容易记的区别,所以白话里又把"驹"、"犊"等字废去,直用一个"类名加区别字"的普通公式,如"小马"、"小牛"、"公猪"、"母猪"、"公牛"、"母牛"之类,那就更容易记了。三岁的牛直叫做"三岁的牛",六尺的马直叫做"六尺的马",也是变为"类名加区别字"的公式。从前要记无数烦难的特别名词,现在只须记得这一个公式就够用了。这不是一大进化吗?(这一类的例极多不能遍举了。)

第二,繁杂不整齐的文法变化多变为简易画一的变化了。我们可举代名词的变化为例。古代的代名词很有一些麻烦的变化,例如:

(1) 吾我之别。"如有复我者,则吾必在汶上矣。"又"如有用我者,吾其为东周乎。"又"今者吾丧我。"可见吾字常用在主格,我字常用在目的格(目的格一名受格,《文通》作宾次)。

(2) 尔汝之别。"丧尔子,丧尔明,尔罪三也,而曰汝无罪欤?"可见名词之前的形容代词(领格白话的"你的")应该用尔。

(3) 彼之其之别。上文的两种区别,后来都是渐渐的失掉了,只有第三身的代名词,在文言里至今还不曾改变。"之"字必须用在目的格,决不可用在主格。"其"字必须用在领格。

这些区别,在文言里不但没有废除干净,并且添上了余、予、侬、卿、伊、渠等字,更麻烦了。但是白话把这些无谓的区别,都废除了,变成一副很整齐的代名词。

第一身：我、我们、我的、我们的
第二身：你、你们、你的、你们的
第三身：他、他们、他的、他们的

看这表,便可知白话的代名词,把古代剩下的主格和目的格的区别一齐删去了。领格虽然分出来,但是加上"的"字语尾,把"形容词"的性质更表示出来,并且三身有同样的变化,这确是白话的一大进化。

这样的例,举不胜举。古文"承接代词"有"者"、"所"两字：一个是主格、一个是目的格。现在都变成一个"的"字了。

(1) 古文　(主格)为此诗者,其知道乎？
　　　　　(目的格)播州非人所居。
(2) 白话　(主格)做这诗的是谁。
　　　　　(目的格)这里不是人住的。

又如古文的"询问代词"有谁、孰、何、奚、曷、胡、恶、焉、安等字。这几个字的用法很复杂(看《马氏文通》二之五),很不整齐。白话的"询问代词"只有一个"谁"问人,一个"什么"问物,无论主格、目的格、领格都可通用。这也是一条同类的例。

我举这几条例,来证明文言里许多繁复不整齐的文法变化,在白话里都变简易画一了。

第三,许多不必有的句法变格,都变成容易的正格了。中国句法的正格是：

(1) 鸡鸣　狗吠
(格)　主词——动词
(2) 子见南子
(格)　主词——外动词——止词

但是文言中有许多句子是用变格的。我且举几个重要的例：

　　　　(1) 否定句的止词(目的格)若是代名词，当放在动词之前。

　　(例)　莫我知也夫！　　不作"莫知我"。

　　　　　吾不之知。　　不作"不知之"。

　　　　　吾不汝贷。　　不作"不贷汝"。

　　(格)　主词——否定词——止词——外动词

白话觉得这种句法是很不方便的，并且没有理由，没有存在的必要，因此白话遇到这样的句子，都改作正格。

　　(例)　没有人知道我。

　　　　　我不认识他。

　　　　　我不赦你。

　　　　(2) 询问代词用作止词时(目的格)，都放在动词之前。

　　(例)　吾谁欺？客何好？客何能？

　　　　　问臧奚事？

　　(格)　主词——止词——外动词

这也是变格，白话也不承认这种变格有存在的必要，故也把他改过来，变成正格。

　　(例)　我欺谁？你爱什么？你能做什么？

　　(格)　主词——外动词——止词

这样一变，就更容易记得了。

　　　　(3) 承接代词"所"字是一个止词(目的格)，常放在动词之前。

　　(例)　己所不欲，勿施于人。

　　　　　天所立大单于。

　　(格)　主词——止词——动词

白话觉得这种倒装句法也没有保存的必要,所以也把他倒过来,变成正格。

（例）　你自己不要的,也不要给人。

天立的大单于。

（格）　主词——动词——止词

这样一变更方便了。

以上举出的三种变格的句法,在实用上自然很不方便,不容易懂得,又不容易记得,但是因为古文相传下来是这样倒装的,故那些"聪明才智"的文学专门名家,都只能依样画葫芦,虽然莫名其妙,也只好依着古文大家的"义法"做去。这些"文学专门名家"因为全靠机械的熟读,不懂得文法的道理,故往往闹出大笑话来。但是他们决没有改革的胆子,也没有改革的能力,所以中国文字在他们手里实在没有什么进步。中国语言的逐渐改良,逐渐进步——如上文举出的许多例——都是靠那些无量数的"乡曲愚夫,闾巷妇稚"的功劳!

最可怪的,那些没有学问的"乡曲愚夫,闾巷妇稚"虽然不知不觉的做这种大胆的改革事业,却并不是糊里糊涂的一味贪图方便,不顾文法上的需要。最可怪的,就是他们对于什么地方应该改变,什么地方不应该改变,都极有酙酌,极有分寸。就拿倒装句法来说,有一种变格的句法,他们丝毫不曾改变。

（例）杀人者　知命者

（格）动词——止词——主词

这种句法,把主词放在最末,表示"者"是一个承接代词。白话也是这样倒装的。

（例）杀人的　算命的　打虎的

这种句法,白话也曾想改变过来,变成正格:

（例）谁杀人,谁该死。谁不来,谁不是好汉。谁爱听,尽管来听。

但是这种变法,总不如旧式倒装法的方便,况且有许多地方仍旧是变不过来。

　　(例)"杀人的是我"这句若变为"谁杀人,是我",上半便成疑问句了。

　　(又)"打虎的武松是他叔叔"这句决不能变为"谁打虎武松是他的叔叔"。

因此白话虽然觉得这种变格很不方便,但是他又知道变为正格更多不便,倒不如不变了罢。

　　以上所说,都只是要证明白话的变迁,无论是变繁密了,或是变简易了,都是很有理由的变迁。该变繁的,都变繁了。该变简的,都变简了。就是那些该变而不曾变的,也都有一个不能改变的理由。改变的动机,是实用上的困难。改变的目的,是要补救这种实用上的困难。改变的结果,是应用能力的加多。这是中国国语的进化小史。

　　这一段国语进化小史的大教训,莫要看轻了那些无量数的"乡曲愚夫,闾巷妇稚",他们能做那些文学专门名家所不能做又不敢做的革新事业!

第三篇　文法的研究法上

　　我觉得现在国语文法学最应该注重的,是研究文法的方法。为什么我们应该这样注意方法呢? 第一,因为现在虽有一点古文的文法学,但国语的文法学还在草创的时期,我想若想预备做国语文法学的研究,应该先从方法下手。建立国语文法学,不是一件容易做的事。方法不精密,决不能有成效。第二,一种科学的精神全在他的方法。方法是活的,是普遍的。我们学一种科学,若单学得一些书本里的知识,不能拿到怎样求得这些知识的方法,是没有用的,是死的。若懂得方法,就把这些书本里的知识都忘记了,也还不要紧,我们不但求得出这些知识来,我们还可以创造发明,添上许多新知识。文法学也是如此。不要说我们此时不能做一部很好的国语文法书,就是有了一部很好的文法书,若大家不讲究文法学的方法,这书终究是死的,国语文法学终究没有进步的希望。古人说:"鸳鸯绣取从君看,不把金针度与人。"这是很可鄙的态度! 我们提倡学术的人,应该先把"金针"送给大家,然后让他们看我们绣的鸳鸯,然后教他们大家来绣一些更好更巧妙的鸳鸯。

研究文法的方法,依我看来,有三种必不可少的方法:

（一）归纳的研究法。

（二）比较的研究法。

（三）历史的研究法。

这三种之中,归纳法是根本法,其余两种是辅助归纳法的。

一 归纳的研究法

平常论理学书里说归纳法是"从个体的事实里求出普遍的法则来"的方法。但是这句话是很含糊的,并且是很有弊病的。因为没有下手的方法,故是含糊的。因为容易使人误解归纳的性质,故有弊病。宋朝的哲学家讲"格物",要人"即物而穷其理"。初看去,这也是"从个体的事实里求出普遍的法则"的归纳法了。后来王阳明用这法子去格庭前的竹子,格了七天,格不出什么道理来,自己反病倒了。这件事很可使我们觉悟。单去观察个体事物,不靠别的帮助,便想从个体事物里抽出一条通则来,是很不容易做到的事——也许竟是不可能的事。从前中国人用的"书读千遍,其义自见"的笨法,便是这一类的笨归纳。

现在市上出版的论理学书讲归纳法最好的还要算严又陵先生的《名学浅说》,这部书是严先生演述耶芳斯(Jevons)的《名学要旨》做成

的。耶芳斯的书,虽然出版的很早,但他讲归纳法,实在比弥尔
(J. S. Mill 穆勒约翰)一系的名学家讲的好。耶芳斯的大意是说归纳
法,其实只是演绎法的一种用法。分开来说,归纳法有几步的工夫:

第一步,观察一些同类的"例"。

第二步,提出一个假设的"通则",来说明这些"例"。

第三步,再观察一些新例,看他们是否和假设的通则相符
合。若无例外,这通则便可成立。若有例外,须研究此项例外,
是否有可以解释的理由,若不能解释,这通则便不能成立。一个
假设不能成立,便须另寻新假设,仍从第二步做起。

这种讲法的要点,在于第二步提出假设的通则。而第三步即用这个
假设,做一个大前提,再用演绎的方法来证明或否证这个假设的大
前提。

这种讲法太抽象了,不容易懂得。我且举一条例来说明他:白
话里常用的"了"字,平常用来表示过去的动词,如:"昨天他来了两
次,今天早上他又来了一次。"这是容易懂得的。但是"了"字又用在
动词的现在式,如:

大哥请回,兄弟走了。

又用在动词的将来式,如:

你明天八点钟若不到此地,我就不等你了。

你再等半点钟,他就出来了。

这种字,自然不是表示过去时间的。他表示什么呢? 这种用法究竟
错不错呢?

我们可试用归纳法的第一步,先观察一些"例":

(例一) 他若见我这般说,不睬我时,此事便休了。

(例二) 他若说:"我替你做。"这便有一分光了。

(例三) 他若不肯过来,此事便休了。

（例四）他若说："我来做。"这光便有二分了。

（例五）第二日他若依前肯过我家做时，这光便有三分了。

我看了《水浒传》里这几条例，心里早已提出一个假设：这种"了"字，是用来表示虚拟的口气(Subjunctive Mood)的。上文引的五个例，都是虚拟（假定）的因果句子，前半截的虚拟的因，都有"若"字表出，故动词可不必变化；后半截虚拟的果，都用过去式的动词表出，如"便休了"、"便有了"，都是虚拟的口气。因为是虚拟的，故用过去式的动词，表示未来的动作。

这个假设是第二步。有了这个假设的通则，我再做第三步，另举一些例：

（例六）我们若去求他，这就不是品行了。（《儒林外史》）

（例七）若还是这样傻，便不给你娶了。（《石头记》）

这两例都与上五例相符合。我再举例：

（例八）你这中书早晚是要革的了。（《儒林外史》）

（例九）我轻身更好逃窜了。（《儒林外史》）

这都是虚拟的将来，故用"了"字。我再举例：

（例十）只怕你吃不得了。（《水浒》）

（例十一）可怜我那里赶得上，只怕不能够了。（《石头记》）

（例十二）押司来到这里，终不成不进去了。（《水浒》）

这都是疑惑不定的口气，故都用虚拟式。我再举例：

（例十三）好汉息怒。且饶恕了，小人自有话说。（《水浒》）

（例十四）不要忘了许我的十两银子。（《水浒》）

（例十五）你可别多嘴了。（《石头记》）

这些本是命令的口气，因为命令式太重了，太硬了，故改用虚拟的口气，便觉得婉转柔和了。试看下文的比较，便懂得这个虚拟式的重要：

命令的口气　　虚拟的口气

放手！	放了手罢。
不要忘记！	不要忘了。
别多嘴！	你可别多嘴了。

我举这些例来证明第二步提出的假设：这种"了"字是用来表示虚拟的口气的。这个假设若是真的，那么这一类的"了"字，应该都可用这个假设去解释。第三步举的例果然没有例外，故这条通则可以成立。

这种研究法，叫做归纳的研究法。我在上文说过归纳法是根本法，凡不懂得归纳法的决不能研究文法。故我要再举一类的例，把这个方法的用法说的格外明白些。

马建忠作《文通》用的方法很精密，我们看他自己说他研究文法的方法：

> 古经籍历数千年传诵至今，其字句浑然，初无成法之可指。乃同一字也，同一句也，有一书迭见者，有他书互见者。是宜博引旁证，互相比拟，因其当然以进求其所同所异之所以然，而后著为典则，义类昭然。

他又说：

> 愚故罔揣固陋，取《四书》、《三传》、《史》、《汉》、韩文……兼及诸子《语》(《国语》)、《策》(《国策》)，为之字栉句比，繁称博引，比例而同之，触类而长之，穷古今之简篇，字里行间，涣然冰释，皆有以得其会通。

这两段说归纳的研究法都很明白。我们可引《文通》里的一条通则来做例：

> （例一）寡人好货。寡人好色。寡人好勇。
>
> （例二）客何好？客何事？客何能？

例一的三句，都是先"主词"，次"表词"，次"止词"（主词《文通》作起词,而表词《文通》作语词)。例二的三句,都是先"主词",次"止词","表词"最后。何以"寡人好货"的"货"字,不可移作"寡人货好"? 何以"客何好"不可改作"客好何"?

我们用归纳法的第一步,看了这例二的三个例,再举几个同类的例:

(例三)吾何修而可以比于先王观也?(《孟子》)

(例四)生揣我何念?(《史记》)

看了这些例,我们心里起一个假设:

(假设一)凡"何"字用作止词,都该在动词之前。

这是第二步。我们再举例:

(例五)夫何忧何惧?(《论语》)

(例六)客何为也?(《史记》)

这些例都可以证明这个假设可以成为通则,我们且叫他做"通则一"。这是第三步。

这个"何"字的问题,是暂时说明了。但我们还要进一步问:何以"何"字用作止词便须在动词之前呢? 我们要解答这问题,先要看看那些与"何"字同类的字,是否与"何"字有同样的用法。先看"谁"字:

(例七)寡人有子,未知其谁立焉?(《左传》)

(例八)朕非属赵君,当谁任哉?(《文选》)

(例九)吾谁欺? 欺天乎?(《论语》)

从这些例上可得一个通则。

(通则二)凡"谁"字用作止词,也都在动词之前。

次举"孰"字的例:

(例十)后之人,其欲闻仁义道德之说,孰从而听之?(韩文)

次举"奚"字:

（例十一）问臧奚事，则挟策读书；问榖奚事，则博塞以游。（《庄子》）

（例十二）子将奚先？（《论语》）

次举"胡"、"曷"等字：

（例十三）胡禁不止？（《汉书》）

（例十四）曷令不行？（《汉书》）

我们有这些例，可得许多小通则，可知何、谁、孰、奚、曷、胡等字，用作止词时，都在动词之前。但这些字都是"询问代名词"，故我们又可得一个大通则：

凡询问代词用作止词时，都该在动词之前。

这条通则，我们可再举例来试证，若没有例外，便可成立了。

得了这条通则，我们就可以知道"客何好"的"何"字，所以必须放在"好"字之前，是因为"何"字是一个询问代词用作止词。这就是《文通》的《例言》说的："博引旁证，互相比拟，因其当然以进求其所同所异之所以然。"我们若把上文说的手续，合为一表，便更明白了。

客何好？客何能？
吾何修？ 　　　（通则一）凡何字作止词，
夫何忧何惧？　　应在动词前。

未知谁立？
当谁任哉？（通则二）凡谁字作止词，应在动词前。
吾谁欺？

孰从而听之？…（通则三）孰字同。

问臧奚事？
问榖奚事？ …（通则四）奚字同。

胡禁不止？…（通则五）胡字同。

曷令不行？…（通则六）曷字同。

（总通则）凡询问代词用作止词时，都在动词之前。

这就是《文通》自序说的:"比例而同之,触类而长之……皆有以得其会通。"这就是归纳的研究法。

二　比较的研究法

比较的研究法,可分作两步讲:

第一步,积聚些比较参考的材料,越多越好。在国语文法学上,这种材料,大都是各种"参考文法",约可分作四类。

(1)中国古文文法——至少要研究一部《马氏文通》。

(2)中国各地方言的文法——如中国东南各省的各种方言的文法。

(3)西洋古今语言的文法——英文法,德文法,法文法,希腊拉丁文法等。

(4)东方古今语言的文法——如满蒙文法,梵文法,日本文法等。

第二步,遇着困难的文法问题时,我们可寻思别种语言里有没有同类或大同小异的文法。若有这种类似的例,我们便可拿他们的通则来帮助解释我们不能解决的例句。

(1)若各例彼此完全相同,我们便可完全采用那些通则。

(2)若各例略有不同,我们也可用那些通则来参考,比较出所以同和所以不同的地方,再自己定出通则来。

我且举上篇用的虚拟口气"了"字作例。我们怎样得到那个假设呢?原来那是从比较参考得来的。我看了《水浒传》里的一些例,便想起古文里的"矣"字,似乎也有这种用法,也有用在现在和未来的时间的,例如:

诺,吾将仕矣。(《论语》)

原将降矣。(《左传》)

如有复我者，则吾必在汶上矣。（《论语》）

如有不嗜杀人者，则天下之民，皆引领而望之矣。（《孟子》）

我于是翻开《马氏文通》，要看他如何讲法。《文通》说：

矣字者，所以决事理已然之口气也。已然之口气，俗间所谓"了"字也。凡"矣"字之助句读也，皆可以"了"字解之。

《文通》也用"了"字来比较"矣"字，我心里更想看他如何解释。他说：

言效之句，率以"矣"字助之。（《孟子》：如有不嗜杀人者，则天下之民皆引领而望之矣。）……"矣"字者，决已然之口气也，而效则惟验诸将来。"矣"字助之者，盖效之发见有待于后，而"效"之感应已露于先矣。（言效之句，即我说的虚拟的效果句子。）

这一段话的末句说的很错误，但他指出"言效之句率以'矣'字助之"一条通则，确能给我一个暗示。我再看他讲"吾将仕矣"一类的文法：

"吾将仕矣"者，犹云吾之出仕于将来，已可必于今日也。其事虽属将来，而其理势已可决其如是而无他变矣。

他引的例有"今日必无晋矣"，"孺子可教矣"，"三年无改于父之道，可谓孝矣"等句。他说这些"矣"字，"要不外了字之口气"。他说：

"了"者，尽而无余之辞。而其为口气也，有已了之了，则"矣"字之助静字（即形容词）而为绝句也，与助句读之往事也。有必了之了，则"矣"字之助言效之句也。此外诸句之助"矣"字而不为前例所概者，亦即此已了必了之口气也。是则"矣"字所助之句，无不可以"了"字解之矣。

我看了这一段，自然有点失望。因为我想参考"矣"字的文法，来说明"了"字的文法。不料马氏却只用了"了"字的文法，来讲解"矣"

字的文法。况且他只说"已了必了之口气",说的很含糊不明白。如孔子对阳货说"吾将仕矣",决没有"必了"的口气,决不是如马氏说的"吾之出仕于将来,已可必于今日"的意思。又如他说:"言效之句"所以用"矣"字,是因为"效之发见有待于将来,而效之感应已露于先矣",这种说法,实无道理。什么叫做"效之感应"?

但我因《文通》说的"言效之句",遂得着一点暗示。我因此想起这种句子,在英文里往往用过去式的动词来表示虚拟的口气,别国文字里,也往往有这种办法。我因此得一个假设:我举出的那些"了"字的例,也许都是虚拟的口气罢?

我得着这个"假设"以后的试证工夫,上章已说过了。我要请读者注意的是:这个假设是从比较参考得来的。白话里虚拟的口气"了"字,和古文里的"矣"字,并不完全相同(如"请你放了我罢"一类的句子是古文里没有的),和别国文字里的虚拟口气,也不完全相同(如英文之虚拟口气,并不单靠过去式的动词来表示。别国文字也如此)。但不同之中,有相同的一点,就是虚拟的口气有区别的必要。马氏忽略了这个道理,以为一切"矣"字都可用"已了"、"必了"两种"了"字来解说,所以他说不明白。我们须要知道:那些明明是未了的动作,何以须用那表示已了的"矣"字或"了"字? 我们须要知道古文里"已矣乎"、"行矣夫子"、"休矣先生"一类的句子,和白话里"算了罢"、"请你放了我罢"、"不要忘了那十两银子"——决不能用"已了"、"必了"四个字来解说,只有"虚拟的口气"一个通则,可以包括在内。

这一类的例,是要说明比较参考的重要的。若没有比较参考的材料,若处处全靠我们从事实里"挤"出一些通则来,那就真不容易了。我再举一类的例来说明没有参考材料的困难:六百多年前,元朝有个赵惪著了一部《四书笺义》,中有一段说:

> 吾、我二字,学者多以为一义。殊不知就己而言则曰吾,因人而言则曰我。"吾有知乎哉?"就己而言也。"有鄙夫问于我",因人之问而言也。

清朝杨复吉的《梦阑琐笔》引了这段话,又加按语道:

> 按此条分别甚明。"二三子以我为隐乎?"我,对二三子而言。"吾无隐乎尔",吾,就己而言也。"我善养吾浩然之气。"我,对公孙丑而言;吾,就己而言也。

后来俞樾把这一段钞在《茶香室丛钞》(卷一)里,又加上一段按语道:

> 以是推之:"予惟往来朕攸济。"予即我也,朕即吾也。"越予冲人,不卬自恤。"予即我也,卬即吾也。其语似复而实非复。

我们看这三个人论吾、我二字的话,便可想见没有参考文法的苦处了。第一,赵惠能分出一个"就己而言"的吾,和"因人而言"的我,总可算是读书细心的了。但这个区别,实在不够用。试看《庄子》"今者吾丧我"一句,又怎样分别"就己"、"因人"呢?若有"主词"、"止词"等等文法术语,便没有这种困难了。第二,杨复吉加按语说"此条分别甚明",不料他自己举出的四个例,便有两种是大错的!"我善养吾浩然之气。"这个"我"字与上文几个"我"字,完全不同;这个"吾"字和上文几个"吾"字,又完全不同!倘使当时有了"主格"、"受格"、"领格"等等术语、等等通则可作参考比较的材料,这种笑话也可以没有了。第三,俞樾解释"予"、"朕"、"卬"三个字,恰都和赵惠的通则相反。这种错误,也是因为没有文学的知识作参考,故虽有俞樾那样的大学者,也弄得不清楚这个小小的区别。到了我们的时代,通西文的人多了,这种区别便毫不成困难问题了。我们现在说:

"吾"、"我"二字,在古代文字中有三种文法上的区别:

> (甲)主格用"吾"为常。
>
> (例) 吾有知乎哉?
>
> 吾其为东周乎?
>
> 吾丧我。
>
> (乙)领格用"吾"。

（例）　吾日三省吾身。

犹吾大夫崔子也。

吾道一以贯之。

（丙）受格（止词司词）用"我"。

（例一）　夫召我者而岂徒哉！如有用我者，吾其为东
周乎？

如有复我者，则吾必在汶上矣。

以上为外动词的"止词"。

（例二）　有鄙夫问于我。

孟孙问孝于我。

善为我辞焉。

以上为"介词"后的"司词"。

这些区别，现在中学堂的学生都懂得了，都不会缠不清楚了。

故有了参考比较的文法资料，一个中学堂的学生可以胜过许多旧日的大学问家；反过来说，若没有参考比较的文法资料，一个俞樾，反不如今日一个中学生。

现在我们研究中国文法自然不能不靠这些"参考文法"的帮助。我们也知道天下没有两种文法是完全相同的，我们也知道中国的言语自然总有一些与别种言语不相同的特点。但我们决不可以因此遂看轻比较研究的重要。若因为中国言语文字有特点，就菲薄比较的研究，那就成了"因为怕跌倒，就不敢出门"的笨伯了！近来有人说研究中国文法，须是"独立而非摹仿的"。他说：

何谓独立而非摹仿的？中国文字与世界各国之文字（除日本文颇有与中国文相近者外）有绝异者数点：其一，主形。其二，单节音，而且各字上有平上去入之分。其三，无语尾等诸变化。其四，字词（《说文》：词意内言外也。）文位确定。是故如标语（即《马氏文通》论句读编卷系七迻按：此似有误，疑当作"卷十象

207

一系七"。所举之一部分),如足句之事,如说明语之不限于动字,如动字中"意动"、"致动"(如"饮马长城窟"之饮谓之致动,"彼白而我白之"之第二白字谓之意动)等之作成法,如词与语助字之用,皆国文所特有者也。如象字比较级之变化,如名词中固有名字普通名字等分类,如主语之绝对不可缺,皆西文所特有,于国文则非甚必要。今使不研究国文所特有,而第取西文所特有者,——摹仿之,则削趾适屦,扞格难通,一也。比喻不切,求易转难,二也。为无用之分析,徒劳记忆,三也。有许多无可说明者,势必任诸学者之自由解释,系统既异,归纳无从,四也。其勉强适合之部分,用法虽亦可通,而歧义亦所不免,五也。举国中有神实用之变化而牺牲之,致国文不能尽其用,六也。

是故如主张废灭国文则已,若不主张废灭者,必以治国文之道治国文,决不能专以治西文之道治国文也。(《学艺杂志》第二卷第三号陈承泽《国文法草创》页五至六)

陈先生这段话是对那"摹仿"的文法说的。但他所指的"摹仿"的文法,既包括《马氏文通》在内(原文页六至八注六),况且世间决无"——摹仿"的笨文法,故我觉得陈先生实在是因为他自己并不曾懂得比较研究的价值,又误把"比较"与"摹仿"看作一事,故发这种很近于守旧的议论。他说的"必以治国文之道治国文"一句话,和我所主张的比较的研究法,显然处于反对的地位。试问什么叫做"以治国文之道治国文"? 从前那种"书读千遍,其义自见"的笨法,真可算是几千年来我们公认的"治国文之道",又何必谈什么"国文法"呢? 到了谈什么"动字"、"象字"、"主语"、"说明语"等等文法学的术语,我们早已是"以治西文之道治国文"了——难道这就是"废灭国文"吗? 况且若不从比较的研究下手,若单用"治国文之道治国文",我们又如何能知道什么为"国文所特有",什么为"西文所特有"呢? 陈先生形容那"摹仿"文法的流弊,说:"其勉强适合之部分,用法虽亦可通,而歧义亦所不免。"我请问难道我们因为有"歧义",遂连那"适合的部分"和"可通的用法"都不该用吗？何不大胆采用那"适合"的通则，再加上"歧义"的规定呢？陈先生又说："有许多无可说明者，势必任诸学者之自由解释，系统既具，归纳无从。"这句话更奇怪了！"学者自由解释"，便不是"摹仿"了，岂不是陈先生所主张的"独立的"文法研究吗？何以这又是一弊呢？

中国语言文字的研究，这几千年来，真可以算"独立"了。几千年"独立"的困难与流弊，还不够使我们觉悟吗？我老实规劝那些高谈"独立"文法的人：中国文法学今日的第一须要取消"独立"，但"独立"的反面，不是"摹仿"，是"比较与参考"。比较研究法的大纲，让我重说一遍：

> 遇着困难的文法问题时，我们可寻思别种语言里，有没有同类或大同小异的文法。
>
> 若有这种类似的例，我们便可拿他们的通则来帮助释我们不能解决的例句。
>
> 若各例彼此完全相同，我们便可完全采用那些通则。
>
> 若各例略有不同（陈先生说的歧义），我们也可用那些通则来做参考，比较出所以同和所以不同的地方，再自己定出新的通则来。

三　历史研究法

比较的研究法，是补助归纳法的，历史的研究法，也是补助归纳法的。

我且先举一个例，来说明归纳法不用历史法的危险。我的朋友刘复先生著的一部《中国文法通论》，也有一长段讲"文法的研究法"。他说：

> 研究文法，要用归纳法，不能用演绎法。
>
> 什么叫做"用归纳法而不用演绎法"呢？譬如人称代词（即《文通》的"指名代字"）的第一身（即《文通》的"发语者"），在口语

中只有一个"我"字,在文言中却有我、吾、余、予四个字,假使我们要证明这四个字的用法完全相同,我们先应该知道,代名词用在文中,共有主格、领格、受格三种地位(即《文通》的主次、偏次、宾次)。而领格之中,又有附加"之"字与不附加"之"字两种。受格之中,又有位置在语词(verb)之后,和位置在介词之后两种。于是我们搜罗了实例来证明他:

　　A 主格。

　　1. 我非生而知之者。(《论语》)

　　2. 吾日三省吾身。(同)

　　3. 余虽为之执鞭。(《史记》)

　　4. 予将有远行。(《孟子》)

　　B 一,领格不加"之"字的。

　　1. 可以濯我缨。(《孟子》)

　　2. 非吾徒也。(《论语》)

　　3. 既无武守,而又欲易余罪。(《左传》)

　　4. 是予所欲也。(《孟子》)

　　B 二,领格附加"之"字的。

　　1. 我之怀矣,自贻伊戚。(《左传》)

　　2. 吾之病也。(韩愈《原毁》)

　　3. 是余之罪也夫。(《史记》)

　　4. 如助予之叹息。(欧阳修《秋声赋》)

　　C 一,受格在语词后的。

　　1. 明以教我。(《孟子》)

　　2. 嫂尝抚汝指吾而言曰。(韩愈《祭十二郎文》)

　　3. 女为惠公来求杀余。(《左传》)

　　4. 尔何曾比予于管仲。(《孟子》)

　　C 二,受格在介词后的。

　　1. 为我作君臣相悦之乐。(《孟子》)

　　2. 为吾谢苏君。(《史记·张仪列传》)

　　3. 与余通书。(《史记》)

　　4. 天生德于予。(《论语》)

　　到这一步,我们才可以得一个总结,说我、吾、余、予四个字用法完全一样。这一种方法,就叫作归纳法。(《中国文法通论》页一七)

这一大段,初看起来,很像是很严密的方法,细细分析起来,就露出毛病来了。第一个毛病,是这一段用的方法,实在是演绎法,不是归纳法,是归纳法的第三步(看本书第二篇),不是归纳法的全部。刘先生已打定主意"要证明这四个字的用法完全相同",故他只要寻些实例来证实这个大前提。他既不问"例外"的多少,也不想说明"例外"的原因,也不问举的例是应该认为"例外"呢,还是应该认为"例"。如 C 一(2)"嫂尝抚汝指吾而言曰"一句,这"吾"字自是很少见的,只可算是那不懂文法的韩退之误用的"例外",不能用作"例"。此外如 A(1)在《论语》里确是"例外"。B 一(1)与 B 二(1)都是诗歌,也都是"例外"。若但举与大前提相符合的来作"例",不比较"例"与"例外"的多少,又不去解释何以有"例外",这便是证明一种"成见",不是试证一种"假设"了。所以我说他是演绎法,不是归纳法。

　　第二个毛病更大了。刘先生举的例,上起《论语》,下至韩愈、欧阳修,共占一千五百年的时间。他不问时代的区别,只求合于通则的"例",这是绝大的错误。这一千五百年中间,中国文法也不知经过了多少大变迁。即如从孔子到孟子的二百年中间,文法的变迁已就很明显了。孔子称他的弟子为"尔"、"汝",孟子便称"子"了。孔子时代用"斯",孟子时代便不用了。阳货称孔子用"尔",子夏、曾子相称,亦用"尔"、"汝",孟子要人"充无受尔汝之实",可见那时"尔"、"汝"已变成轻贱的称呼了。即如"吾"、"我"二字,在《论语》、《檀弓》时代,区别的很严。"吾"字用在主格,又用在领格,但决不用在受格。"我"字专用在受格,但有时要特别着重"吾"字,便用"我"字代主格的"吾"字,如："尔爱其羊，我爱其礼。"如："我非生而知之者。""我则异于是。"都是可以解释的"例外"。到了秦汉以后，疆域扩大了，语言的分子更复杂了，写定了的文言，便不能跟着那随时转变的白话变化。白话渐渐把指名代词的"位次"（case）的区别除去了，但文字里仍旧有"吾"、"我"、"尔"、"汝"等字。后人生在没有这种区别的时代，故不会用这种字，故把这些字随便乱用。故我们不可说：

> 吾、我两字用法完全相同。

我们只可说：

> 吾、我两字，在《论语》、《檀弓》时代的用法是很有区别的，后来这种区别在语言里渐渐消灭，故在文字里也往往随便乱用，就没有区别了。

如此方才可以懂得这两个字在文法上的真位置。余、予二字，也应该如此研究。我们若不懂得这四个字的历史上的区别，便不能明白这四个字所以存在的缘故。古人不全是笨汉，何以第一身的指名代词，用得着四个"用法完全相同"的字呢？

这种研究法，叫做"历史的研究法"。

为什么要用历史的研究法呢？我且说一件故事：清朝康熙皇帝游江南时，有一天，他改了装，独自出门游玩。他走到一条巷口，看见一个小孩子眼望着墙上写的"此路不通"四个字。皇帝问他道："你认得这几个字么？"那孩子答道："第二个是'子路'的路字；第三个是'不亦说乎'的不字；第四个是'天下之通丧'的通字；只有头一个字我不曾读过。"皇帝心里奇怪，便问他读过什么书。他说读过《论语》。皇帝心里更奇怪了，难道一部《论语》里，没有一个"此"字吗？他回到行宫，翻开《论语》细看，果然没有一个"此"字。皇帝便把随驾的一班翰林叫来，问他们《论语》里共有几个"此"字。他们有的说七八十个，有的说三四十个，有的说二三十个，皇帝大笑。这个故事很有意思。顾亭林《日知录》说：

> 《论语》之言"斯"者七十,而不言"此"。《檀弓》之言"斯"者
> 五十有二,而言"此"者一而已。《大学》成于曾氏之门人,而一卷
> 之中言"此"者十九。语言轻重之间,世代之别,从可知矣。

其实何止这个"此"字。语言文字是时时变易的,时时演化的。当语言和文字不曾分离时,这种变迁演化的痕迹都记载在文字里,如《论语》、《檀弓》与《孟子》的区别,便是一例。后来语言和文字分开,语言仍旧继续不断的变化,但文字都渐渐固定了。故虽然有许多"陈迹"的文法与名词保存在文字里,但这种保存,完全是不自然的保存,是"莫名其妙"的保存。古人有而后人没有的文法区别,虽然勉强保存,究竟不能持久,不久就有人乱用了。我们研究文法,不但要懂得那乱用时代的文法,还应该懂得不乱用时代的文法。有时候我们又可以看得相反的现象,有时古代没有分别的,后来倒有分别。这种现象也是应该研究的。故我们若不懂得古代"吾"、"我"有分别,便不懂得后来这两个字何以并用。若不懂得后来"吾"、"我"无分别,便不懂得白话单用一个"我"字的好处。但是若不懂得古代主格与领格同用"吾"字,便不懂得后来白话分出"我"与"我的"的有理。

因为我们要研究文法变迁演化的历史,故须用历史的方法来纠正归纳的方法。

历史的研究法,可分作两层说:

第一步,举例时,当注意每个例发生的时代,每个时代的例排在一处,不可把《论语》的例和欧阳修的例排在一处。

第二步,先求每一个时代的通则,然后把各时代的通则互相比较。

(A) 若各时代的通则是相同的,我们便可合为一个普遍的通则。

(B) 若各时代的通则彼此不同,我们便应该进一步,研究各时代变迁的历史,寻出沿革的痕迹和所以沿所以革的原因。

我们可举白话文学里一个重要的例:前年某省编了一部国语教科书,送到教育部请审查。教育部审查的结果,指出书里"这花红的可爱"、"鸟飞的很高"一类的句子,说"的"字都应该改作"得"字。这部书驳回去之后,有人对部里的人说:"这一类的句子里,《水浒传》皆作'得',《儒林外史》皆作'的',你们驳错了。"后来陈颂平先生把这事告诉我。我的好奇心引我去比较《水浒传》、《石头记》、《儒林外史》三部书的例,不料我竟因此寻出一条很重要的通则。

先看《水浒传》的例(都在第一回及楔子):

(1) 最是踢得好脚气毬。

(2) 高俅只得来淮西临淮州。

(3) 这高俅我家如何安得着他?

(4) 小的胡乱踢得几脚。

(5) 你既害病,如何来得?

(6) 俺如何与他争得?

(7) 免不得饥餐渴饮。

(8) 母亲说他不得。

(9) 此殿开不得。

(10) 太公到来,喝那后生不得无礼。

(11) 极是做得好细巧玲珑。

(12) 母亲说得是。

(13) 史进十八般武艺,一一学得精熟,多得王进尽心指教,点拨得件件都有奥妙。

(14) 方才惊吓得苦。

(15) 惊得下官魂魄都没了。

(16) 惊得洪太尉目睁口呆。(此句亚东本作"的",后见光绪丁亥同文本,果作"得",可见举例时不可不注意版本。我作《尔汝篇》,论领格当用"尔"。今本《虞书》有"天之历数在汝躬"一句,然《论语》引此句正作"尔躬",可见《尚书》经过汉人之手,已不可靠了。)

次举《石头记》的例(都在卷二十二至卷二十五)：

(17) 薛大妹妹今年十五岁，虽不是整生日，也算得将笄之年。

(18) 别人拿他取笑，都使得。

(19) 贾环只得依他……宝玉只得坐了。

(20) 你但凡立得起来，到你大房里……也弄个事儿管管。

(21) 告诉不得你。

(22) 等那件事成了，可也加倍还得起他。

(23) 婶娘身上生得单弱，事情又多，亏婶娘好大精神，竟料理的周周全全。要是差一点儿的，早累的不知怎样了。

(24) 只见一个十五六岁的丫头，生的倒也十分精细干净。(比较上文(23)"生得单弱"一条及下(25)条)

(25) 只见这人生的长容脸面，长挑身材。

(26) 舅舅说的有理。(比较上文(12)条)

(27) 说的林黛玉扑嗤的一声笑了。

(28) 吓的这个调儿还只管胡说。

(29) 树上桃花吹下一大斗来，落得满身满书满地都是花片。

(30) 弄得你黑眉乌嘴的。

(31) 林黛玉只当十分荡得利害。

(32) 但问他疼得怎样。

再举《儒林外史》的例(都在楔子一回)：

(33) 世人一见功名，便舍着性命去求他。自古及今，那一个是看得破的。

(34) 只靠着我替人家做些针黹生活寻来的钱，如何供得你读书？

（35）不然老爷如何得知你会画花？

（36）有甚么做不得？

（37）彼此呼叫，还听得见。

（38）我眼见得不济事了。

（39）都不得有甚好收场。

（40）闹的王冕不得安稳。

（41）这个法却定的不好。

（42）一阵怪风刮的树木都飕飕的响。

（43）王冕同秦老吓的将衣袖蒙了脸。

（44）娘说的是。

（45）这也说得有理。（比较（44）条）

（46）照耀得满湖通红。

（47）尤其绿得可爱。

（48）乡间人见画得好，也有拿钱来买的。

以上从每部书里举出十六个例，共四十八个例。《水浒传》最早（依我的考证是明朝中叶的著作），比《儒林外史》与《石头记》至少要早二百多年。《水浒传》的十六个例一概用"得"字。《石头记》与《儒林外史》杂用"得"、"的"两字。这种排列法，是第一步下手工夫。

第二步，求出每一个时代的例的通则来做比较。我们细看《水浒传》的十六个例，可以看出两种绝不相同的文法作用：

（甲）自（1）至（10）的"得"字都含有可能的意思。"踢得几脚"即是"能踢几脚"。"如何安得"，"如何来得"，"如何争得"，即是"如何能安"，"如何能来"，"如何争得"。"免不得"，即是"不能免"。"说他不得"，即是"不能说他"。以上是表能够的意思。"开不得"即是"不可开"，"不得无礼"即是"不可无礼"。以上是表可以的意思。

（乙）自（11）至（16）的得字，是一种介词，用来引出一种状词或状词的分句的。这种状词或状词的分句，都是形容前面动词或形容词的状态和程度的。这个"得"字的意义和到字相仿（得与到同声，一音之转），大概是"到"字脱胎出来的。"说得是"即是"说到是处"。
"警吓得苦"即是"警吓到苦处"。"学得精熟"即是"学到精熟的地
步"。"惊得洪太尉目瞪口呆"即是"惊到洪太尉目瞪口呆的地步"。
这都是表示状态与程度的。（凡介词之后都该有"司词"，但得字之后
名词可以省去，故很像无"司词"。其实是有的，看到字诸例便知。）

于是我们从《水浒》的例里求出两条通则：

（通则一）"得"字是一种表示可能性的助动词。他的下面
或加止词，或加足词，或不加什么。

（通则二）"得"字又可用作一种介词，用在动词或形容词之
后，引起一种表示状态或程度的状词或状语。

其次我们看《石头记》的十六个例，可分出三组来：

（第一组）（17）至（22）六条的"得"字，都是表示可能性的助
动词。如"也算得"等于"也可算"，"只得依他"等于"只能依他"。
这一组没有一条"例外"。

（第二组）（23）至（28）六条，五次用"的"，一次用"得"，都是
表示状态或程度的状语之前的"介词"。（23）条最可注意：

生得单弱。

料理的周周全全。

累的不知怎样了。

"生得"的"得"字明是误用的"例外"。下文（24）、（25）两条
都用"生的"，更可证（23）条的"得"字是"例外"。

（第三组）（29）至（32）四条，都是与第二组完全相同的文
法，但都用"得"不用"的"——是第二组的"例外"。

再看《儒林外史》的十六个例，也可分作三组：

（第一组）（33）至（39）七条的"得"字都表示可能的助动词，
与《石头记》的第一组例完全相同，也没有一个"例外"。

（第二组）(40)至(44)五条，用的"的"字，都是状语之前的介词，与《石头记》的第二组例也完全相同。

（第三组）(45)至(48)四条，又是例外了。这些句子与第二组的句子文法上完全相同，如"说的是"与"说得有理"可有什么文法上的区别？

我们拿这两部时代相近的书，和那稍古的《水浒传》比较，得了两条通则：

（通则三）《水浒传》里表示可能的助动词"得"字，在《石头记》和《儒林外史》里仍旧用"得"字（参考"通则一"）。

（通则四）《水浒传》里用来引起状语的介词"得"字（通则一），在《石头记》和《儒林外史》里多数改用"的"字，但有时仍旧用"得"字。

综合起来，我们还可得一条更大的通则：

（通则五）《水浒传》的时代，用一个"得"字表示两种不同的文法，本来很不方便。但那两种"得"字声音上微有轻重的不同。那表示可能的"得"字，读起来比那介词的"得"字要重一点，故后那轻读的"得"字，就渐渐的变成"的"字。但这个声音上的区别，是很微细的，当时又没有文法学者指出这个区别的所以然，故做书的人，一面分出一个"的"字，一面终不能把那历史传下来的"得"完全丢去，故同一个意义，同一种文法，同一段话里往往乱用"的"、"得"两字。但第一种"得"表示可能的助动词，很少例外。

如此，我们方才算得是真正懂得这两个字变迁沿革的历史。这种研究法叫做历史的研究法。这种研究的用处很大，即如我们举的"得"字与"的"字的例，我们可以因此得一条大教训，又可以因此得一条文法上的新规定。

什么教训呢？凡语言文字的变迁，都有一个不得不变的理由。我们初见白话书里"得"、"的"两字乱用，闹不清楚——差不多有现在的"的"、"底"两字胡闹的样子——我们一定觉得很糊涂，很没有道理。但我们若用"比例而同之，触类而长之"的方法，居然也可以寻出一个不得不变的道理来。这又是我在第一篇里说的"民族常识结晶"的一个证据了。

什么是文法上的新规定呢？凡语言文字的自然变化是无意的，是没有意识作用的，是"莫名其妙"的，故往往不能贯彻他的自然趋势，不能完全打破习惯的旧势力，不能完全建设他的新法式。即如"得"字的一种用法，自然分出来，变成"的"字，但终不能完全丢弃那历史上遗传下来的"得"字。现在我们研究了这两个字的变迁沿革和他们所以变迁沿革的原因，知道了"的"、"得"两字所以乱用，完全是一种历史的"陈迹"，我们便可以依着这个自然趋势，规定将来的区别：

（1）凡"得"字用作表示可能的助动词，一律用"得"字。

（2）凡动词或形容词之后的"得"字，用来引起一种状词或状语的，一律用"的"字。

有了这几条新规定以后，这两个字便可以不致胡乱混用了。（现在"的"、"底"两字所以闹不清楚，只是因为大家都不曾细心研究这个问题所以发生的原因。）

以上我说研究文法的三种方法完了。归纳法是基本方法。比较法是帮助归纳法，是供给我们假设的材料的。而历史法是纠正归纳法的，是用时代的变迁一面来限制归纳法，一面又推广归纳法的效用，使他组成历史的系统。

四六　胡步曾《中国文学改良论》

　　自陈独秀、胡适之创中国文学革命之说,而盲从者风靡一时。在陈、胡所言,固不无精到可采之处,然过于偏激,遂不免因噎废食之讥。而盲从者方为彼等外国毕业及哲学博士等头衔所震,遂以为所言者在在合理,而视中国文学果皆陈腐卑下不足取,而不惜尽情推翻之。殊不知彼等立言,大有所蔽也。彼故作堆砌艰涩之文者,固以艰深文其浅陋,而此等文学革命家,则以浅陋文其浅陋,均一失也。而前者尚有先哲之规模,非后者毫无文学之价值者所可比焉。某不佞,亦曾留学外国,寝馈于英国文学,略知文学源流,素怀改良文学之志,且与胡适之君之意见多所符合,独不敢为卤莽灭裂之举,而以白话推倒文言耳! 今试平心静气以论文字之改良,读者或不以其头脑为陈腐,而不足以语此乎?

　　文学自文学,文字自文字。文字仅取其达意,文学则必于达意之外,有结构,有照应,有点缀,而字句之间有修饰,有锻炼。凡曾习修辞学作文学者咸能言之,非谓信笔所之,信口所说,便足称文学也。故文学与文字迥然有别。今之言文学革命者,徒知趋于便易,乃昧于此理矣!

　　或谓欧西各国言文合一,故学文字甚易,而教育发达。我国文言分离,故学问之道苦,而教育亦受其障碍而不能普及。实则近年来文学之日衰,教育之日敝,皆司教育之职者之过,而非文学有以致之也。且言文合一,谬说也。欧西言文,何尝合一? 其他无论矣。即以戏曲论,夫戏曲本取于通俗也,何莎士比亚之戏曲,所用之字至万余? 岂英人日用口语,须用如此之多之字乎? 小说亦本以白话为本者也。今试读Charlotte Bronte之著作,则见其所用典雅之字极夥。其他若 Dr.

Johnson 之喜用奇字者，更无论矣。且历史家如 Macaulay、Preseott、Green 等，科学家如达尔文、赫胥黎、斯宾塞尔等，莫不用极雅驯极生动之笔，以纪载一代之历史，或叙述辩论其学理，而令百世之下，犹以其文为规范，此又何如耶？夫口语之所用之字句多写实，文学所用之字句多抽象。执一英国农夫，询以 perception、conception、conuscisness①、freedom of will、refection、stimulation、trance、meditation、suggestion 等名词，彼固无从而知之，即敷陈其义，亦不易领会也。且用白话以叙说高深之理想，最难剀切简明。今试用白话以译 Bergson 之创制天演论，必致不能达意而后已。若欲参入抽象之名词，典雅之字句，则又不为纯粹之白话矣！又何必不用简易之文言，而必以驳杂不纯之口语代之乎？

　　且古人之为文，固不务求艰深也。故孔子曰："辞达而已矣。"今试以《左传》、《礼记》、《国语》、《国策》、《论》、《孟》、《史》、《汉》观之，除少数艰涩之句外，莫不言从字顺，非若《书》之《盘庚》、《大诰》，《诗》之《雅》、《颂》可比也。至韩欧以还之作者，尤以奇僻为戒，且有因此而流入枯槁之病者矣。此等文学苟施以相当之教育，犹谓十四五龄之中学生，不能领解其义，吾不之信也。进而观近人之著，如梁任公之《意大利建国三杰传》、《噶苏士传》，何等简明显豁，而亦不失文学之精神。下至金圣叹之批《水浒》，动辄洋洋万言，莫不痛快淋漓，纤悉必达，读之者几于心目十行而下，宁有艰涩之感！又何必白话之始能达意，始能明了乎？凡此皆中学学生能读能作之文体，非《乾凿度》、《穆天子传》之比也。若以此为犹难，犹欲以白话代之，则无宁划除文字，纯用语言之为愈耳！

　　更进而论美术之韵文。韵文者，以有声韵之辞句，傅以清逸隽秀之词藻，以感人美术道德宗教之感想者也。故其功用不专在达意，而必有文采焉，而必能表情焉，写景焉，再上则以能造境为归

---

① 原文如此，疑为 consciousness 之误。

宿。弥尔敦、但丁之独绝一世者，岂不以其魄力之伟大，非常人所能摹拟耶？我国陶、谢、李、杜过人者，岂不以心境冲淡，奇气恣横，笔力雄沉，非后人所能望其肩背耶？不务于此，而以为白话作诗，始能写实，能述意。初不知白话之适用与否为一事，诗之为诗与否又一事也。且诗家必不能尽用白话，征诸中外皆然。彼震于外国毕业而用白话为诗者，曷亦观英人之诗乎？Wordsworth、Browning、Byron、Tennyson，此英人近代最著名之诗家也。如 Wordsworth 之《重至汀潭寺》(Tintern① Abbey)诗，理想极高洁而冲和，岂近日白话诗家所能作者？即其所用之字，如 seclusion、sportive、vagsant、tranqurl、trivial、aspect、sublime、serene、corporeal、perplexity、recompense、grating、interfused、behold、ecstasy 等，岂白话中常见之字乎？其他若 Byron 之 The Prisoner of Chillon，Tennyson 之 Enone，Longfellow 之 Evangeline，皆雅词正音也。至 Browning 之 Rabbr Ben Ezra，则尤为理想高超之作，非素习文学者不能穷其精蕴，岂元白之诗，爨妪皆解之比耶？其真以白话为诗者，如 Robert Burnes 之歌谣，《新青年》所载 Lady A. Lindsay 之 Auld Robin Gray 等诗是，然亦诗中之一体耳。更观中国之诗，如杜工部之《兵车行》、《赠卫八处士》、《哀江头》、《哀王孙》、《石壕吏》、《垂老别》、《无家别》、《梦李白》诸古体，及律诗中之《月夜》、《月夜忆舍弟》、《阁夜》、《秋兴》、《诸将》诸诗，皆情文兼至之作。其他唐宋名家，指不胜屈，岂皆不能言情达意，而必俟今日之白话诗乎？如刘半农之《相隔一层纸》一诗，何如杜工部之"朱门酒肉臭，路有冻死骨"十字之写得尽致？至如沈尹默之《月夜诗》："霜风呼呼的吹着；月光明明的照着；我和一株顶高的树并排立着；却没有靠着。"与其《鸽子宰羊》诸诗，直毫无诗意存于其间，真可覆瓿矣。试观阮大铖之《村夜》："坐听柴扉响，村童夜没还。为言溪上月，已照门前山。暮气千峰领，清宵独树间。徘徊空

---

① Tintern，原作"Tentern"。

影下,襟露已斑斑。"其造境之高,岂可方物?即小诗如"小娃撑小艇,偷采白莲回。不解藏踪迹,浮萍一道开",亦较沈氏之月夜有情致也。不此之辨,徒以白话为贵,又何必作诗乎?

不特诗尚典雅,即词典亦莫不然。故柳屯田之"愿奶奶兰心蕙性"之句,终为白圭之玷,比之周清真之"如今向渔村水驿,夜如岁,焚香独自语",同一言情,而有仙凡之别。然周之"许多烦恼,只为当时一饷留情"之句,犹为通人所诟病焉!至如曲则《牡丹亭》"原来姹紫嫣红开遍"一折,亦必用姹紫嫣红、断井颓垣、良辰美景、赏心乐事、雨丝风片、烟波画船、锦屏人、韶光诸雅词以点缀之,不闻其非俗语而避之也。且无论何人,必不能以俗语填词而胜于汤玉茗此折之绝唱,则可断言之矣。

以上所陈,为白话不能全代文言之证。即或能代之,然古语有云:"利不十,不变法。"即如今日之世界语,虽极便利,然欲以之完全替代各国语言文字,则必不可能之事也。且语言若与文字合而为一,则语言变而文字亦随之而变。故英之 Chaucer 去今不过五百余年,Spencer 去今不过四百余年,以英国文字为谐声文字之故,二氏之诗,已如我国商周之文之难读。而我国则周秦之书,尚不如是,岂不以文字不变,始克臻此乎?向使以白话为文,随时变迁,宋元之文,已不可读,况秦汉魏晋乎?此正中国言文分离之优点,乃论者以之为劣,岂不谬哉!且《盘庚》、《大诰》之所以难于《尧典》、《舜典》者,即以前者为殷人之白话,而后者乃史官文言之记述也。故宋元语录与元人戏曲,其为白话大异于今,多不可解。然宋元人之文章,则与今日无别。论者不思其便利,而欲故增其困难乎?抑宋元以上之学,已可完全抛弃而不足惜,则文学已无流传于后世之价值,而古代之书籍,可完全焚毁矣,斯又何解于西人之保存彼国之古籍耶?且 Chaucer、Spencer 即近至莎士比亚、弥尔敦之诗文,已有异于今日之英文。而乔、斯二氏之文,已非别求训诂即不能读,何英美中学尚以诸氏之诗文教其学子,而不限于专门学者始研究之乎?盖人之异于物者,以其有思想之历史，而前人之著作，即后人之遗产也。若尽弃遗产以图赤手创业，不亦难乎？某亦非不知文学须有创造之能力，而非陈陈相因，即尽其能事者。然亦非既能创造，则昔人之所创造，便可唾弃之也。故瓦特创造汽机，后人必就瓦特所创造者而改良之，始能成今日优美之成绩，而今日之汽机，无一非脱胎于瓦特汽机者。故创造与脱胎相因而成者。吾人所斥为摹仿，而非脱胎。陈陈相因，是谓摹仿。去陈出新，是谓脱胎。故《史》、《汉》创造而非摹仿者也，然必脱胎于周秦之文。俪文，创造而非摹仿者也，亦必脱胎于周秦之文。韩、柳，创造而革俪文之弊者也，亦必脱胎于周秦之文。他若五言、七言古诗，五律、七律、乐府、歌谣、词曲，何者非创造，亦何者非脱胎者乎？故欲创造新文学，必浸淫于古籍，尽得其精华而遗其糟粕，乃能应时势之所趋，而创造一时之新文学，如斯始可望其成功。故俄国之文学，其始脱胎于英法，而今远驾其上，即善用其遗产而能发扬张大之耳！否则盲行于具茨之野，即令或达，已费无限之气力矣！故居今日而言创造新文学，必以古文学为根基而发扬光大之，则前途当无可限量。否则徒自苦耳！

四七 陆步青《修辞学与语体文》

一 修辞学的定义

修辞学的定义,有新旧两派:

(1)旧派修辞学是一种学术(art),叫我们用一种工具(声音或符号)发表我们的思想。

(2)新派修辞学是一种学术,叫我们怎样用一种工具发表我们的思想而生出一类需要的感应(required response)。

新派的定义,说修辞学的目的一方面,比旧派的定义较为圆满一点。怎么能够生出需要的感应来呢? 这是修词的道理。现在举个例来证明一下:如我们要想开窗,对仆从说"开窗",他便把窗打开了。这就是需要的感应。若对朋友,必要说"请开窗",对不相识的人,必要说"费你的心开开窗",他才来开窗,我们需要的感应,才能生出。否则你说:"喂! 开窗!"这种口气,有哪个来应命呢?

有许多人以为修辞学是一种仅仅修饰词章用的东西,这是误解。其实无论说话、作文,有效力的都合修辞学的宗旨。修辞学在说话尚不十分要紧,在作文则要紧非常。因为说出来的话,没得需要的感应,或者还可以改过调头重新再说,发表出来的文章,没得需要的感应,则无改良之余地了。

二 语体文的目的

语体文（白话文）的一种目的，至少要推广新文化、新思潮，使感应快，效率大。其实文言文亦可以推广新文化、新思潮，不过懂的人少，感应效率远不及语体文罢了！

譬如五一纪念日，要做一篇文章来劝导劳工，用文言文，则感应慢而效率小，若用语体文，则感应快而效率大，可以断言的。

由此以观，语体文的目的和修辞学的目的，需要的感应都是一样的，没什么分别了，所以今天把修辞学与语体文连拢来讲。

三 语体文的文体

文体（Style）不分文言白话，能够得到感应，发生效力，就是好的，否则不好。不过比较起来，白话文对于得到感应，发生效力，要容易得多。

要发生效力，得到感应，有两个原素（elements）：（一）表达（expression），（二）感触（impression）。前者表达自己的意思，后者感触旁人的情感。语体文对于这两个原素较易达到，文言文则较难。譬如讲一种笑话，一定是语体文占优胜的。语体文的文体，究竟应该怎么样呢？现在分做四项说：

（一）正确（correctness）

说话作文，能够使人明白，因为内中含着共同了解心（普遍心）。如我们指一张桌子，说："这是桌子。"大家都能知道，即是大家都有桌子的了解心。所以要使说话作文的效率增加，必要推广公众了解心。推广的法子有三个：

（A）去土语　文言文没有土语，故懂文理者一看了然。语体文则夹杂许多土语。就我看见的来说，如"很好"，有人说"不推扳"；"那里"，有人说"那块"；"不很长"，有人说"欠长"。此外还有"出风头"等等，都是一个两个地方的土语，究竟能否通行全国，是个疑问。所以要推广公众了解心，先要把土语去掉。

（B）一定的文法　现在的语体文，各做各样。上海有几种出版物，是从《红楼梦》里变出来的，有许多语句，都不合现在的用。如"的"、"底"、"地"、"方才"、"那吗"等等字，都是乱七八糟用的，没有一定的法子。这怎么能使人明白呢？所以要推广公众了解心，必要有一定的文法。

（C）点句　大概语体文的点法，多半采用西洋文的符号。但未曾学过西洋文者，或学得不十分清楚者，往往都会弄错。如"我不晓得怎么样好"这个句子，我看见有人背后加了个疑问号，这何尝是疑问呢？所以要推广公众了解心，对于点句也要留心。

（二）明白（clearness）

（A）系统（unity）　作文并不是堆文砌字，要整理自己的思想。譬如我今天演说，我预先必定要做一番整理的手续。旧式文章，对于整理的手续很缺乏，所以往往有重复的毛病。

再有一层：作一篇文，总要只有一个意思，才有力量。如江苏省议会的漾电，头一段说学潮，中段说司法问题，末段又说省议会本身的问题，人家看了以后，不晓得何重何轻，何去何从。又如报纸上的广告，说《新体国语教科书》怎样怎样的好，后头又说本书局还有什么什么书，都很不对。这样复杂的意思，既说此，又说彼，实在淆人听闻。一个人对于一件事的感应容易，对于多少事的感应难，就不免有顾此失彼之虑了。

（B）组织（coherence）　作文有组织，则上下文贯串，否则有两种毛病：（一）晦涩，（二）含糊。犯这两种毛病最厉害的，就是（甲）宾主颠倒。我看见一个句子："新思潮鼓吹的时候，欧战还未发生。"细察上下文,应该说:"欧战未发生的时候,新思潮已在那里鼓吹了。"这是不留心宾主的错误。(乙)代名词太多。例如一个句子:"张先生告诉我:'他已经见过李先生。他允许他即刻对王先生讲,叫他把前天他留在他那里的书,即刻送还他。'"这样多的"他"字,究竟代的哪个呢?殊属欠明了。现在把他除掉几个,加上几个名词来代,变为:

张先生告诉我:"他已经见过李先生。李允许他即刻对王先生讲,叫王把前天李留在他那里的书即刻送还张。"

像这样名词,虽重复几遍,却清楚了。

现在"她"字争得不了,实在男女性不明白,是不十分要紧的。何以呢?因为像上面的例,即使没有男女性的分别,滥用代名词,也不明了的。况且知道分别男女性用法的人很少,不能公众了解。有种外国文的惯格,像法文中冠词的分性,西洋文中的复数等等,我们做中国文,尽可以不必引进来。

(三)语势(force)

(A)简括(brevity) 简括的文章,最有势力,最能感触人。长篇大论的文章,啰啰唆唆,人看见他一览无余,毫无想象的余地,往往生厌弃心。报纸上所载的文章,人家多半看短评小论,投稿的文章,短的比长的格外欢迎,都是这个缘故。然短文亦不容易做,人说五分钟的演讲最难,却是最有效率,这句话很有道理。

现在举几个例证明简括的文章的力量。如该撒克服西里亚时,其报告书只有三字:Veni, Vidi, Vici。译成英文 I came, I saw, I conquered。人家看见,很可以想象他战胜迅速的情景。又如一个笑话:一个寡妇想再醮,不好怎样开口。有个讼师代他写出八个字:

夫死无嗣,翁鳏叔壮。

你看这八个字,吐出他要改嫁的意思,何等的有力量!所以凡属做文章,句子要短,节段要短,篇幅要短,绝不可累累拖拖。现在做语体文的,最犯这个毛病,无谓的接续词(conjunction)触目皆是。例如昨天南京学生联合会开游艺大会的传单,内中说:

> 诸位……游艺大会是什么东西？……说是没有看过。那我们老实告诉：请你赶快来看我们为筹款开的游艺大会。因为其中的内容，大有可观。技能的表演，固不容说，就是各种游戏，都可以使你看得满足愉快。所以这种盛会，虽不见得是绝后，的确可说是空前……

你看"因为"、"所以"这两个接续词，有什么意味？把他除掉，实在还要坚强呢！

（B）注重（emphasis）　做文章能够在一首一尾着重，易使阅者节省脑力，而且易得真意。平常演说者不晓这个道理，一登台便说："今天没有预备……要请大家原谅。"或说："鄙人得与诸君同聚一堂，非常愉快……"作文者也往往用这种话起头，究其实毫无意义。如果说得好，做得好，自然不消作无谓之客气（hackneyed expression①），否则即作客气，有哪个能原谅你呢？这都是耗费阅者听者的时间罢了。所以做文章，应该把前提在前，结束在后，以着重全篇的主意。

（四）流利（ease）

（A）句法（structure）　句法不要过于摹仿外国文的构造。因外国文的构造，与中国文不同。若纯用外国文的构造来作中国文，研究过外国文者或能了解，未研究过外国文者读了艰涩异常，易生不快之感。试问我国研究过外国文的人多呢，还是未研究过外国文的人多呢？当然是未研究过的多。所以想把文章的效力增加，需要的感应增大，就把句法照中国式的构造表演出来。例如：

> 他有比从前更多的谷余剩了。

这是有点像外国文的构造，念起来殊属不顺口，且意思亦不十分明了。若改变一下：

> 他余剩的谷，比从前更多了。

---

① 　expression，原作"fxpression"，误。

这样一来,何等流利,何等显明!

英国人摹仿拉丁文者,人家叫他做 Johnsonism,盖讥讽他过于矫揉造作,摹仿外国文的构造。我很希望我国作语体文的,千万不要流于 Johnsonism。

(B) 音调(euphony) 语体文对于音调,最不讲究,这是大错!因为音调与记忆有关。譬如诘屈聱牙的人名,很难记忆,童谣俗谚,入耳不忘,在在都可以证明。所以我主张语体文要注意一点音调。新体诗最好押韵,否则亦要自然流利。

(C) 留心别字 文章可以代表作者的人格,别字也会损害作者的人格。譬如写信给人,写得不好,别字满纸,则人家必定要起轻侮之心,因而效力减小,感应没有。我看见许多白话文,常有误"夠"作"够",误"偏"作"徧",误"蹩脚"作"别脚"……这都是不留心别字的缘故。

(D) 修饰(finish) 我们作文总有错误的地方,既有错误,便要去修饰才是。与其给别人指摘,何如自己更正呢? 戈尔斯密(Goldsmith)的文字非常流利,即是从"修饰"得来。他不但作的时候小心修饰,即出版到二次三次,他还要修正的。这是很可以效法的。

四 总 结

以上所讲的,是(一)修辞学的定义;(二)语体文的目的;(三)语体文的文体。现在总结一下做语体文应该注意两件事:

(一)要合对面人的心理 无论说话作文,无论对于哪一个,合乎心理,则效力大、感应速,否则效力小、感应迟,这是一定的道理。威尔逊总统与劳动界的演说,和在国会里的演说,意思差不多,工具则大不相同,即是为此。莎士比亚的文章何以足传千古呢? 因他对于各种人的心理,都能深晓,而且写得淋漓尽致。又如古来之哲学家孔子、孟子、卢骚等，他们的话，无非合乎当时所处的环境。即杜威的演讲也是如此。所以我们作文，必定要适合现代的心理，才不至虚费笔墨。

（二）精炼（refinement①）　做文章必要用一番精炼工夫。刀锯越磨越利，思想也越磨越利。现在语体文不加磨琢，往往失之太长。好像中国出产之糖盐里面，有许多东西可以拿掉。若能磨琢，则词华虽少，然却精湛可嘉。譬如外国舶来之糖盐，即质料少些，而甜度咸度则较中国远甚！

精炼由经验而来，多多练习，便可得到。如瓦匠砌砖，用刀一敲，不大不小，恰得其当，皆因其经验丰富，而且能够控制的缘故。

做语体文应该注意的两件事，既如上述。现在还有两种最普通的“误会”，应该辟除：

（一）以为关于科学的职业的文章，不要修辞学。　修辞学，原来不专限文学一部分。凡用一种工具，要得感应与效力者，都在范围以内。普通以为工业、商业、农业……这些职业的文章不要修辞学，这是大错！因为构造都是一样，不过专门名词不同罢了。其他科学的文章，也是离不了修辞学的。所以这种误会，应该辟除。

（二）以为语体文不必应用修辞学。　有一部分人以为工具（语体文）一换，结果便好，这是误会得很！何以呢？譬如中国式的房屋不好，改造洋式的房子，不用图样，能行么？修辞学不是什么，就是做文的图样。无论文言语体，都要应用。所以语体之不必应用修辞学的误会，也应该辟除。

---

① 　refinement，原作“befinement”，误。

四八　胡寄尘《新派诗说》

绪　　论

吾作此文,吾须略言吾之大意。新派二字,是对于旧派而言,即不满意于普通所谓"旧体诗",故别创新派也。然则何以不名"新体"?盖吾于普通所谓"新体诗",亦有不满意之处,故名新派以示与新体有分别耳。总之新派诗,即合新旧二体之长而去其短也。何谓合二体之长而去其短? 此言甚长,试于下文分章论之。

第一章　诗在文学上之位置

今欲论诗,当先知诗在文学上居于若何之位置,然后知诗之为可贵与否。窃谓诗在文学上有五种特质如下:

(一) 诗为最古之文学。吾人普通之见解,则谓先有语言,后有文字,既有文字,则整齐而有韵者谓之诗,不整齐而无韵者谓之文。然愚窃谓在未有文字之前,当先有一种整齐而有韵之语言,或为四字,或为五字,以便记忆。是即古谣谚之滥觞也。此言虽无确证,然揆之于理,当不大谬。即今所传者,如:"日出而作,日入而息。"亦在唐尧时已有之。诗字首见于《虞书》,曰:"诗言志,歌永言。"蔡注:"心之所之谓之志。心有所之,必形于言,故曰'诗言志'。既形于言,又必有长短之节,故曰'歌永言'。"是诗与歌实一物也。歌之见于《尚书》者,有:"股肱喜哉! 元首起哉! 百工熙哉!"有:"皇祖有训,民可近,不可下。民为邦本,本固邦宁。"皆以歌为名者也。由此观之,在唐虞时,诗已盛行矣。

(二)诗为最简之文字。研究文学者,有言世界文字以汉文为最简。愚窃谓汉文之中,以诗为最简。尝取英文写景之语译,为汉文字,数可省去其半。又将其文译为诗,则又省去数字。今试列举如下:

英文 It was a fine summer day, and the country looked beautiful. The oats were still green, but yellow ears of wheat bend their heads to and fro as they felt the gentle breeze.

汉文 夏日郊原,天气清朗。燕麦犹青,而麳穗低头,当风摇曳。

汉诗 夏初燕麦依然绿,麳穗低头摇晚风。

字面虽未尽译出,然精神全在是矣! 汉诗以十四字包括一切,其简便为何如哉!

(三)诗为最整齐之文字。古诗每章字句虽不规定,然较之散文,整齐多矣!

(四)诗为有音节之文字。此尽人所知,无俟再言者也。

按惟其能简洁、整齐、有音节,故自然呈美观。

(五)诗为最能感人之文字。惟其美也,故能感人。惟其感人之深,故其效用为极大。舜命夔典乐以养性情,育人才,事神祇,和上下。大禹曰:"劝之以九歌。"孔子曰:"兴于诗,成于乐。"可见其功用之大。太康逸豫灭德,五子进谏,乃独作歌。岂非以歌之感人,独深于寻常言语耶? 后人读书,亦多喜读韵文,不喜读散文,即此意也。

由以上诸点观之,则诗在文学上,居于若何之位置,可以知矣。

第二章　旧体诗之长

旧体诗之长处,既如第一章所言,兹不复赘。惟后世渐渐失其真意，流弊滋多，如下章所述是也。

第三章　旧体诗之流弊

旧体诗自汉魏而后，体制大备，而真意亦日失。六朝靡靡，无足论矣。有唐一代，号称最盛，然能真知诗之为用者，白太傅一人耳！白太傅之新乐府，以老妪能解之笔墨，写当时社会之形状，是即今日新体诗之特长也。此外郊寒岛瘦，温李浮薄，固然去诗之真意日远，即太白仙才，少陵史才，以今日眼光视之，实犹是特别阶级之文学也。两宋而还，复有枯寂一派，几乎生气已尽。朱明七子，貌似古而神离。前清作者亦大抵不能出其范围，而末流所趋，愈趋愈下，此新体诗之所以乘隙而起也！兹更条举旧体诗之流弊如下：

（一）以典丽为工者。　沧海月明珠有泪，蓝田日暖玉生烟。

（二）以炼字为工者。　山吞残日暮，水挟断云流。

（三）以炼句为工者。　香稻啄残鹦鹉粒，碧梧栖老凤凰枝。

（四）以巧对为工者。　拳石画临黄子久，胆瓶花插紫丁香。

（五）以巧意为工者。　风吹古木晴天雨，月照平沙夏夜霜。

（六）以格调别致为工者。　白菡萏香初过雨，红蜻蜓弱不禁风。

（七）以险怪为工者。　代灯山鬼火，煮茗毒龙涎。

（八）以生硬为工者。　花淫得罪陨，莺辩知时逃。

（九）以乖僻为工者。　芍药花开菩萨面，棕榈叶散夜叉头。

（十）以香艳为工者。　遥夜定嫌香蔽膝，闷心应弄玉搔头。

以上种种，均所谓“在面子上做工夫”是也。此外讲魄力，讲神韵，讲骨格，虽比讲面子较胜，但仍不免为特别阶级之文学，去诗之真意仍远也。

第四章　新体诗之长

新体诗继旧体诗而起，自必有其特长之处，然后能哄动一时。论其长处，略有四说如下：

（一）新体诗为白话的，能遍及于各种社会，非若旧体诗为特别阶级之文学也。如下面所举：

鸽子　胡适

云淡天高，好一片晚秋天气！

有一群鸽子，在空中游戏。

看他三三两两，回环来往，夷犹如意！

忽地里翻身映日，白羽衬青天，鲜明无比！

（二）新体诗是社会实在的写真，非若旧体诗之为一人的空想也。如下面所举：

人力车夫　胡适

"车子！车子！"

车来如飞，

客看车夫，忽然中心酸悲。

客问车夫："你今年几岁？拉车拉了多少时？"

车夫答客："今年十六岁，拉过三年车了。你老别多疑。"

客告车夫："你年纪太小，我不坐你车。我坐你车，我心惨凄！"

车夫告客："我半日没生意，我又寒又饥①。你老的好心肠，饱不了我的饿肚皮。我年纪小拉车，警察还不管。你老

---

① 饥，原作"肌"，误。

又是谁?"

客人点首上车说:"拉到内务部西。"

(三)新体诗为现在的文字,非若旧体诗为死人的文字也。如下面所举:

背枪的人　仲密

早起出门,走过西珠市。

行人稀少,店铺多还关闭。

只有一个背枪的人,站在大马路里。

我本①愿人卖剑买犊,卖刀买牛,怕见恶狠狠的兵器。

但他长站在守望面前,指点道路,维持秩序。

只做大家公共的事,

那背枪的人,也是我们的朋友,我们的兄弟。

(四)新体诗是神圣的事业,非若旧体诗为玩好品也。如下面所举:

想　玄庐

(一)

平时我想你,七日一来复。

昨日我想你,一日一来复。

今朝我想你,一时一来复。

今夜我想你,一刻一来复。

(二)

予的自由,不如取的自由。

取得自由,才是夺不去的自由。

夺了去放在那里?

依旧朝朝莫莫在你心头,在我心头。

---

① 本,原作"不",误。

第五章　新体诗之短

新体诗既有上述各种长处,宜乎其能代旧体诗而行矣。但其精神上虽有上述之长,而形式上实有种种短处。诗既称为审美的文学,天然以精神形式两方面皆美为目的,不然,却不成其为诗矣。今新体诗之短处,可略举如下:

(一)繁冗。吾于第一章,既言诗为最简之文字,则诗之所以能美者,简字实为原质之一。今新体诗既犯繁冗,是即与此原则相反,则其不能美也明矣。

(二)参差不齐。整齐为中国文字所独有。诗为文字中之尤整齐者也。新体诗之格式,来自欧美,故多参差不齐。殊不知欧洲文字不能整齐,中国文字能整齐,正是彼此优劣之分,今奈何自弃吾长而学其短耶?然在欧文不能整齐之中,偶有整齐之式,彼亦惊为天造地设之妙文,吾人读之,亦最便于上口。如 There is a will there is a way,是其例也。殊不知此等结构,在中国文字中,数见不鲜。今人去吾所长而不用,不知何故?

(三)无音节。诗之所以能感人者,全在乎音节。帝舜命夔之言,道之详矣。"诗言志,歌永言。声依韵,律和声。八音克谐,无相夺伦,神人以和。"古人之诗,节奏之长短,音韵之高下,必求合乎五声六律。雅颂而后,惟有乐府。中晚唐以来,此传久失,一变而为平仄声,然声调铿锵,便于口而悦于耳。若新体诗,则不讲音节,读之不能上口,听之不能入耳,何能感人!

或曰:"为以上种种所束缚,则新体诗之真精神,何由发挥?仍然旧体诗乎?"此说余甚不承认。读者试读毕下文,自能知之。且余之所谓新派诗者,即欲以旧格式运新精神也。

第六章　中国诗与欧美诗之比较

新体诗之格式,既从欧美输入,故吾论中国诗与欧美诗之比较,亦与本题有密切之关系。欲比较彼此特殊之点,可录中英文互译诗四首于左,以见一斑。

李白　独坐敬亭山

众鸟高飞尽,孤云独去闲。相看两不厌,只有敬亭山。

The birds have all floun to there roost in tree, the last cloud has just floated lazily by. But we never tire of each other, not we, as we sit there together — Mountains and I.

雪兰　冬日诗　A Song

A widow bird sate mourning for her love, upon a wintry bough; The frozen wind crept on above, The freezing stream below, there was no leaf upon the forest bare, no flower upon the ground. And little motion in the air. Except the millwheel's sound. ①

J. B. Shelley

前诗中文译本

孤鸟栖寒枝,悲鸣为其曹。池水初结冰,冷风何萧萧! 荒林无宿叶,瘠土无卉苗。万籁俱寥寂,惟闻喧桔皋!

细观以上四诗,就文字结构而论,则中国诗实比欧洲诗为佳,即简洁与整齐是也。此系各国文字根本上不同之故。如欧文 of、in、on、upon、to 等字,须用处太多,往往一句之中,必须有此等字加上,方能结构成句。若中文则此等赘字甚少,其在诗中,更绝无

---

① widow,原作"widew",sate,原作"sat",frozen,原作"brozen",freezing,原作"frezing",millwheel's,原作"millwheels",今据通行本改。

而仅有。今新体诗多用"的"字、"了"字，"我们"、"他们"等字，以致不能简，不能整，是即传染欧洲诗之病也。

第七章　新体诗与旧体白话诗之比较

纯用白话，取能普及一般社会，此新体诗之特长也。然旧体诗中，亦正不少白话诗。今试略举数首如下以资比较：

李白　夜坐
床前明月光，疑是地上霜。举头望明月，低头思故乡。

孟浩然　寻菊花潭主人不遇
行至菊花潭，村西日已斜。主人登高去，鸡犬空在家。

袁凯　京师得家书
江水三千里，家书十五行。行行无别语，只道早还乡。

贡性之　涌金门见柳
涌金门外柳垂金，三日不来绿成阴。折取一枝入城去，教人知道已早春。

唐寅　一世歌
人生七十古来少，前除幼年后除老。中闲光景不多时，又有炎霜与烦恼。花前月下得高歌，急须满把金樽倒。世上钱多赚不①尽，朝里官多做不了。官大钱多心转忧，落得自家头白早。春夏秋冬捻指间，钟送黄昏鸡报晓。请君细数眼前人，一年一度埋芳草。草里高低多少坟，一年一半无人扫。

旧体白话诗，亦几乎人人能解。然其结构之整齐，声调之悠扬，比新体诗为优矣！

---

① 不，原作"又"，误。

第八章　新体诗与旧体写实诗之比较

新体诗贵乎写社会实在的情形,亦为其特长,然旧体诗亦有之。兹录数首如下:

白居易　卖炭翁

卖炭翁,伐薪卖炭南山中。满面尘灰烟火色,两鬓苍苍十指黑。卖炭得钱何所营? 身上衣裳口中食。可怜身上衣正单,心忧炭贱愿天寒。夜来城上一尺雪,晓驾炭车碾冰辙。牛困人饥日已高,市南门外泥中歇。翩翩两骑来是谁? 黄衣使者白衫儿。手把文书口称敕,回车叱牛牵向北。一车炭重千余斤,宫使驱将惜不得! 半匹红纱一丈绫,系向牛头充炭值!

戴清　仓草谣

县仓官买米,野田民食草。民命岂足惜,官位自当保! 六城保单来,今年豆麦好!

又　卖儿叹

弃儿非不仁,盎中久无粟。卖之与富翁,尚得饱尔腹。爹娘携钱归,一文一寸肉!

以上不过略举数首以见一斑。如白居易之《秦中吟》、《新乐府》,可谓全体如此。所叙之事,皆实实在在,对于贫民,尤能代诉所苦,今日新体诗家,无以过此也。

第九章　新体诗与歌谣之比较

中国文字天然简净明洁,故虽闾巷①歌谣,亦自成节奏,可咏可

---

① 巷,原作"卷",误。

歌。兹录吾乡山歌两首如下。此歌命意本无足取,但观其音节格调,视新体诗为何如耳?

其　一

　　的的姑娘快活多,走出门来便唱歌。手挟金弓银弹子,百花园里打莺哥。

其　二

　　做天难做四月天,蚕要温和麦要寒。种菜哥哥要天雨,采桑娘子要晴干。

其　三

　　荷花开在我身边,莲子如珠粒粒圆。采过荷花采莲子,摇来摇去一支船。

第十章　新派诗之出现

　　新旧体诗互有长短,既如以上各章所述。旧体诗中,虽亦有兼备新体之长者,然在旧体中究属少数。今所提倡之新派诗,即以此等诗为标准,用以描写今日社会情形及发挥最新思潮。略举其条例如下:

　　一命名。以旧体诗之格调,运新体诗之精神,命名新派诗,以别于新体。

　　二宗旨。以明白简洁之文字,写光明磊落之襟怀,唤起优美高尚之感情,养成温和敦厚之风教。

　　三宗派。以不假雕饰,天然优美,乐而不淫,哀而不伤为标准,祛除旧体。"特别阶级文学"、"死文学"、"空泛文学"、"玩好品"各弊,并祛除新体"繁冗"、"不整齐"、"无音节"各弊。

　　四体例。以五言七言为正体,多作古诗绝诗,少作律诗。

五音韵。初学不可不知平仄,学成而后可以不拘。用韵暂以通行本诗韵为准,其韵目注明古相通者通用之。

六词采。不用僻典,不用生字。

七戒律。必有真性情,好事实,然后以诗发挥之,描写之,不作浮泛空疏之诗,不作应酬干禄之诗,不作限字和韵等诗。

附新派诗录

说新派诗既毕,更录鄙人近作于其后,即本诸新派诗条例而为者也。当世明达,幸有以教我。若云为新派诗之标准,则吾岂敢!

长 江 黄 河

长江长,黄河黄。滔滔汩汩,浩浩荡荡! 来自昆仑山,流入太平洋,灌溉十余省,物产何丰穰! 沉浸四千载,文化吐光芒。长江长,黄河黄。我祖国,我故乡!

《采茶词》四首

朝也采山茶,莫也采山茶。出门晓露湿,归来夕阳斜。出门约女伴,上山采茶去。山后又山前,迷却来时路。昨日新芽短,今日新芽长。不惜十指劳,只怕不满筐。自从谷雨前,采到清明后。茶苦与茶甜,何人去消受?

《饲蚕诗》四首

日出采桑去,日莫采桑归。渐见桑叶老,不觉蚕儿肥。今日蚕一眠,明日蚕二眠。蚕眠人不眠,辛苦有谁怜! 春蚕口中丝,阿侬身上衣。要我衣上好,莫使蚕儿饥! 蚕老变为蛹,蛹老变为蛾。饲蚕复饲蚕,一春便已过!

《自由钟》八年四月作,记某国人之独立也。

竖起独立旗,撞动自由钟,美哉好国民,不愧生亚东! 心如明月白,血洒桃花红,区区三韩地,莫道无英雄! 悠悠千载前,本是箕子封。人民美而秀,土地膏而丰。那肯让异族,长作主人翁! 一声春雷动,偏地起蛰虫。祖国人人爱,公理天下同。我愿和平会,慎勿装耳聋!

老　树

庭前有老树,春来抽条新。枯荣有变化,同此本与根。人生亦如此,嬗递秋与春。死我而有子,子死而有孙。根本苟不斫,血脉常是亲! 老幼体屡变,生死理未真。眼前儿童辈,都是千岁人!

明　月

明月无老少,万古常如兹。皎皎当中天,夜夜扬清辉。忽被大地妒,才盈便使亏。虽曰有圆时,长圆不可期! 借问此缺痕,茫茫何时弥?

送　春　诗

当日喜春来,今日送春去。来也从何方,去也向何处。问春春不言,留春春不住。芳草远连天,便是春归路。

流　水

门前水,直通江,我心随水去,迢迢到他方。他方有故人,道路远且长。不能长相见,但愿毋相忘!

落　花

落花飞,飞满天。花开有人爱,花落无人怜。花开又花落,一年复一年。此是第几番? 问花花无言。

四九　蔡观明《诗之研究》

　　今天所讲的题目很泛,若要切实发挥,决非一二次会期所能了事,所以只要在广阔的范围里,画出狭小的部分来讲讲。现在所画的范围,就是在新诗兴旧诗的异同上研究。

　　要讲新旧诗的异同,先要明白诗究竟是什么东西,其性质如何,内容如何,效用如何。把这几层明白,就可以晓得无论是新诗旧诗,必须要什么样子,才可算是诗,否则就不是诗。那新旧的问题,是无关于算诗不算诗的问题的,就同人的男女老少虽有分别,却无关于是人不是人的问题一般。所以先讲怎样才是诗。

　　诗是文中之一体。从广义说,凡有韵的皆是诗。古时的骚赋,近古词曲弹词,现在的戏曲小调,皆是诗。这是就形式方面说,然而已经非常重要。因为无韵的文字,歌唱起来,决没有押韵的好听,所以万不得已的时候,就用语尾音押韵。即如劳动的人出力抬东西的时候所叫喊的口号,虽是随口乱说,但是尾音总是同的。所以诗的押韵,是第一个要素。所以要押韵,就是因为音节好听。所以要音节好听,就是因为要歌唱。《书经》上说:"诗言志,歌永言。声依永,律和声。"就是说明诗要用韵的好证据。《诗经》上《周颂》虽亦有几篇无韵的诗,但是《周颂》实有缺误。《商颂》、《鲁颂》皆是一篇数章,《周颂》则每篇一章,于此可见其有缺误,故不能说是古时是有无韵诗。

　　至于诗的目的,是要表现情绪,所以内容无论是主观的思想、客观的事物,总含着表情绪的作用。西洋人分诗为纪事、抒情两种。西洋是否有纯粹的纪事诗没有,我不敢断言,因为我于西洋文学研究得少。但就我所晓得的一部分，则凡是叙事诗，总有寄托：或是以事实为一种象征，或是在叙事的当中自然流露出作者的意见来，也与我们中国的一样。所以我敢断言说：纵有纯粹的纪事诗，用写实方法做的纪事诗，也是很少的一种例外，也决不是好诗。做诗的人，叙一件事，必定对于这件事有一种动机，或有一种态度，所以《诗经·小雅·宾之初筵》是叙饮宴的礼，《小序》说是卫武公刺时之作。《大雅·皇矣》是叙文王伐密阮诸国的事，《小序》说是美周。可见客观里面，有主观存在。诗的功用本来与音乐相近，是要感动他人的情绪。但是作者不能把情绪充满在作品里，怎样能够引动读者的同情？所以西洋人论诗也以情绪为主。《诗序》说："在心为志，发言为诗。情动于中而形于言。言之不足，故嗟叹之，嗟叹之不足，故永歌之。"可见做诗歌的动机，全在人心的情绪。所以情绪也是诗的一种要素。

此外还有一种要素，就是描写的艺术了。叙事教人如同身历其境，抒情教人有深切的同情，方是好诗。宋朝梅圣俞说做诗的法子是"写难状之景，如在目前，传不尽之意，在于言外"。这两句话，是说尽诗的能事了。再概括起来，描写的法子，有两个字，就是求真。然而求真就不容易。西洋人对于文艺，主张写实，主张发挥个性，主张创造，无非也是求真。可见得中西艺术的根本，都是相同的了。但是求真，指描写实事而言。诗里面往往有想象的意境，或是传说的神话。这种描写，只要写到如在目前，近于实有其事，就是好艺术了。

以上三种具备的，就是诗。否则不能算诗，不过是直言，是散文罢了。然而现在主张新诗的人，首先打破第一个条件，不肯押韵，这是冒诗的牌子做散文。虽说其中也有表现的情绪、描写的艺术，但这两项，是诗以外的文章所同有的要素。就同人类如若去了灵性，身上再长上点毛，与猿猴便无大分别了。一定指猿猴算人，谁也不能承认。那么指散文算诗，岂不也是事同一律么？但是主张新诗的人，也有比旧时进步的，就是在后二项上颇有功绩。而在描写上求真，尤比一部分旧时模拟古人、堆砌词藻的，反得诗意。不过不能指定这是新诗的特点。我国古诗人，善于表现情绪的固多，而描写的真实，也决非现在一般新诗家所及。不过六朝的时候以及元明以后，模拟的风气大盛，所以多数诗家不免轻意重词，描写失真。倘若新诗家在这一点上补救向来的流弊，自然是很好的。无如他们未曾做出好诗，先做出一种不能算诗的诗。艺术上并不能突过古人，也并不能学到欧美名家，专在破坏声韵格律上用力，真可笑得很！

我是承认诗是要革新的。革新的方法：第一是思想上的革新。采取最新的思想，最新的学说，表现在诗里面，不要学古人只在六经诸子中寻取糟粕来装头盖面。第二是风格上的创造。凡能成为名家的诗文，总有特别风格。然而古来诗派，已是很多，要别出心裁、自成一家，很不容易。幸而现在欧美文学输入，我们正好融会起来，成一种新风格、新诗派。好比字体到清朝已很难变，郑板桥用隶意作楷书，用画兰竹意作行草，便成一派。这才算善变。取欧美文学的风格来参和，要如郑板桥写字，自然可以成为名家了！现在西洋文学与我国不同之处，就在精密周详上。这就是他们科学思想比我们容易进步的原因。我们观察事物，若能用科学方法来分析他，叙述起来，必定有一种新风格的。第三是体裁的解放。不要认定五言、七言、古风、律、绝是诗，要采取欧美的体裁而参合中国有韵文的旧体，扩张诗之境界。尤其要注意于流行的曲调，求其作诗与音乐相附丽，作成一种可歌的诗，因而灌输新思想于全国。这三项的改革，是我以为讲究新诗的人，应该注意的。但是我虽有志于此，却至今未曾着手，就是因为事关重大，不是轻易可做的。现在的新诗家主张的理论，往往不错，然而成绩不好，未必不是看得太容易，没有充分预备的弊病呢！我所要说的话如此，恐怕传出去，新旧两派总不肯引为同志。但这是我纯粹用冷静的脑筋研究所得结果，决没有丝毫感情作用的。那么，听我这一番话的人，也要用冷静的脑筋研究一下，才可以发见真正的判断。我很希望有这一种人。

尚有几句要说的话,就是:做诗在今日,并不是件好事。今日的国家,我们应做的事很多,应研究的学问也很多,何必虚掷光阴,在这白首难穷的专门之业上用功!我国人最懒惰,惰于办事,就逃入于空虚的学问中;惰于学问,就逃入于浮丽的文词中,实在不是好现象。若是别无路走,走入这一条路,就当在此处寻一个安身立命的去处。以上所说,皆是我所找出的安身立命的地方。谁能在此安定了身,立定了命,这全在各人的天才学问功力上分别了。

五〇　愈之《文学批评其意义及方法》

（一）什么是文学批评？"文学批评"这一个名词，在西洋已经有过数千年的历史了，可是在我们中国还是第一次说及。中国人本来缺少批评的精神，所以那种批评文学，在我国竟完全没有了。我国文学思想很少进步，多半许是这个缘故。近年新文学运动一日盛似一日，文艺创作也一日多似一日，但同时要是没有批评文学来做向导，那便像船没有了舵，恐怕进行很困难罢。所以我想现在研究新文学的人，对于文学批评，似乎应该有相当的注意。文学批评在西洋，差不多成为一门独立的科学。要把他的意义、历史、派别详细研究，自然不是几千个字所能尽的。现在暂且参考莫尔顿的《文学的近代研究》（Moultion's The Modern Study of Literature）、黑德生的《文学研究指导言》（Hudson's An Introduction to the Study of Literature）、韩德的《文学的原则和问题》（Hunt's Literature, its Principles and Problems）和别几部书做了这篇，权作在我国介绍文学批评的引子罢。那么什么叫做文学批评呢？先说"批评"一字。最先创立批评的人，是希腊大哲亚里士多德。据德赖顿（Dryden）说，批评的意义，就亚里士多德所指，乃是"公允地判断之标准"（A standard of judging well）。盖莱和施各德（Gayley and Scott）合著的《文学批评的方法和材料》（Methods and Materials of Literary Criticism）里，把"批评"这字向来所用的意义分为五类，便指：（1）指摘（fault-finding）的意义。（2）赞扬（to praise）的意义。（3）判断（to judge）的意义。（4）比较（to compare）及分类（to classify）的意义。（5）评赏（to appreciate）的意义。批评家对于这五种意义，有的以为只应该包含一种或数种，有的主张都包含在"批评"范围之内。又近代大批评家阿诺尔（Mathaw Arnold）说"批评"便是"把世间所知所思最好的东西，去学习或传布的一种无偏私的企图"（a disinterested endeavor to learn and propagate the best that is known and thought in the world）。这一个界说，要算最精密确切了！批评的企图，在于学习和传布，可见批评家的任务，在于积极——赞扬或评赏——方面，不在消极——指摘或批判——方面。近代的批评，这种倾向尤其显著。我们一说到批评，每以为批评便是批驳，便是攻击，这是一种误解。批评和批驳不同。批驳，是对于虚伪的思想智识而发的，批评的对象恰巧相反，乃是最高尚最良好的，不是虚伪的东西。我们一说到批评，又以为批评便是纠正，批评家居于较高的地位，和先生纠正学生的课作一般，这也是一种误解。批评家不必一定居于较高的地位。批评的目的，是学习和传布，却不是纠正。批评家乃是贤弟子，决不是严师。我们一说到批评，又以为批评的态度便是怀疑的态度，这也是一种误解。怀疑派是否定一切的，批评家不过对于所批评的东西加以分析或综合，对于他的本身价值，却始终是肯定的。至于文学批评（literary① criticism），是批评的一种。笼统的说一句，凡一切对于文学著作或文学作家的批评，都可以称作文学批评。其实是不然。"文学的"批评（literary② criticism）和"文学"的批评（criticism of literature）不同。对于文学著作或文学作家的批评，也许是哲学的，也许是科学的，也许是神学的，也许是政治的，这些都不好算做文学批评。因为文学批评，乃指讨论文学趣味或艺术性质的批评而言。譬如柏拉图的《理想国》，是文学著作，但提昆绥（De quincey）的《理想国》批评，却不是文学批评，因为里面所讨论的，全属政治的性质，所以只可算作政治的批评。托尔斯泰是个文学作家，但是毛德（Maude）的《托尔斯泰传》，

———————————

①②　literary，原作"siterary"，误。

却不全是文学批评,因为这书讨论文学的地方很少,所以只不过是宗教的批评、哲理的批评。反之爱狄生(Addison)的《悲剧与喜剧》(Tragedy and Comedy)和托尔斯泰的《莎士比亚论》,却完全是文学批评,因为这两部书都是就文学的见地,来批评文学著作或文学作家的。钱玄同的《儒林外史新序》,一部分可以算得文学批评。但是蔡元培的《石头记索隐》,却只是历史的批评,不是文学的批评。又可见中国古来训诂之学,也只是字句的批评(verbal criticism),不好算文学批评。又像现代西洋批评界最流行的审美批评(esthetic critism),有一部批评家也不承认为文学批评,因为这种批评方法,完全是以艺术为本位的。但是像这一类的限制,未免过于严格了罢!闲话少说。现在引用亨德(Hunt)所定,文学批评乃是:"用以考验文学著作的性质和形式的学术。"(Science and art which has to do with the examination of the quality and form of literary authorship. Literature, its Principles and Problems, p. 127)此处"学术"二字,是指科学及艺术。文学批评的目的,在于采集及建立批评的法则,所以可算一种科学。又要用了这种法则,把批评文学的自身当作文学著作的标本,所以又可算是一种艺术。

(二)文学批评与批评文学 但是文学上所谓"批评",其实也是文学的一种。文学和批评的分别,只不过文学是批评人生的,批评乃是批评文学的。所以一个是直接的批评人生,一个是间接的批评人生。批评家把作品中的作者个性表现出来,也和文学创作家把小说或戏剧中人物的个性表现出来一般。一本有价值的文学著作,和一件有价值的人生事业,都可以当作文学的题材。艺术的过程,也和人生的活动一般,是繁复而且多方面的。所以真的文学批评,在一方面亦是一种文学创作。譬如像阿诺尔的《批评论文》(Esssays in Critcism),在一方面,目的是在批评华治华斯(Wordswarth)、摆伦(Byron)等人的著作的,我们读了阿诺尔的论文,对于华治华斯他们的作品,可以得到许多了解。但在一方面,不管他批评什么，这几篇论文的本身，却一样具有文学的价值。因为这几篇论文里，有批评家自己的个性，自己的思想，自己的方法，自己的目的包含在内。就算我们对于阿诺尔的批评不能满意，或者他的批评于我们没什么用处，他的论文，还是很有价值的。阿诺尔是这样，别的批评家也是这样。因此可知文学批评，起先虽当作一种研究文学的工具，但后来他的任务，却不只限于做工具，竟变了文学的一种形式了！近代西洋出版事业发展，文学作品极其众多，所以批评文学也极其丰富。而且批评文学，比纯粹创作的文学尤其发达。文学杂志和日刊周刊的文学栏里面，批评的作品往往占到十之八九。一种文学著作，有许多的批评，而批评又有批评的批评，又有批评的批评的批评。譬如锡娄（Sherer）批评弥尔顿的《失乐园》（Paradise Lost①），阿诺尔又批评锡娄的批评。这样的闹去，大家反把弥尔顿的原著忘却了。这种批评文学发达的情形，确是近代文学上一种奇异的现象。

（三）因袭的批评与近代的批评　现在该讲到文学批评的方法了。要知道批评方法的不同，须先把文学批评的历史略略研究一下。英国莫尔顿把西洋的批评学说分为二个时期：从希腊亚里士多德文艺复兴之后，这是因袭的批评（traditional criticism）。到了最近代，便是近代的批评（modern criticism）。什么叫因袭的批评呢？便是拿亚里士多德的批评法式来做标准的那种批评。亚里士多德是文学批评的始祖，他做的那部《诗学》（Poetics）是文学批评最先的著作。所以后来许多因袭的批评家，都拿这一部书当作文学批评的标准。亚里士多德的《诗学》，目的在于建立文学的法式。但因为他是希腊人，古代希腊是文化的中心，希腊人只知有希腊，旁的东西都看作"野蛮"（barbarian），所以亚里士多德的批评法式，也只以希腊文学为根据。《诗学》里所定的文学规律，都是从希腊的悲剧（tragedy）和叙事诗

---

①　Lost，原作"Sost"，误，据下文改。

(epic)里归纳而成的。譬如像他所定的戏剧上的三一律——时间一致、地方一致、所作一致的规律——后世批评家当作不可移易的法则。其实这种规律，是从古代希腊戏剧家欧力批提斯（Eu-ripides）、沙福克尔斯（Saphocles）的戏曲里抽象出来的，当作批评古代希腊文学的法式，自然是很适当。但是后来因袭的批评家，守住这种法式，批评中古和近代的文学，那就未免刻舟求剑了！譬如像意大利文艺复兴时代，拟古派批评家仍旧拿了古代希腊的形式批评来批评那时的文学。那时创作方面个性解放，情绪发展，要想拿了死板的批评规律束缚丰富活动的创作，你道做得么么？到了近代，浪漫文学勃兴之后，不但文学上的体裁格调比从前繁复得多，便是思想也有世界共通的倾向，和希腊文学比起来，真有天壤之别，你道还是亚里士多德定下来的形式批评所能概括的吗？但是这种因袭的批评法，在十七八世纪却很流行。那时欧洲古学复兴，西洋人一切都推重希腊，所以文学上也拿希腊悲剧和叙事诗里的法则来做标准。那种批评，最著名的便是英国爱迭生（Addison，十七世纪人）对于弥尔顿的《失乐园》（Paradise Lost）的批评，和法国福禄特尔对于莎士比亚的批评。爱迭生拿因袭批评法上的根本要素，研究弥尔顿的著名著作，所以很多不满意的地方。福禄特尔对于莎士比亚也竭力攻击，说他的文学是"野蛮的醉汉的想象之果"，因为莎士比亚的戏曲虽然很富于情绪，但是从形式批评上看来，却没一篇不违背三一律的。这种形式的批评法，据弥尔顿说有三个缺点：（1）忘却文学的统一。（2）忘却文学的自然进化。（3）迷信一派的批评原理，变成偏见，便排斥文学的归纳观察。因为这样，因袭的批评法，到了近代，已不能称职。近代西洋的文学批评，逐渐退步。批评，本来是居于创作之先的，是指导创作的。近代的因袭批评法，因为不能和创作适应，反落在创作后面，失却原来的地位了。近代的批评，和这种因袭的批评，面目便大不相同了。因袭的批评法是单拿希腊文学做标准的，但是近代的批评法，却是拿世界文学来做标准了。换句话说：因袭的批评是以希腊文学为分野线,所以一切的批评规律都是从希腊的悲剧和叙事诗中归纳出来的。近代的批评以世界文学为分野线,所以注重文学的统一和进化。这种近代的批评,在一方面想从世界文学中寻出最普遍的文学原理,在一方面却想用主观的方法,把各种作品的特点分析出来。因袭的批评是客观的,近代的批评是主观的。因袭的批评是形式的,近代的批评是个位的。总而言之,近代的批评,是适应于近代文学的。现代文学中,批评所以还能够占着重要的位置,就因为这一番革新的缘故!

近代的批评所占范围很广,所以又可分为四种方式(types)——据莫尔顿的分类——便是:(1)归纳的批评。(2)推理的批评。(3)判断的批评。(4)自由或主观的批评。把各种特殊的文学加以说明和分类,这便是归纳的批评(inductive① criticism)。这种批评法,是一切批评法式的基础。用了这种归纳出来的结论,建立文学的原则和文学的哲学(philosophy of literature),这便是推理的批评(speculative criticism)。用了这种假定的文学原则,估量文学的价值、判断文学的优劣,这便是判断的批评(judical criticism)。这种批评,便是管领创作的批评。除这三种以外,还有种法式:把批评的著作当作独立的文学,把批评家认为作家,这种批评法式,就叫自由或主观的批评(free or subjective criticism)。

近代的批评方法,种类很多,而且也没有一定的分类法。除上面所讲的四种方式之外,还有什么科学的批评(scientific criticism)、伦理的批评(moral criticsm)、鉴赏的批评(appreciative criticism)、审美的批评(aesthetic criticism)、印象的批评(impressive criticism)。法国的泰奴(Taine),是科学批评的创始者。法朗西(A France),是印象批评的泰斗。英国的阿诺特和露斯金(Ruskin)是著名鉴赏批评家。但是这些批评方法,现在说不了许多,以下只把近代批评的方法

---

① inductive,原作"inducture",误。

当中最重要的两个法式——归纳的批评法和判断的批评法——介绍一下，而且里面所引用的，多半是从黑德生所著的《文学研究导言》里采下来的，这也应该声明。

（四）归纳的批评法　　文学批评的功用，从大体讲来，可分为二种：把文学作品的内容分析或比较一下，使读者明白作品的真相，这便是"说明"（to interprete）；用了一种标准，评定文学作品的价值、他的优点和弱点，这便是"判断"（to judge）。判断的批评，目的在于判断作品的价值。归纳的批评，目的在于说明作品的内容。近代的批评当中，说明比判断更重要得多。因为在判断以前，须把作品的内容充分了解才好。所以说明总在判断之先的。而且近代批评家多相信只要把文学作品的内容详细说明，价值自然显而易见，无待于评判。所以评判家的职务，只在说明，不在判断。照此看来，可见归纳批评法是很重要了。

但是说明文学作品的内容，绝不是简单的事情。归纳评判家的职务，却是很大而很难的。归纳评判的目的：第一要贯彻著作的中心。第二要辨出著作的中力（power）和美（beauty）的质素。第三要分别著作当中所包含的东西，哪一种是暂时的，哪一种是永久的。第四要把著作中的意义分析出来，列成方式。第五要说明著作家有意识或无意识的受着指导和支配的那种艺术的和道德的原则。凡是含蓄（impliat①）在作品之内的，批评家应该把他显示（explicit）出来。作品中一部分和他部分相互的关系，或各部分和全体的关系，批评家都应该细细表白出来。作品中散在各处的质点，埋在各节的线索，批评家都应该探寻钩引出来。把一种著作解说（explain）、展开（unfold②）、照明（illuminate）了之后，才能够把他的内容、他的精神、他的艺术，赤裸裸的放在读者眼前。这便是归纳批评的目的，归纳批

---

① 原文如此，按文意或为"implicit"之误。
② unfold，原作"unfolt"，误。

评的任务。

　　归纳批评所用的方法，全是科学的方法。莫尔顿说得好："归纳的批评，是在归纳科学的范围内。"所以这种批评，简直不是文学，已成了一种科学了。归纳的批评完全采用科学的研究态度。准确和公正无私，是科学的要素，也就是归纳批评的态度。莫尔顿拿旧式的判断批评和新式的归纳批评两两对照，分别出三个重要的异点：第一，判断批评所讨论的，大半是作品价值的高下问题，这是出于科学范围以外的。他说："一个地质学家决不会赞扬一块红砂石，说他是模范的岩石，也不会做了文字去嘲骂冰世纪。"归纳的批评家，也和科学家一般，只问种类的异同，不问程度的高下。譬如对于莎士比亚和班琼生（Ben Jonson）的戏剧，只把他们的艺术方法细细分别，和植物学家分别乔木灌木一般。假如说他们两人谁高谁低，便出归纳批评的范围了。虽然有时也把一个作家和别个作家，一种作品和别种作品互相比较，但这不是比较高下，不过想借此显出作家或作品的特点罢了。第二，判断的批评家，对于文学的法则，看作和道德的戒律、国家的法律一般，以为是从外面来束缚艺术家的。道德的戒律、国家的法律，都是从外面造成，把人限制在这里面。归纳的批评家却以为文学上不该有这种法律。文学法则也和自然法则一般，是从自然现象中归纳出来的。譬如说莎士比亚的戏曲法则，这种法则决不是先已有人编定了，来限制莎士比亚的，不过是从他的戏曲中归纳出来罢了。我们说星球遵守着重力法则，意义并不是说星球有遵守重力法则的义务。星球自身，是不会知道什么法则的。我们说莎士比亚遵守着他的戏曲法则，意义也是这样。所以批评家的职务，并不是去考查莎士比亚到底是遵守着法则不是，不过是想从莎士比亚戏曲中发见他的法则罢了。第三，判断的批评有个固定的标准，用了这标准来审判作品的价值。这种标准因人而异，因时而异，差不多没有两个批评家所定的标准是相同的。而且这些标准，都不过是假定的。归纳的批评家，却不承认这种标准，而且委实不信这种固定的标准是可能的。

他相信文学和自然现象一般，乃是进化的产物。文学的历史，是不绝进化的，所以用了一种假定的标准去束缚不绝进化的文学，是万万做不到的。这样看来，文学批评完全是一种研究态度，不应该涉及作品价值的问题，不应该涉及我们个人的感觉。泰奴曾说："文学批评家乃是个植物学家，不过一个拿文学做主题，一个是拿植物做主题罢了。"知道了这个，便明白归纳批评的大意了。归纳的批评法，仔细分别起来，依着归纳方法的不同，又可以分作二派：第一派的代表要算是莫尔顿——上文已经介绍过好几次。他的批评法主张把作品公平研究，不判定作品的价值。但是他的研究范围，只以作品的本身为限，只把作品的顺序整理一下，作品的内容记述出来，就算完事。他最有名的批评著作《戏曲家的莎士比亚》(Shakespeare as a Dramatic Artist)，便是这样的。第二派的归纳法，比莫尔顿更进一步，不单是研究作品的本身，更研究作者的时代和环境。这一派的代表批评家要算法国的圣皮伟(Sainte Beuve)和泰奴。泰奴说："人种、环境、时代是构成艺术的三要素。"所以研究一种作品，很注重作者的人物、环境、时代。明白了这三件事情，对于作品的内容才能充分了解。他的批评著作很多，最有名的是一部《英国文学史》(Histoire dela literature Anglaise)。他的批评方法，采用纯粹的科学归纳法，所以又称为"科学的批评"(scientific criticism)。还有一件事该说说：现在有人把 Criticism 这个字译作"批评主义"，更说新文学应该注重自由的创作精神，所以不可把西洋的批评主义认为天经地义。这话我不敢十分赞同。因为 Criticism 这字，照亚里士多德原定的意义，自然也可以说是指"批评的标准"、"批评的原则"。但是近代的 Criticism 却不一定是有固定的"标准"或"主义"的。近代文学中最流行的，已不是那有固定"主义"的因袭批评，乃是没有"主义"的归纳批评，这是应该注意的呵。

（五）判断的批评法　但是归纳的批评法，虽然占着重要的地位，也不过批评法式的一种，单用了这一种法式，究竟不能使我们心满意足。此外判断的方法，还是省不了的。文学究竟和自然科学不同，文学涉及个性和情绪等问题，在自然科学中却没有这些。研究植物学或地质学的人，他的职务，只在于说明那东西到底是什么，怎么会变到这样，余外的事情，便一概不管了。文学却不然，除掉说明"什么"和"怎么"之外，更要研究艺术的和思想的价值。所以近代的批评家，虽然也有许多主张绝对的废去判断的方法，但是大多数的意见，却仍旧承认判断批评的重要。譬如像莫尔顿批评莎士比亚的戏曲，所用的虽然全是归纳的方法，但是他所以要把莎士比亚的艺术详细说明，仍旧是因为莎士比亚具有伟大的艺术价值，所以至少在出发时候，他无论如何，是要用着判断方法的。

在文学上判断，乃是一种普遍的倾向。小学生对于教科书里的文字，也晓得评论好歹。小孩们口里所讲的故事，哪一桩有趣，哪一节没趣，他们自己也都有定评。我们遇见朋友手里拿着一部新书，总得问一声"这部书好不好"，所以判断的批评，乃是我们研究文学时发生的一种自然的要求。到了近代，作品的价值问题，更加困难复杂了。从前认为天经地义的文学法则，现在应该重新批判，重新评价了。因此判断的方法，更有重要的价值。判断果然难得成功，而且批评家要寻出一致的判断标准，是办不到的。但我们却不能因为这样，便因噎废食。归纳的方法，虽然很好，判断的方法，可是仍旧不能废除的。在判断的批评中，批评家是俨然一个裁判官。他宣告艺术上哪个优，哪个劣，哪个好，哪个不好，哪个错误，哪个不错误。他把各种艺术的价值相互比较，所以又称为价值的批评（criticism of values）。英国的判断批评家麦考赉（Lord Macaulay），把自己比为无冠的帝王，把他的著作室比为帝王的宝座，他手定的文学原则，便是法律，古今文学作家，便都是臣属，照品级排列着，受他的判断。但是这种判断方法，到了最近代，已不大流行。近代的批评家，已不是帝王，不能拿自己的命令当作法律了。近代的判断批评，受两个条件的限制，要是超过了这限制，便不免于错误。那两个条件是：（1）除非经过了归纳的批评,不能便下判断。这个道理,明白得很。因为作品的内容未曾完全说明,单拿固定的标准来下判断,是免不了错误的。旧式因袭批评的最大缺点,也在乎此。所以批评文学作品,应该拿归纳方法当作第一步,拿判断方法当作第二步。(2)判断批评,最重的是批评家的个性。判断批评中所表现的,不是文学作品,倒是批评家自己的思想、自己的情感。譬如批评莎士比亚和弥尔顿的著作的,有福禄特尔、维翰孙(Johnson)、波魄(Pope)、爱迭生这几个人。福禄特尔所下的判断,和约翰孙不同。约翰孙所下的判断,和波魄不同。波魄所下的判断,又和爱迭生不同。但是莎士比亚总是一个莎士比亚,弥尔顿也不会有两个弥尔顿,所不同的,不过是他们四个人的思想艺术罢了。所以他们四个人的批评当中所表现的,与其说是莎士比亚、弥尔顿的思想艺术,不如说是他们四个人的思想艺术。所以文学的判断,是因人而异的。我们想拿了一个人的判断,概括一切的判断,无论如何,总是不可能的!

五一 西谛《整理中国文学的提议》

　　中国素以文教之邦著称,中国文学发达的历史,也至少在三千年以上,历代帝王且时时下崇"文"之诏令,以中国人之如此重视文学,以中国文学所历年代之如此长久,宜其能蓬蓬勃勃,产生无量数之杰作了!然而除诗歌与论文杂著之外,其余戏剧、小说、批评文学之类,并不发达,这是什么原故呢?原来中国人所崇的"文",并不是"文学"的"文",乃是所谓"六经之道",为帝王保守地位的"文"。其他真正文学,则提倡者决无其人。诗歌最容易发泄人的真情,故最发达。至小说之类,则所谓文人者,且鄙夷之而不屑为。《四库总目提要》且以:"词曲二体,在文章技艺之间,厥品颇卑,作者勿贵……王圻《续文献通考》以《西厢记》、《琵琶记》尽入经籍类中,全失论撰之体裁,不可训也。"至于近代因西洋小说介绍进来的原故,大家才稍稍承认小说在文艺上的地位,但是一般人还不十分明了文学究竟是什么,也不大知道中国文学真价的所在。有人以学校中的"功课表"算为文学,也有人把宋元理学、汉人章句也叙入文学史之中,又有人以陶潜来同俄国的托尔斯泰相比。中国文学真还在朦胧阴影之中,没有露出新明的阳光呢!

　　所以我们要明白中国文学的真价,要把中国人的传说的旧文学观改正过,非大大的先下一番整理的功夫,把金玉从沙石中分析出来不可。

　　前次文学研究会在上海开会时,我曾提出一个问题,请大家研究,就是"整理中国文学的范围与方法"。当时大家曾讨论了一回,因为这个问题的复杂与重大,时间又是太短,所以没有议出什么结果来。

现在我先把自己的意见,简简单单的写出来,请研究中国文学的诸位先生给我些教正。

(一)整理的范围　文学的范围极不易确定。如果我们说:"《诗经》是文学,《西游记》是文学。"或是:"《日知录》不是文学,《朱子语录》不是文学。"那是谁也不会反对的。如果一进到文学与非文学的边界,那末便不易十分确定了。譬如问:"王充《论衡》是不是文学?""《北梦琐言》、《世说新语》算不算文学?"或是:"《陆宣公奏议》、《贾子新书》是不是文学?"便不易立刻回答了。至少也要把文学的性质懂得清楚,并且把这种书的价值与影响研究得详详细细,才能够无疑的回答说:"这是文学。"或"这不是文学。"

欲确定中国文学的范围,尤为不易。中国的书目,极为纷乱。有人以为集部都是文学书,其实不然,《离骚草木疏》也附在集部。所谓"诗话"之类,尤为芜杂。即在"别集"及"总集"中,如果严格讲起来,所谓"奏疏"、所谓"论说"之类,够得上称为文学的,实在也很少。还有二程(程灏、程颐)集中多讲性理之文,及卢文弨、段玉裁、桂馥、钱大昕诸人文集中多言汉学考证之文,这种文字,也是很难叫他做文学的。最奇怪的是子部中的小说家。真正的小说如《水浒》、《西游记》等倒没有列进去,他里边所列的,却反是那些惟中国特有的"丛谈"、"杂记"、"杂识"之类的笔记。我们要把中国文学的范围,确定一下,真有些不容易。

现在凭我个人的臆断,姑且把他分为九类如下:

(一)诗歌　这里诗歌一字,所包括的颇广。自四言的诗,五言、六言、七言的诗,以至乐府、词、长歌、赋等等都包含在内。词是从诗变化出来的。中国旧的分类虽与诗分开,其实性质是一样,只不过音调不同而已。赋自《离骚》以后,作者继出,而《离骚》实为后世诗人之祖,故赋也不能与诗分开。还有民间歌谣,也须附在这一类中。

（二）杂剧传奇　元人杂剧及汤若望、李渔、蒋士铨诸人之作，都包括在内。董解元的《西厢记》，体例与王实甫不同，他这本书是预备给一个人唱演的，不是预备给许多人扮演的，后世弹词与他极为相近，亦可附在此类。

（三）长篇小说　中国长篇小说极少，自宋元以后，始有作者。而所谓文人学士，对于这种书并不重视。所以除了《水浒》、《西游记》、《三国志》、《红楼梦》、《镜花缘》、《儒林外史》以及其他历史小说如《开辟演义》、《东周列国志》、《秦汉演义》之类百余种以外，长篇小说几于绝无仅有。

（四）短篇小说　唐人的短篇小说，如《虬髯客传》、《马燕传》、《柳毅传》、《长恨歌传》、《霍小玉传》等，都是价值极高的。自唐以后，作者绝少。蒲留仙之《聊斋》与流行民间之《今古奇观》，可以附在此类。

（五）笔记小说　此为中国所特有者。《四库总目》所列子部小说家，几皆为此类。而往往一书中，有许多篇是杂记掌故的，有许多篇是记奇闻的，还有许多是杂记经籍考证及音义的，不能把他们完全当为小说。

（六）史书传记　长篇传记，中国极少。至于史书，则《左传》、《史记》、两《汉书》、《三国志》之类，都是有很高的文学价值的。他们的影响极大，后世言文者多称左、马。在文学史上，他们与《诗经》、《离骚》是有同等的重要的。

（七）论文　论文在中国文学中，占有很重要的地位。周秦诸子及贾谊、扬雄、王充、仲长统、韩愈、苏轼、黄宗羲诸人所作的《论衡》、《昌言》、《明夷待访录》之类，一面与思想界极有关系，一面在文学上也各有相当的地位。

（八）文学批评　中国的文学批评，极不发达。刘彦和的《文心雕龙》，算是一部最大的著作。章学诚之《文史通义》亦多新意。其余如诗品、诗话、词话及《唐诗记事》之类，大半都是不大合于文学批评的原则的。

（九）杂著 如书启、奏议、诏令、赞、铭、碑文、祭文、游记之类，皆归于这一类。

以上九类，略可以把中国文学包括完尽。惟文学与非文学之间，界限极严而隐，有许多奏议、书启是文学，有许多奏议、书启便不能算是文学。所以要定中国文学的范围，非靠研究者有极精确的文学不可。

（二）整理的方法 我们研究一种学问，不能受制于他人所预定的研究方法之下，所以同样的，我们也决不敢替别人定什么整理的或研究的方法。但是至少限度，研究的趋向我想总要稍稍规定一下。因为这种研究的趋向，正如走路一样，无论走到哪里去，都是非经过这一个地方不可的。譬如在培根以前，研究学问都只信仰相传的成说，并不自己考察。在达尔文以前，讲生物原理的人，也都只相信上帝造物之说，并不去研究生物进化之原理。到了培根、达尔文以后，则研究学问的自然而然的都趋向于归纳的研究与进化论一方面了。又如十八世纪以前，西欧的批评文学家都以希腊的传统的学说为惟一的批评的方针。莎士比亚的戏剧，因为不遵守亚里斯多德定下的"三一律"，便被当时的人攻击得很厉害。到十八世纪以后，文学的研究者便没有人信仰这"三一律"，而另有他们自己的新趋向了。如果在现在的时候，而还有人拿"上帝创造说"来批评"进化论"，或拿"三一律"来做现在的戏剧的准绳，则这人是个"非愚则妄"的人了！所以我们站在现代而去整理中国文学，便非有：

（一）打破一切传袭的文学观念的勇气与

（二）近代的文学研究的精神不可了。

现在先就第一项略说一下：中国文学所以不能充分发达，便是吃了传袭的文学观念的亏。大部分的人都中了儒学的毒，以文为载道之具，薄词赋之类为"雕虫小技"而不为。其他一部分的人，则自甘于做艳词美句,以文学为一种忧时散闷闲时消遣的东西。一直到了现在,这两种观念还未完全消灭。便是古代许多很好的纯文学,也被儒家解释得死板板的,无一毫生气。《诗经》里很好的一首抒情诗:

> 关关雎鸠,在河之洲。窈窕淑女,君子好逑。参差荇菜,左右流之。窈窕淑女,寤寐求之。求之不得,寤寐思服。悠哉悠哉,辗转反侧。

被汉儒解释,便变成"后妃之德也,风之始也,所以风天下而正夫妇也"了。虽然朱熹能够打破这种解释,而仍把他加上儒家的桎梏,说什么此人此德,世不常有,求之不得,则无以配君子而"成其内治之美"。最可笑的是:

> 喓喓草虫,趯趯阜螽。未见君子,忧心忡忡。亦既见止,亦既觏止,我心则降。
>
> 陟彼南山,言采其蕨。未见君子,忧心惙惙。亦既见止,亦既觏止,我心则说。
>
> 陟彼南山,言采其薇。未见君子,我心伤悲。亦既见止,亦既觏止,我心则夷。

一首诗明明是"诸侯大夫行役在外,其妻独居,感时物之变而思其君子如此"(朱熹的话)之意,汉儒却把他当做"大夫妻能以礼自防"之意,当做叙述妇人适人,未见其夫与既见其夫的心境变化之文,这真是大错特错了。第一段"未见君子",解做"在途时",还勉强可通。至第二段、第三段,则出嫁之女要跑到南山去采蕨、采薇。做什么?下边紧接着"未见君子"。"在途时"则更说不通了!出嫁之女,走到途中,忽然跑到南山去采蕨、采薇,到底是怎么一回事呢?还有奇怪的!诗中"未见君子,我心伤悲",明明是言未见其夫,故而悲痛,汉儒却解做"嫁女之家,不息火三日,思相离也"。如果要是说女思相离的话,那末见夫前与见夫后总是一样的相思,为什么见了夫后,便"我心则夷"呢?这种曲解强释,完全是中了儒家的"礼教"之毒之故,所以不许有怀春之士,不许有思夫之妇,而非把他们拿来装饰儒家"礼教"的门面不可。其实孔子选诗的本意,岂是每首都含有宣传他的主义的意义在内么?

《离骚》与其后的各种小说,也同样的受了这种曲解的灾祸。自《史记》有"屈平疾王听之不聪也,谗谄之蔽明也,邪曲之害公也,方正之不容也,故忧愁幽思而作《离骚》"之言,为是后之注骚者,几无一语不解为怨诽,无一语不解为思君。自朱熹作《通鉴纲目》贬曹魏,以三国正统予刘而不予曹,于是后之评《三国演义》者,几无一处不以作者为贬曹操,为是写曹操的奸恶的,无论曹操的一举一动,都以为是奸谋,是恶行。评《红楼梦》者竟有逐回斥责贾母为祸首的。评《西游记》者,则有以此书为言医药之书,逐回都是谈论医理的。如此附会之处,几于无书无之。中国人的儒教的文学观因此养成,根柢深固,莫能拔除。为儒者所不道的稗官小说,开卷亦必说了许多大道理,无论书中内容如何。而其著书之旨,则必为"劝忠劝孝"。甚至著淫书者,开头亦必说他著此书是为"劝书惩淫"。这种文学观,是我们所必要打破的。还有一种无谓的文学正统的争论,如言古文者鄙骈体为不足道,言骈体者亦斥古文为淡薄,言宋诗者遂唾弃别时代的一切作品以为不足学之类,我们都应一概打破。

文学贵独创。前人之所以嘉惠后人者,惟无形中的风格的影响与潜在心底的思想的同情而已。摹袭之作,绝无佳构。而中国文学则以仿古为高,学古为则。屈子有《离骚》,扬雄则作《反骚》。枚乘作《七发》,而《七启》之属,遂相继而产生。言诗者不言此诗家之性质何在,独哏哏然举某诗似杜子美,某诗似黄山谷,一若学古人而似,即为诗人之最大成功者。言散文者亦然,作者评者莫不以摹学左、孟、《史记》、昌黎为荣。这种奴性,真非从根本上推倒不可。

总之我们研究中国文学,非赤手空拳,从平地上做起不可。以前的一切评论,一切文学上的旧观念,都应一律打破。无论研究一种作品,或是研究一时代的文学,都应另打基础。就是有许多很好的议论,我们对他极表同情的,也是要费一番洗刷的工夫,把他从沙石堆中取出,而加之以新的证明、新的基础。

说到这里,必定有人要问我:"旧的既然要打破,那末新的呢? 新的文学的观念是怎样的呢?"

在这个地方,我且乘便把第二项近代的文学研究的精神说一说。我们的新的文学研究的基础,便是建筑在这"近世精神上面的"。

这近代的文学研究的精神是怎样的呢? B. G. Noulion 在他的《文学的近代研究》(*Modern Study of Literature*)一书里说得很详细。他以为近代的精神,便是(一)文学统一的观察。(二)归纳的研究。(三)文学进化的观念。

所谓文学的统一观,便是承认文学是一个统一体,与一切科学哲学是一样的,不能分国单独研究或分时代单独研究。因为古代的文学,与近代的文学是有密切的关系的。这一国的文学,与那一国的文学也是有密切的关系的。我们研究文学,应该以"文学"为单位,不应当以"国"或以"时代"为单位。我们中国的文学研究者,则不惟没有世界的观念,便连一国或一时代的统一研究,也还不曾着意。他们惟知道片段的研究一个或几个作家,用这种的文学统一观,来代替他们片断的个人研究,实是很必要的。

但是说来可怜,中国人便连这片断的个人研究,也不曾研究得好呢! 他们所谓研究,便是做"年谱"与"注释",能够对于一个作家的性格与作品,有一种明了的切实的批评的,实在是万不得一!

"归纳的观察",是研究一切学问的初步。无论我们做个人的研究工夫也好,做一部分或全部分的中国文学的研究工夫也好,我们必须应用这"归纳的观察法",把作品与作家仔仔细细研究个公同的原则与特质出来。

所谓"进化的观念",便是把"进化论"应用到文学上来。许多人反对讲"文学进化",以为文学是感情的结晶,人类的感情,自太古至现代,并没有什么进化,所以荷马的史诗,我们还是同样的赞赏。如言进化,则荷马之诗,必将与希腊的幼稚的科学知识同归消灭了。其实这是不然的。"进化"二字,并不是作"后者必胜于前"的解释,不过说明某事物一时期一时期的有机的演进或蜕变而已。所以说英国文学的进化,由莎士比亚而史格的,而丁尼生,并不是说丁尼生、莎士比亚一定好。这种观念是极重要的。中国人都以为文学是不会变动的,凡是古的都是好的,古人必可以作为后起之人的模范,所谓"学杜"、"学韩",都是受这种思想的支配。如果有了进化的观念,文学上便不会再有这种固定的偶像出现。后起的文学,也决不会再受古代的传袭的文学观的支配了。

这种研究的趋向,是整理中国文学的人大家都要同走的大路,万不可不求其一致。至于各人要做什么工作,则尽可以凭各人兴趣与志向做去,不必别人代为预先计划。不过据我的意见,中国文学的整理,现在刚在开始之时,立刻便要做全部文学的整理功夫,似乎野心太大了些。最好是先有局部的研究,然后再进为全体的研究,才能精密详确。局部的研究,可分为:(一)一部作品的研究。(二)一个作家的研究。(三)一个时代的研究。(四)一个派别的研究。(五)一种体裁的研究。但这种局部研究,有时也要关涉全体的。如从事一个作家的研究,对于作家在文学史上的地位与影响,是必须研究的。他的性质,他的作品风格,他的人生观,都是要细细的观察的。从事一个作品研究也是如此。除了研究他的风格与所抱含的思想外,至少还须知道他的作品的历史与性格,及这作品在文学史上的地位与影响。因为时间关系,这篇短文便如此的匆匆结束了。还有许多话,只好待以后再说。

五二 钱基博《我之中国文学的观察》

一 导 言

诸君以博粗治文字,属演讲中国文学,又重以敝校校长陈先生之命,博不敢以固辞,试述"我之中国文学的观察"。

"我之中国文学的观察"云者,与我之中国文学的意见不同。盖意见者,主观之批评;而观察之所据者,则客观之事实也。意见当自作主张,而观察必依于事实,则有不容师心自用者,不可不察也!

"我之中国文学的观察"云者,又与我之中国文学的研究不同。忆民国八年敝校开暑期讲习会,博尝讲"国文研究法",论中国文学宜以何道治之而可。诸君当日必有在座者,而博今之所欲言者,则在中国文学宜根据何种事实观察而能得其真际。盖"国文研究法"之所研究者,在吾人文学创作能力之修养,而今与诸君言者,则在搜集古今之文学作品,由各个的观察,而为整个的说明也。向之所重者,自我能力之修养,而今之所重者,他人作品之观察。此又不可不辨也。

自北大胡适之先生倡"文学革命"以来,亦既数年于兹。有言俄罗斯文学者,有言爱尔兰文学者,有言英、德、法、美各国文学者,博窃以为此可以言外国文学之介绍,而非所论于中国文学革命之大业也。苟欲竟中国文学革命之大业,不可不先于中国固有之文学,下一番精密观察功夫。犹之"教育改进社"之企图中国教育改进,不可不先以

"实际教育调查社"之组织也。博鲁不能治外国文学,顾狂瞽之见,窃以为橘逾淮尚为枳,迁地不尽为良,何况文学为一国国性之表现,而可舍己芸人,取非其有耶? 此我之中国文学的观察,所为不同于人云亦云者也! 幸有以教之。

二 文 学 之 定 义

欲观察中国文学,不可不先知何谓文学。

文学之定义亦不一:

(甲)狭义的文学 专指美的文学而言。所谓美的文学者,论内容则情感丰富,而不必合义理;论形式则音韵铿锵,而或出以整比,可以被弦诵,可以欣赏。梁昭明太子序《文选》:"譬诸陶匏为入耳之娱,黼黻为悦目之玩者也。若夫姬公之籍,孔父之书……老庄之作,管孟之流,盖以立意为宗,不以能文为本。今之所撰,又以略诸。若贤人美辞,忠臣之抗直,谋夫之话,辨士之端,冰释泉涌,金相玉振,所谓坐狙丘,议稷下,仲连之却秦军,食其之下齐国,留侯之发八难,曲逆之吐六奇,盖乃事美一时,语流千载,概见坟籍,旁出子史,若斯之流,又亦繁博,虽传之简牍,而事异篇章,今之所集,亦所不取。至于记事之史,系年之书,所以褒贬是非,纪别异同,方之篇翰,亦已不同。若夫赞论之综缉辞采,序述之错比文华,事出于沉思,义归于翰采,故与夫篇什杂而集之……名曰《文选》云耳。"所谓"篇什"者,《诗》雅颂十篇为一什,后世因称诗卷曰篇什。由萧序上文观之,则赋耳,诗耳,骚耳,颂赞耳,箴铭耳,哀诔耳,皆韵文也。然则经非文学也,姬公之籍、孔父之书。子非文学也,老庄之作、管孟之流。史非文学也,惟赞论之综缉辞采,序述之错比文华,事出沉思,义归翰采,与夫诗赋骚颂之成篇什者,方得与于斯文之选耳。六朝人尝言:"有韵者谓之文,无韵者谓之笔。"持此以衡,虽唐宋韩、柳、欧、苏、曾、王八家之文,亦不得以厕于文学之林。以事虽出于沉思,而义不归乎翰采,盖以立意为宗,不以能文为本者也。

文学限于韵文,此义盖有由来。然吾人倘必持狭义以绳文学,则所谓文学者,殆韵文家之专利品耳!倘求文学之平民化,则不得不舍狭义而取广义。

(乙)广义的文学　文学二字,始见《论语》。子曰:"博学于文。""文",指诗书六艺而言,不限于韵文也。孔门四科,文学子游、子夏,不闻游、夏能韵文也。班固撰《汉书·艺文志》,凡六略,六艺百三家,诸子百八十九家,诗赋百六家,兵书五十三家,数术百九十家,方技三十六家,皆入焉。倘以狭义的文学绳之,六略之中堪入艺文者,惟诗赋百六家耳。其六艺百三家,则萧序所谓"姬公之籍,孔父之书"也。诸子、兵书、方技、术数之属,则萧序所谓"老庄之作,管孟之流,盖以立意为宗,不以能文为本"者也。然则文学者,述作之总称,用以会通众心,互纳群想,而表诸文章,兼发知情。知以治教,情以彰感,譬如舟焉,知如其柁,情为帆棹,知标理悟,情通和乐,得乎人心之同然矣!

三　中国文学之起源

诗歌者,一切文学最初之方式也。无论何国,皇古第一部流传之文学作品,必为诗歌集。证诸周作人《欧洲文学史》、郑振铎《俄国的诗歌》、见《民铎杂志》第三卷第二号。瞿世英《希腊文学研究》见《改造》第四卷第五号。而可知也。今年《东方杂志》第十九卷第十号载有《荷马史诗伊丽雅底研究》一文,所谓《荷马史诗》者,希腊第一部流传之文学作品,殆即西洋第一部流传之文学作品焉。

《诗经》为中国古代之诗歌集,固也。然诗三百篇,惟《商颂》五篇为商人之遗诗耳,余皆周人作也。若商以前,曰虞,曰夏,不传诗歌而有政书,即《书》之《虞书》、《夏书》也。是我国皇古第一部流传之文学作品,非诗歌而政书也。然则"诗歌一切文学最初之方式"一语,殆于中国文学有例外耶？曰：是不然。虞夏有书无诗，非无诗也，诗佚不传耳。然遗文坠简，有可考见者：尧之世有《康衢歌》，《列子》：尧微服游于康衢，闻童儿谣曰：立我蒸民，莫匪尔极。不识不知，顺帝之则。尧喜问曰：谁使尔为此？童儿曰：我闻之大夫。问大夫，大夫曰：古诗也。《击壤歌》，皇甫谧《高士传》：帝尧之世，天下太和，百姓无事，壤父年八十余而击壤于道中……曰：日出而作，日入而息。凿井而饮，耕田而食。帝何德于我哉！舜之世有《明良喜起歌》，《尚书·稷益》：帝庸作歌……曰：股肱喜哉！元首起哉！百工熙哉！皋陶拜手稽首……乃赓续载歌曰：元首明哉！股肱良哉！庶事康哉！又歌曰：元首丛脞哉！股肱惰哉！万事堕哉！《卿云歌》，《尚书大传》：帝乃倡之曰：卿云烂兮，纠缦缦兮，日月光华，旦复旦兮。《南风歌》，《尸子》：帝舜弹五弦之琴，以歌南风，其诗曰：南风之薰兮，可以解吾民之愠兮。南风之时兮，可以阜吾民之财兮。皆唐虞之遗诗也。是则我国皇古流传之第一部文学作品，虽非诗歌，而诗歌为一切文学之最初方式，则固中国文学之所不能异也。盖人禀七情以生，应物斯感，感物吟志，情动于中而形于声。声成文谓之音。譬诸林籁结响，泉石激韵，夫岂外铄，盖自然耳！朱襄来阴之乐，包牺罔罟之章，葛天之八阕，娲皇之充乐，其声诗之鼻祖也。惟生民之初，文字未著，徒有讴歌吟咏，纵令土鼓苇籥，必无文字雅颂之声。如此则时虽有乐，容或无诗，譬之则苗瑶之秧歌耳。是以缙绅士夫，莫得而载其辞焉，厥为有音无辞之世。是后鸟迹代绳，文字初炳，作始于牺皇之八卦，大备于黄帝之六书，而年世渺邈，声采靡追。唐虞文章，则焕乎始盛，始有依声按谱，诵其言，咏其声，播之篇什而为诗，如所传《康衢》、《击壤》诸歌者。班固曰：诵其言谓之诗，咏其声谓之歌。特未及孔子编而放失者多耳！虽然，古诗放失之多，岂徒唐虞之古也哉！史称纣无道，为武王所灭，封其庶兄微子启于宋，修其礼乐以奉商后。其后政衰，商之礼乐日以放失。七世至戴公时，大夫正考甫得《商颂》十二篇于周太师，归以祀其先王。至孔子编诗，而又亡其七篇。是则《商颂》七篇，所存焉者厪耳！虽然，《乐记》曰："商者五帝之遗声也。"《白虎通》：黄帝、颛顼、帝喾、帝尧、帝舜五帝也。是五帝之诗亡,而五帝之声未亡。《记》曰:"商人尚声,天威大声,《商颂》也。"即以《商颂》五篇为五帝之诗歌也可。惟诗歌为一切文学最初之方式,此狭义的文学所谓必限于韵文也。

夷考初民诗歌之动机有二:一赞美,二恋爱。

(甲)赞美诗 由赞美自然之美好,进而赞美人物之伟大,又进而赞美伟大人格化之天帝。舜之《卿云》、《南风》诸歌,即诗之赞美自然者也。诗之《雅》、《颂》,则赞美人物之伟大及伟大人格化之天帝者多焉。

(乙)恋爱诗 诗《周南》、《召南》开卷之第一篇,《关关雎鸠》,即男女恋爱之诗也。其余如《桃夭》、《汉广》、《草虫》、《摽有梅》、《静女》、《桑中》、《硕人》、《女曰鸡鸣》、《有女同车》、《狡童》、《褰裳》、《野有蔓草》、《溱洧》之属,更难仆数。

四 中国文学之沿革

中国文学之沿革,此兴彼仆,如水波之相续,循环起伏。就内容论,虽质点不同,后波之水,非复前波。而就外形论,则逝者如斯,后波之起,还仍前波。此日本人著支那文学史者所不知也。日本人著支那文学史,不过罗举作品,说明来历,可谓之书目提要,而不能谓之文学史也。史之大用,在能详考前因后果之沿革,说明此兴彼仆之波动。试陈其略:

中国文学之沿革,就内容论,则浪漫文学与现实文学迭兴仆;就外形论,则白话文学与文言文学迭兴仆;而就文言论文言,则又散文与骈文迭兴仆。此其大略也。

(甲)浪漫文学与现实文学 现实文学者,现实描写之文学也。浪漫文学者,超现实描写之文学也。浪漫文学富感兴,骛玄想,而现实文学则主理知,记实在。浪漫文学辞繁不杀,而现实文学则语约而意尽。《论语》,现实文学也,而《孟子》则富有浪漫之色彩矣!《春秋》,现实文学也,而《左氏传》则饶有浪漫之兴味矣!《老子》虽主玄识，而文则谨约，犹不脱现实风度也。《庄子》洸洋自恣以适己，《天下篇》所谓谬悠之说，荒唐之言，无端崖之辞，则浪漫文学矣！此可以悟浪漫文学与现实文学之不同。

春秋以前之文学，现实文学也。其代表作品：《尚书》记言，《周礼》、《仪礼》记政制，《春秋》记事，其为现实文学，无疑也。或曰："《易》为中国古代之玄学，岂亦现实文学乎？"曰："《易》之为玄学，人所知也。《易》之为社会玄学，或人之所不知也。社会玄学与玄学异。《老子》，玄学也；《易》，社会玄学也。玄学主玄识，而社会玄学则不能离现实之社会而言玄识。玄学托想微妙，出乎天天，而社会玄学出乎天天，又须入乎人人。此社会玄学与玄学之不同也。《易》之为书，不过观天地之法象，说明人事之推迁，一卦以表一事，如《需》表饮食，《蒙》表教育，《讼》表辩讼，《师》表师众等。类出乎天天之玄，即寓诸人事社会之内。故曰：《易》，现实文学也。"或又曰："《诗》可以兴，可以观，可以群，可以怨。岂非春秋以前之浪漫文学乎？"曰："是又不然。《诗》者，先王以是经夫妇，成孝敬，厚人伦，美教化，移风俗，故诗有三体焉：一曰风，二曰雅，三曰颂。风者治道之遗化。雅以为后世法。颂者，美盛德之形容，以其成功告于神明者也。则是诗者，寓感兴于现实，未尝超现实也。"

战国之盛也，而超现实之浪漫文学兴焉。史之《战国策》，子之《庄》、《列》，集之《楚词》，其代表作品也。《庄》、《列》之寓言也，则触蛮可以立国，蕉鹿可以听讼。《离骚》之抒愤也，则帝阙可以上九天，鬼情可以察九地。他如纵横驰说之士，飞箝捭阖之流，徙蛇引虎之营谋，桃梗土偶之问答，愈出愈奇，不可思议，非复春秋以前现实文学之作品矣！

汉之兴也，有邹杨、枚乘、庄忌之徒，文学之士极盛一时。而司马相如、司马迁先后辉映，标然特出，为后世骈散大宗。司马相如者，蜀人，好读书、击剑。作《子虚赋》，武帝读而善之。因杨得意言，上令尚书给笔札，为《游猎赋》。相如以子虚，虚言也，为楚称；乌有先生者，乌有此事也，为齐难；无是公者，无是人也。明天子之义，故空藉此三人为词,以推天子诸侯之苑囿。其卒意归之于节俭,因以风谏。奏之,天子大悦。其《哀二世赋》《大人赋》《长门赋》《难蜀父老》《封禅文》数篇,皆传于世。太史公以为《大人赋》飘飘有凌云之气,似游天地之间。意相如之文,虽本于骚而加靡丽,然有雄博之意,非后人摹拟所能及也。而当时淮南王安,亦好书,招致食客方术之士数千人,作为《内书》二十一篇,《外书》甚众。又有《中篇》八卷,言神仙黄白之术,亦二十余万言。武帝方好艺文,以安属为诸父,辨博善为文辞,甚首重之。今所传《淮南子》仅存二十一篇,盖《内篇》也。其书虽撼集各家之说,而文特绵密。当时文学若邹杨、枚乘、主父偃、严安、终军、枚皋、东方朔之属,皆应对有方,篇章不匮,遗风余采,莫与比盛。而司马迁承其先人之职,发愤著书,网罗天下放失旧闻,考之行事,稽其成败兴坏之理,凡百三十篇。博尝评以八字曰:"其文则史,其情则骚。"自序其书曰:"意有所郁结……故述往事,思来者。"凡天地之间,万物之变,可惊可愕,可以娱心,使人忧,使人悲者,子长尽取而为文章,是以变化出没,磊落而多感慨,雄而肆,婉而多风,可谓极浪漫文学之能事也!降而至于魏晋之际,而中原士大夫,罔不骛玄谈、喜庄老。浪漫文学之意味也!擅藻采,富感兴,浪漫文学之色彩也!厥为浪漫文学极盛之时期焉!

唐之韩愈氏出,宋苏轼撰《韩文公庙碑》,以为"文起八代之衰",其实亦不过归真返朴,一变浪漫文学之作风而返之现实而已。自是而后,宋之欧、欧阳修苏、苏洵、苏轼、苏辙曾、曾巩王、王安石元之虞、虞集揭、揭傒斯黄、黄潜柳、柳贯明之宋、宋濂李、李东阳归、归有光唐、唐顺之以迄清初之侯、侯方域魏、魏禧汪、汪琬三家,中叶之桐城三家,方苞、刘大櫆、姚鼐一派相承,皆以韩愈为依归。然而文章渐习为窠臼,但具形貌而无其实,千篇一律,万首雷同,而学者或厌弃之矣。于是仁和龚自珍起。自珍性跌宕,不检细行,喜为要眇之思。其文辞俶诡连犿,杂糅庄佛,有魏晋以前浪漫之作风,当时之人勿善也。虽然,晚清文学思想之解放,自珍实与有力焉!新会梁任公言:"光绪间,所谓新学家者,大率人人皆经过崇拜龚氏之一时期。"迄于今日,而浪漫文学之作风,方兴未艾也。章太炎善谈经,一时有大师之目,而文章则右八代而轻唐宋,尝称康有为文时有善言,而稍谲奇自恣。而梁任公之文,则汪洋恣肆以适己,以新知附益旧学,日益宏肆矣。虽其文之奥显华质不一,而谲奇自恣之为浪漫文学则如出一辙焉。

　　(乙)白话文学与文言文学　白话文言之争议,不过最近四五年间事耳。然我国之有白话文,由来已旧。蔡子民先生在北女高师演说《国文之将来》,有一语为人传诵者,即"文言是用古人的话,来传达今人的意思"一语是也。然而古人之语果即今之所谓文言乎? 此语羌无故实,似失之武断也。胡适之先生著《文学改良刍议》,便只说:"吾国言文之背驰久矣。"此语便有分晓。盖吾国言文背驰,不是自古如此。若论自古只有白话文,而无文言文,古人自有古人之话,古人自有古人用话,作一种通俗之白话文书,即《尚书》、《诗经》是也。夷考《尚书》之《尧典》、《皋陶谟》、《高宗肜①日》、《西伯戡黎》、《微子》、《洪范》、《康诰》、《无逸》、《君奭》、《立政》、《顾命》、《文侯之命》诸篇,当日对话之文也。《甘誓》、《汤誓》、《盘庚》、《牧誓》、《多士》、《费誓》、《秦誓》诸篇,当众演说之辞也。《大诰》、《多方》、《吕刑》诸篇,当日告示之文也。太史陈诗,以观民风,而十五国风则采自民间歌谣。斯二者,在当日义取通俗,文不雅驯。格之训至也,来也;殷之训中间之中也;采之训事也;肆之言于是也;刘之言杀也;诞与纯之言大也;台与卬之言我也;莫莫之言茂密也;揖揖之言会聚也;薨薨之言群飞也;愬之言饥也;旁旁之言驰驱也;迈之言去也,行也;监之言终了也;伾伾之言有力也……古人当日用语,随在可以考见。然则《尚书》者,古人之白话文也。《诗经》者,古人之白话诗也。惟语不能无随时变迁,后人读而不易晓,遂觉为"诘屈聱牙"焉。《尔雅》一书,有《释诂》、《释言》、《释训》四篇,是即以中古以来通用之文言,而注释诗书之古语

---

　　① 肜,原作"彤",误。

也。蔡先生云："司马迁《史记》……记唐虞的事，把钦字都改作敬字，克字都改作能字……记古人的事，还要改用今字。"若自不佞观之：司马迁以敬改钦，以能改克，乃是依中古以来通用之文言改订唐虞时代之古语，而非如蔡先生所云"记古人的事，改用今字"也。此为中国最古之白话文。此外十三经之中，如《周礼》、《春秋》、《左氏传》、《孝经》、《论语》、《孟子》、《礼记》之类，皆文言而非白话，与《尚书》、《诗经》不同。所以字句之间，后人读之易晓，便不似《尚书》、《诗经》之聱牙涩舌，此可以见今之所谓文言，是从古到今通用，而不似古人的话之受时间的制限。《书·盘庚》"乃话民之弗率"，东坡书传曰："民之弗率……以话言晓之。"是《盘庚》之为古人的话，明也。而《盘庚》之诘屈聱牙特甚。孔子作《易》《乾》、《坤》两卦文言，明明题曰"文言"而不称做话，然而句法字法，与今之所谓文言无异，更可见古人的话，自另有一种，而非即今之所谓文言也。考文言创于老子，而孔子问礼老子，遂以老子《道德》五千言之文体，赞《易》《乾》、《坤》两卦，正其名曰"文言"，文言多用韵偶，多用虚字，皆仿自老子，为前此所未有。以为三千弟子之模式文。于是孔门著书，皆用文言。左丘明受经仲尼，著《春秋传》，文言也。有子、曾子之门人，记夫子语，成《论语》一书，亦文言也。曾子问孝于仲尼，而与门人弟子之言，门弟子类记而成《孝经》，亦文言也。《檀弓》、《礼运》皆子游之门人所记，亦文言也。可见仲尼之徒，著书立说，无不用夫子之文言者。故曰："夫子之文章，可得而闻也。"虽然，夫子之文章，不曰诵而曰闻者，盖古用简策，文字之传写不便，往往口耳相授。阮元曰："古人以简策传事者少，以口舌传事者多；以目治事者少，以口耳传事者多。故同为一言，转相告语，必有衍误。是必寡其词，协其音，以文其言，使人易于记诵，无能增改，且无方言俗语杂于其间，始能达意，始能行远。此孔子于《易》所以著《文言》之篇。"然则文言非古人之话，明也。孔子作而文言兴，白话废矣。盖春秋百二十国，孔子三千弟子，七十二贤，所占国籍不少。当日国语既未统一，如使人人各操国语著书，则鲁人著书，齐人读之不解，齐人著书,鲁人读之不解。观于《公羊》、《穀梁》已多齐语、鲁语之分,更何论南蛮鴃舌,如所称吴楚诸国!孔子曰:"辞达而已。""达",即《论语》"已欲达而达人"之"达"。达之云者,时不限古今,地不限南北,尽人能通解之谓也。如之何而能尽人通解也?自孔子言之,只有用文言之一法。孔子曰:"书同文。"又曰:"言之无文,行之不远。"此"远"字指空间言,非指时间言,是"纵横九万里"广远之远,而非"上下五千年"久远之远。推孔子之意,若曰:"当今天下,各国国语虽不同,然书还是同文。倘使吾人言之无文,只可限于方隅之流传,而传之远处,则不行矣!"所谓言之有文者,即阮元所谓"寡其辞,协其音……无方言俗语杂于其间"之言。嗣是而后,名、法、墨、道之子,马、班、范、陈之史,建安七子之集,皆文言矣。

六朝时,印度佛典输入,译者以文言不足以达意,故以浅近之文译之,其体已近白话。其后佛氏讲义语录,尤多用白话为之者。是为语录体之始。及宋儒讲学,以白话为语录,此体遂成讲学文字正体。宋元以后,小说之演义体兴,仿于宋之《宣和遗事》,而《水浒》、《西游》、《三国》之属,盛扬其焰,纯以白话为之,家弦户诵,亦说部正体。宋诗如邵雍《击壤集》,不避俗语俗字,遂别成一派。至明代陈献章、庄泉等以讲学家自名者,大抵宗之。讲学家诗之为《击壤集》,犹讲学家文之为语录也。元剧之白话亦不一。盖宋朝而后,中国之白话文学与文言文学中分天下。然文之韩、柳、欧、苏,诗之李、杜、苏、黄,文学正统,必仍以文言为归。至晚近胡适之倡文学革命之论,而白话体寖欲篡文言之统而代之矣!然佛典译而语录兴,欧书译而白话盛,是白话文之中兴,必在外国文学翻译时代。意者,孔子所创之文言文学,与外国输入之思想,有不相体合者耶!

(丙)散文与骈文 孔子作《易文言传》,其体骈散互用,华质相宜,郁郁乎文哉。战国已降,骈体与散文歧途,渐趋词胜而词赋昌。驯至于南北朝,俪体独盛,此一时期也。然物穷则变,《唐书·韩愈传》载:"愈常以为魏晋以还,为文者多相偶对,而经诰之旨,不复振起。故所为文,抒意立言,自成一家,后学之士,取为师法。"于是俪体衰而散文又日以益炽。语详拙著《中国文学史概论》,兹不多赘。

五　中国文学之分类

侯官严几道先生尝言:"西国动植诸学,大半功夫存于别类。类别而公例自见,此治有机品诸学之秘诀也。"博谓中国之文学的观察,亦不可不注意分类,以分类不讲,即不能即异见同,籀为公例也。

考梁昭明太子《文选》分赋、诗、骚、七、诏、册、令、教、策、文、表、上书、启、弹事、笺、奏、记、书、移、檄、难、对问、设论、辞、序、颂、赞、符命、史论、史、述、赞论、连珠、箴、铭、诔、哀文、碑文、墓志、行状、吊文、祭文各体。苏东坡讥其编次无法。盖文有名异而实同者,只当括而归之一类中。如骚、七、难、对问、设论、辞之类,皆词赋也。表、上书、弹事,皆奏议也。笺、启、奏、记、书,皆书牍也。诏、册、令、教、檄、移,皆诏令也。序及诸史论赞,皆序跋也。颂、赞、符命,同出褒扬。诔、哀、祭、吊,并归伤悼。此等昭明皆一一分之,徒乱耳目。至清姚鼐辑《古文辞类纂》,定为论辨、序跋、奏议、书说、赠序、诏令、传状、碑志、杂记、箴铭、颂赞、辞赋、哀祭十三类,而诗歌摈不列入,似未为备。曾文正《经史百家杂钞》约为三门,曰著作,曰告语,曰记载,则简而当矣。此皆以文学之体裁分也。虽然,文学之分类,一以体裁为主,似不免太落迹象,拘于形式而忽于内容。必以内容之分类辅之而加以观察,则文之表里精粗无不到,全体大用无不明矣!

若论文学之内容,可分三类:一曰说理,二曰记事,三曰表情。论辨、序跋,说理之类也。传状、碑志、杂记,记事之类也。书说、赠序、箴铭、颂赞、诗赋、诗歌、哀祭,表情之类也。说理欲其显,不欲其奥。记事欲其实,不欲其夸。抒情欲其真,不欲其饰。列表如下:

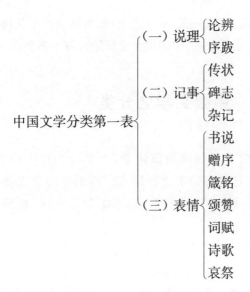

人知诗之有赋、比、兴,而不知一切文学可以赋、比、兴分类也。诗赋勿论,试以散文为例:

(甲)赋者直陈其事 例如荀子《性恶篇》、韩非《说难》、贾谊《过秦论》、韩愈《师说》、柳宗元《封建论》,说理文之出于赋者也。太史公《报任少卿书》、诸葛亮《出师表》、李密《陈情表》、韩愈《送董邵南序》、柳宗元《与许京兆孟容书》、《与萧翰①林俯书》,表情文之出于赋者也。其余传状碑志之属,记事之文出于赋者尤夥焉!

(乙)比者以彼喻此 例如庄子《马蹄》、《胠箧》、《山木》诸篇,韩愈《获麟解》、《守戒》、《杂说》,说理文之出于比者也。韩愈《毛颖传》、柳宗元《种树郭橐驼传》、《梓人传》,记事文之出于比者也。韩愈《应科目时与人书》、《为人求荐书》、《复上宰相书》、《送杨少尹序》、《送温处士赴河阳军序》,表情文之出于比者也。

(丙)兴者托物兴辞 例如庄子《逍遥游》、欧阳修《集古录序》,说理文之出于兴者也。太史公《伯夷列传》、《屈贾列传》、《李广列

---

① 翰,原作"韩",误。

传》、《游侠列传》,柳宗元山水诸记,记事文之出于兴者也。杨恽《报孙会宗书》、韩愈《送孟东野序》,表情文之出于兴者也。

此中国文学内容之分类之又一种也。若细论之,则一体文学自有一体文学之赋比兴。兹更列文学分类第二表如下:

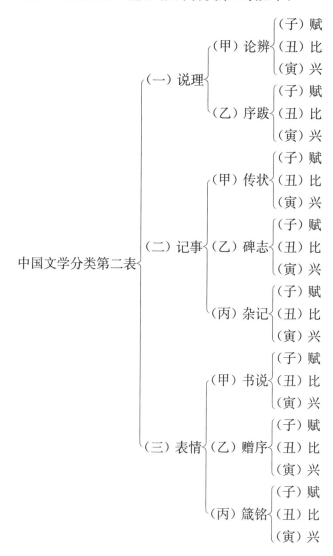

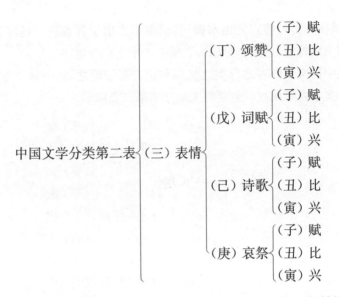

中国文学分类第二表（三）表情

- （丁）颂赞
  - （子）赋
  - （丑）比
  - （寅）兴
- （戊）词赋
  - （子）赋
  - （丑）比
  - （寅）兴
- （己）诗歌
  - （子）赋
  - （丑）比
  - （寅）兴
- （庚）哀祭
  - （子）赋
  - （丑）比
  - （寅）兴

李仲蒙曰："叙物以言情谓之赋，情尽物也。索物以托情谓之比，情附物也。触物以起情谓之兴，物动情也。赋直而兴微，比显而兴隐。比之与兴，虽同是托外物，但比意虽切而却浅，兴意似阔而味长。"其大较然也。若论吾人行文，体各有宜。则论辨、序跋、书说、传状、碑志、杂记宜赋。书、说、箴铭、词赋宜比。颂赞、赠序、游记、词赋、诗歌、哀祭宜兴。所谓一体文字自有一体文字之赋比兴者，特就古人成文为之分类焉尔。

六　有价值之文学作品

博以为有价值之文学作品，不可不以下列条件为标准：（甲）就作意论，（一）独创，（二）共喻；（乙）就修辞论，（一）简，（二）尽。

（甲）独创与共喻　"辟去常解"，"独抒己见"之谓"独创"。如"白香山诗，老妪都解"之谓"共喻"。自常人论之，二者似相违

反。盖意之独创者,必是常人所不喻;而众所共喻者,必落寻常窠
臼而非创解。然博所谓"独创"者,非故为高论,谬戾于人情,如苏
东坡所云"喜为异说而不让,敢为高论而不顾"也。昔人论文,有
两语最好,曰:"人人笔下所无,人人意中所有。""人人笔下所
无",斯为独创。"人人意中所有",斯能"共喻"。所谓文学家者,
无他谬巧,不过窥人心未发之隐而以文章发之耳! 惟其为人心之
未发之隐,初虽百思不得,若无人能道片语只字者,及文学家采而
发之,则又似人人所欲言,读之涣然怡然,不啻口出。此无他,以
其得人心之同然也。以其得人心之同然,故能"共喻"。以其为人
心未发之隐,非文学家不发,故为"独创"。盖意不独创,无以见作
者之智;文匪共喻,无以见作者之仁。仁者,人也。孔子曰:"人之
为道而远人,不可以为道。"然则人之为文而远人,独可以为文乎?
"夫仁者……己欲达而达人",此文之所以贵"共喻"也! 吾观当代作
者,非意不独创之患,而文不共喻之患。如章太炎之文奥古,康南海
之文谲奇,虽意多创,而文欠共喻。若夫以共喻之文抒独得之见者,
其惟梁任公乎?

或曰:"此自论文言耳。若曰以白话出之,则焉有不共喻者。"
虽然,言不可以若是其几也! 夫白话之所以胜文言者,原取其"共
喻",而今之所谓白话文,未见"共喻"。南京陆殿扬教授论"修辞与
语体文",尝言:"说话作文,能够使人明白,因为内中含着公共了解
心。……现在的语体文各做各样……'的'、'底'、'地'、'方才'、
'那吗'……等字都是乱七八糟用。……有两种毛病:一晦涩,二含
糊。犯这两种毛病最厉害的:(甲)宾主颠倒。我曾看见一个句
子:'新思潮鼓吹的时候,欧战远未发生。'细察上下文,应该说:'欧
战未发生的时候,新思潮已在那里鼓吹了!'这是不留心宾主的错。
(乙)代名词太多。例如一个句子:'张先生告诉我:他已经见过李
先生。他允许他即刻对王先生讲,叫他把前天留在那里的书,即刻
送还他。'这样多的他字,究竟代的哪个? 殊欠明了。……句法不

要过于摹仿外国文……例如：'他有比从前更多的谷余剩了。'这是有点像外国文构造，念起来殊属不顺口，且意思亦不十分明了。"然而今之作白话文者，最喜摹仿外国文，宾主次之颠倒不伦，代名词之多，最不注意考究。名曰"言文一致"，然而不成其为文，亦且不成为言。以称为"文"，必有组织；以称曰"言"，必能共喻。夫白话之所以胜文言者，以其"共喻"也。昔人评文言文之善者必曰"明白如话"，而今之不善为白话文者，乃拗戾不顺口，过于文言。使白话而不能"共喻"，拗于文言，则亦奚以白话文为哉！此博之所为哓哓也。

（乙）简与尽　若论修辞之妙，全在简而能尽。然辞之简者，往往不能尽意；而能尽意者，又苦辞繁不杀。孟子即能尽而不能简，苏老泉以为孟子之文语约而意尽，此言未当。语约意尽四字，可以评《论语》而不可以评孟子。自古以来，修辞之简而能尽者，其惟《论语》之议论、《檀弓》之记事乎？试举数例：

例一　《论语》　子曰：巧言令色，鲜矣仁！

通章不过七字，而有描写，有论断。"巧言令色"四字，活画出一个"口说公道话"，"满面和气"的人，是描写。而夫子却直断以"鲜矣仁"三字，可谓老干无枝。

例二　《论语》　子曰：以约失之者鲜矣！

同一"鲜矣"，此"鲜矣"含蓄，而上"鲜矣仁"之"鲜矣"下得斩截，刚健婀娜，各极其妙。

例三　《檀弓》　孔子哭子路于中庭，有人吊者而夫子拜之，既哭，进使者而问故。使者曰：醢之矣。遂命复醢。

一哭，一吊，一进使问，凡叙三事，而陡起陡落，语无枝叶，可谓老到之至。

例四　《檀弓》　孔子少孤，不知其墓。殡于五父之衢，人之见之者,皆以为葬也。其慎也,盖殡也。问于郰①曼父之母,然后得合葬于防。

此章多省文。言少孤,则不必言于父墓,亦不必言殡母。言殡于衢,则包问在内。合葬得于郰②母一问,便包问多少人未得合葬在内。只言问,不著问答语,却包问答语在内。

如此之类,殆难悉数。何以千头万绪之事理,两书只三言两语,即能了当? 何以不必详说而意无不尽? 能于此参透,则可悟文章之贵以简驭繁。《书》曰:"辞尚体要。"此之谓也。

古诗之极短者,如《述异记》载吴王夫差时童谣曰:"梧桐秋,吴王愁!"不过六字,而情文兼至,吟味无穷,此又诗之简而能尽者也。

白话文往往能尽意而不能简,然自知言者观之,白话文尤宜力求简要。南京③陆殿扬教授论"修辞学与语体文",又尝言:"简括的文章最有势力,最能感触人。长篇大论的文章,啰啰唆唆,人看见他,一览无余,毫无想象的余地,往往生厌弃心。报纸上所载的文章,人家多半看短评小论,投稿的文章,短的比长的格外欢迎,都是这个缘故。然短文亦不容易做。人说五分钟的演讲最难,却是最有效率。这句话很有道理……所以凡属文章,句子要短,节段要短,篇幅要短,绝不可累累拖拖。现在做语体文的最犯这个毛病,无谓接续辞,触目皆是……做文章必要用一番精练功夫,刀锯愈磨愈利,思想也愈磨愈利。现在语体文不加磨琢,往往失之太长,好像中国出产之糖盐,里面有许多东西可以拿掉,若愈磨琢,则词华虽少,然却精湛,譬如外国糖盐,质量虽少,而甜度咸度,则较中国远甚。"其论白话文之必宜简,可谓"一鞭一条痕,一掴一掌血"矣!

---

① ② 郰,原作"聊",误。
③ 京,原作"高",据前文改。

七 尾 语

　　凡上所陈，我之中国文学的观察，似有不同于时贤者，大雅宏达，有以正之。

骈文通义

目　　录

骈文通义叙目[*]

论骈文者,睹记所及,宋人有王铚《四六话》、谢伋《四六谈尘》,清人有彭元瑞《宋四六话》、孙梅《四六丛话》,皆以四六为主;不过骈文之枝子,而未见古人之大体。近人孙德谦撰《六朝丽指》,截断众流,独以骈体立论,而探源于六朝;又惜辞繁而情隐,鲰生末学,未易测其指要。博于骈文非专家,顾自少小耽诵《萧选》;而三十岁以后,于李兆洛《骈体文钞》、王先谦《骈文类纂》、彭元瑞《宋四六选》、曾燠《骈体正宗》、屠寄《常州骈体文录》五家言,循绎数过,而泛滥及于严可均《全上古三代汉魏南北朝文》、《全唐文》,靡所不毕究,因以窥见源流正变所在。而李之《骈钞》,恢张汉、魏以植散行之骨;王之《类纂》,极论才气以闳骈文之规;尤能观骈散之会通,而足树楷模于斯文者也。发凡起例,撰为是册,乃知俪体之宗《文言》,远出刘勰《文心雕龙》,而不始于阮元《文言说》。潜气之欲内转,始见朱一新《无邪堂答问》,而不创于孙德谦《六朝丽指》。后贤矜其创获,昔人之所唾余荟萃众家,蕲于通方;而帙无贪多,言欲钩玄。心知其意,所望好学。无锡钱基博序于上海光华大学之东院,时在中华人民造国之二十二年三月十五日。

---

 * 据上海大华书局 1934 年版校印。

原 文 第 一

　　《说文》："骈驾二马，从马，并声。"古义训併，或训並，皆谓偶也。刘勰有作，抉发文心，以为："文之为德，与天地并生。造化赋形，支体必双。神理为用，势不孤立。心生文辞，运裁百虑，高下相须，自然成对。"此见文之用偶，出于天然。而柳宗元《乞巧文》："骈四儷六。"此文称骈儷之始。仁和毛先舒稚黄为宜兴陈维崧其年《湖海楼儷体文序》，论文之有儷体，原本两仪，亦宗经诰。其说本《文心雕龙》之《丽辞篇》。厥后仪征阮元芸台张皇其义，以为《文言说》，而原文之所自起，以为："凡偶皆文也。于物两色相偶而交错之，乃得名曰文。文，象其形也。《考工记》曰：青与白谓之文。《说文》曰：文，错划也，象交文也。古文无笔砚纸墨之便，往往铸金刻石以期传之久远；其著之简策，亦有漆书刀刻之劳；匪如今人下笔千言，言事甚易也。《说文》：'直言曰言，论难曰语。'《左传》曰：'言之无文，行之不远。'此何也？古人以简策传事者少，以口舌传事者多；以目治事者少，以口耳治事者多。故同为一言也，转相告语，必有愆误，是必寡其词，协其音，使人易诵易记，无能增改；且无方言俗语杂于其间，始能达意而行远。此孔子于《易》所以著《文言》，此千古文章之祖也。《文言》一篇，不但多用韵，抑且多用偶。孔子于此发明乾坤之蕴，诠释四悳之名，几费修词之意，冀达意外之言，要使远近易诵、古今易传而世之为文章者，不务协音以成韵，修词以达远，使人易诵易记；而唯以单行之语，纵横恣肆，动辄千言万字，不以为烦。不知此乃古人所谓直言之言、论难之语，非言之有文者也，非孔子之所谓文也！自齐、梁之后，溺于声律。彦和《雕龙》，渐开四六之体，至唐而四六更卑。朕文体不可谓之不卑，而文统不可谓之不正。昭明所选,名曰《文选》,盖必文而后选,非文则不选。凡以言语著之简策,不必以文为本者,皆经也、子也、史也,皆不可专名之为文。而专名曰文者,自孔子《易·文言》始。此篇奇偶相生,音韵相和如青白之成文,如咸韶之合节,非振笔纵书者比也。故昭明以为经也、子也、史也,非可名之为文也。名之为文,必义归翰藻而后可也。自唐宋韩、苏诸大家,以奇偶相生之文为八代之衰而矫之,于是昭明之所不选者,反为诸家所取,故其所著者非经即子,非子即史,其合于昭明所谓文者鲜矣! 其不合之处,盖在奇偶之间。经史子多奇而少偶,故唐宋八家不尚偶。《文选》多偶而少奇,故昭明不尚奇。如必以比偶为非古而卑之,则孔子之名其言曰文者,一篇之中,偶句凡四十八,韵语凡三十五,岂可以为非文之正体而卑之乎!"文见《研经室集》。亦越百有余载,其乡人刘师培申叔益推承厥指以著广文言说,辞加该备。其略曰:"文字初兴,勒书简毕,有漆书刀削之劳,抄写非易,传播维艰,故学术授受,仍凭口耳之传闻;又虑其艰于记忆也,必杂于偶语韵文以便记诵;而语言之中有文矣。及以语言著书册,而书册之中亦有文。观于三代之书,谚语箴铭,实多韵语。若六艺之中,《诗》篇三百,固皆有韵之词;而《易》、《书》二经,亦大抵奇偶相生,声韵相叶。而《尔雅·释训》子子孙孙以下,用韵者亦三十条,惟《戴礼·周官经》言词简质,不杂偶语韵文;则以昭书简册,县布国门,犹后世律例公文,特设专门之文体也,故与文言不同。降及东周,直言者谓之言,论难者谓之语,修词者谓之文,而《易·文言》曰:'修词者立其诚。'《说文》:'修,饰也。'词之饰者乃得为文,不饰词者,即不得谓之文,不独言与文分,亦且言与语分。故出言亦分文质。言之质者,纯乎方言者也。方言者,犹今俗语也。《说文·序》云:"秦代以前,诸侯各邦,文各异形,言各异声,是三代以前各邦之中,皆有特别之语言文字矣。"言之文者,纯乎雅言者也,阮芸台曰:"雅言者,犹今官话也。雅,与夏通。夏为中国人之称,故雅言即为中国人之言。尔雅者,乃方言之近于官话者也。"春秋之时,言词恶质,故曾子戒远鄙倍,荀子讥为俚语,而一语一词,必加修饰。《左传》曰：'言之无文，行而不远。'又曰：'非文辞不为功。'文辞，犹言文言也。文言者，即文饰之词。孔子言'词达而已'，即不文饰之词也。言'词达而已'，不言文达而已，足证词与文不同，词非文也。至春秋时代之书，亦大抵文与语分。文近于经，语近于史。故曾子作《孝经》，老子作《道德经》，屈原作《离骚经》，皆杂用偶文韵语者也。若《春秋左氏传》以及《国语》、《国策》诸书，乃史官记言记事之遗，非杂用偶文韵语者也。至诸子之书，有文有语：荀子《成相篇》、墨子《经·上下篇》，皆属于文者也；庄、列、孔、孟、商、韩，皆属于语者也。文犹后世之文词，语犹后世之演稿。惟古人言词，一经书册之记载，或加润色之功，致失本文之旧。俞氏荫甫樾谓《左氏》一书，由丘明润色，非其本文之旧也。则语而饰以文矣。又古代之初，虚字未兴，罕用语助之词，故《典》、《谟》、《誓》、《诰》，无抑扬顿挫之文。后世以降，由实字假为虚字，浑噩之语，易为流丽之词；文士互相因袭，致偶文韵语之体，亦稍变更。则文而涉于语矣。西汉代兴，文区二体，赋颂箴铭，源出于文者也；论辩书疏，源出于语者也。然扬、马之流，类湛深小学，故发为文章，沉博典丽，雍容揄扬，注之者既备述典章，笺之者复详征诂故，非徒词主骈俪，遂足冠冕西京。东京以降，论辩书疏之作，亦杂用排体，易语为文；魏晋六朝，崇尚排偶，而文与笔分。偶文韵语者谓之文，无韵单行者谓之笔。观魏晋六朝诸史各列传中，多以文笔并言，则当时所谓笔者，乃直朴无文之作也。或用之记事之文，《唐书·蒋楷传》："踵修国史，世称良笔"，亦为记事之文。张说称大手笔，亦指其善修史及作碑版耳。故孔子作《春秋》，必言笔削；陆机《文赋》，不及传志碑版之文，盖以此为史体，非可入之于文也。或用之书札之文，《汉书》称谷永善笔札，而《晋书》亦言乐旨潘笔，皆指书札之文而言之也。体近于语，复与古人之语不同。盖魏晋之时尚清谈，即古人所谓语也；而笔则著之书册，故又与古人之语不同。梁元帝《金楼子》云：'至如不便为诗如阎纂，善为章奏如伯松，若此之流，泛谓之笔。吟咏风谣，流连哀思者谓之文'。刘彦和《文心雕龙》云：'今之常言，有文有笔。无韵者，笔也；

有韵者，文也。'文笔区分，昭然不爽矣。故昭明之辑《文选》也，以沉思翰藻者为文。凡文之入选者，大抵皆偶词韵语之文，即间有无韵之文，亦必奇偶相成，抑扬咏叹，八音协畅，默契律吕之深，故经子诸史，悉在屏遗。是则文也者，乃经子诸史之外别为一体者也。齐、梁以下，四六之体渐兴，以声色相矜，以藻绘相饰，靡曼纤冶，文体亦卑；然律以沉思翰藻之说，则骈文一体，实为文体之正宗。降及唐代，韩、柳嗣兴，始以单行易偶排，由深趋浅，由简入繁，由骈俪相偶之词，易为长短相生之体，希踪子史。然绳以文体，特古人之语，而六朝之笔耳。故唐代之时，亦称韩文为笔。刘禹锡《祭韩侍郎文》云：'子长在笔。'赵璘《因话录》曰：'韩公文至高，时号韩笔。'是唐人不以散行者为文也。至北宋苏轼，推崇韩氏，以为文起八代之衰。明代以降，士学空疏，以六朝之前为骈体，以昌黎诸辈为古文，文之体例莫辨；而近代文学之士，谓天下文章，莫大乎桐城，于方、姚之文，奉为文章之正轨。由斯而上，则以经为文，以子史为文；由斯以降，则枵腹蔑古之徒亦得以文章自耀，而文章之真源失矣。惟歙县凌次仲先生廷堪以《文选》为古文正的，与阮元《文言说》相符。而近世以骈文名者，若北江、洪亮吉。容甫、汪中。步趋齐、梁。西堂、尤侗。其年、陈维崧[1]。导源徐庾、即谷人、吴锡麟。巽轩、孔广森。稚威胡天游。诸公，上者步武六朝，下亦希踪四杰。唐王勃、杨炯、卢照邻、骆宾王为四杰。文章正轨，赖此仅存！而无识者流，欲别骈文于古文之外，亦独何哉？"自以为守其邑先正之法，禋之后进，义无所让也。爰次其说以发吾篇，所以原文之必出于骈，非骈则不成文也。夫手足非骈，则不能迭施；耳目非两，则不能遍察，而所以莞其枢者曰脑，则一而已。是故非主一则无适，非兼两不相济也。述《原文第一》。

---

① 崧，原作"嵩"。

骈 散 第 二

　　夫一阴一阳之谓道,用偶用奇以成文。湘乡曾国藩涤生《送周荇农南归序》曰:"天地之数,以奇而生,以偶而成。一则生两,两则复归于一;一奇一偶,互为其用,是以无息焉。物无独,必有对。太极生两仪,倍之为四象,重之为八卦;此一生两之说也。两之所该,分而为三,淆而为万,万则几于息矣。物不可以终息,故还归于一。天地絪蕴,万物化醇,男女构精,万物化生,此两而致于一之说也。一者阳之变,两者阴之化。故曰一奇一偶者,天地之用也。文字之道,何独不然!"《文心雕龙》探溯皇初以明反本修古之指,谓:"唐、虞之世,辞未极文。而皋陶赞云:'罪疑惟轻。功疑惟重。'益陈谟云:'满招损,谦受益。'岂营丽辞,率然对尔:《易》之《文》、《系》,圣人之妙思也。序乾四德,则句句相衔;龙虎类感,则字字相俪;乾坤易简,则宛转相承;日月往来,则隔行悬合。虽句字或殊,而偶意一也。"至毛稚黄为《湖海楼俪体文序》,益藉主客送难以畅其论曰:"或谓三古《六经》,气留淳朴;先秦、西京,体并高古;焉用骈组,聿开浮华。岂知万邦九族之语,已见诸《虺诰》。水湿火燥之句,亦载于《文言》。嚆矢权舆,引厥端矣。至若武灵王之论骑射,丞相斯之谏逐客,往复征引,排比颇多;战国龙门,云何损格!"而阳湖李兆洛申耆乃纂录《骈体文钞》,以为"唐宋传作,无不导源汉魏。汉魏之骈体,即唐宋散行之祖"。泾县包世臣慎伯与杨季子书,则曰"六朝虽尚文采,然其健者,则缓急疾徐,纵送激射,同符《史》、《汉》,貌离神合,精彩夺人",则是文之骈散,不相废而相济也。而曾涤生及近人兴化李详审言更穷极流变,以明骈散兴废之故。曾涤生《送周荇农南归序》曰:"自汉以来,为文者莫善于司马迁。迁之文,其积句也皆奇,而义必相辅,气不孤伸,彼有偶焉者存焉。其他善者,班固则毗于用偶,韩愈则毗于用奇。蔡邕、范晔以下,如潘岳、陆机、沈约、任昉等比者,皆师班氏者也。茅坤所称八家,唐韩愈、柳宗元、宋欧阳修、曾巩、苏洵、苏轼、苏辙、王安石。皆师韩氏者也。传相祖述,源远而流益分,判然若白黑之不类。于是刺议互兴,尊丹者非素。而六朝、隋唐以来,骈偶之文,亦已久王而将厌。宋代诸子乃承其敝而倡为韩氏之文;而苏轼遂称曰'文起八代之衰',非真其才之足以相胜,物穷则变,理固然也。故古文之名独尊而骈偶之文,乃屏而不得与于其列。"而李审言《答江都王翰菜论文书》则曰:"文章自《六经》周、秦、两汉、六代以及三唐,皆奇偶相参,错综而成。六朝俪文,色泽虽殊,其潜气内运,默默相通,与散文无异旨也,其散文亦为千古独绝。试取《三国志注》、《晋书》及《南》、《北》两史、郦善长《水经注》、羊衒之《洛阳伽蓝记》,与释氏《高僧传》等书读之,皆散文之致佳者,至今尚无一人能承其绪;盖误以雕琢视之,而未会其自然高妙也。唐之肃、代以下文字,亦多追响南、北两朝;特韩、柳稍异耳。夫韩、柳亦偶也,观其全集,何曾有子家言连犿恣肆,渺无畔岸,参厕其内! 此道至北宋初元,师承未坠。自穆伯长修、柳仲涂开、苏子美舜钦、尹师鲁洙倡为古文,胸中初无所储,而务纡其词以为古,曳其声以为韵,裁复为单,改短为长。欧阳衮公虽师昌黎而小变其体,未为背师法也;苏老泉以布衣求之于纵横、名、法家言,冀以自达;二苏继之,驰骋而好为策士议论,重以比况为长,文遂往而不返。后虽别为一派。而文章正宗不在是也。"此书承审言先生抄稿寄示。其大指在扬骈文而抑散文,此亦矫枉之论。而《文心雕龙》则颇致戒于"气无奇类,文乏异采,碌碌丽辞,则昏睡耳目。必使理圆事密,联璧其章,迭用奇偶,节以杂佩,乃其贵耳"。"是故讨论体势,奇偶为先。凝重多出于偶,流美多出于奇。体虽骈,必有奇以振其气;势虽散,必有偶以植其骨。仪厥错综,致为微妙"。呜呼! 此包慎伯所为大声疾呼,发以文谱者也! 述《骈散第二》。

流 变 第 三

　　周、秦诸子之书，骈散互用，间多协韵，《六经》亦然。西京杨雄、马相如赋颂擅名，渐及众制，莫不以偶为体，以奇为用，而骈文之规模粗具。顾时代递降，体制亦复略殊。东汉为骈俪之祖，班固、张衡、崔骃、蔡邕，体格已成。顾班、张弘赡，崔、蔡雅润，出以雍容，未极雕藻。建安近东汉而出以飞扬，孔融其桀。西晋近建安而更形组练，潘岳、陆机为著。故魏晋自为一类，东晋与刘宋自为一类。永明以后，益趋繁缛。至萧梁诸帝王之作而靡丽极矣。文章关乎运会，东汉清刚而简质，犹为盛世之元音；建安藻绘而雄俊，则是偏霸之逸响。晋、宋力弱，特饶韵致，亦由清谈之故，其体较疏，犹有东汉遗意。刘宋开基，傅亮和雅，得崔、蔡之体。颜延之、王融，巧为雕缋而短于神明。鲍照、江淹独发以惊挺之唱，操以险急之调，以琢炼出惊丽，自成一格；而孔稚珪《北山移文》，雕章琢句，务为新颖，于声偶之中，发挥奇趣，生撰之语，婉谐之调，节圆而句响，已开徐陵、庾信之蹊迳矣。沈约、任昉，周旋齐、梁之间。明人太仓张溥天如纂《汉魏百三名家集》，谓："沈为膏沐余润，光辉被体。"于任则云："纵横骈俪，不受羁靮，驰逐华采，卓尔不群。"任诗以用事不得奇，而骈文不然。故骈文之有任、沈，犹诗家之有李、杜也。李存古意，杜开今体，任、沈亦然。任体疏，沈体密。梁武一门，萃集风雅。昭明秀出人表。简文、湘东，并著二难。徐、庾父子，早侍东宫，渐染风气，穷其体制，英华日新，而宫征铿锵，词旨瑰玮。庾工碑版，徐长书记，尽态极研，遂为骈文正宗。夫三代以前，文无声偶，八音日谐，司马子长所以铿锵鼓舞也。浸淫六季，制句切响，千英万杰，莫能跳脱。所可自异者，死生气别耳。求其俪体行文,无伤逸气者,前有江、任,后有徐、庾。然江、任未极圆润,犹为近古;而徐、庾华实相扶,尤于抽黄对白之中,灏气卷舒,采不滞骨,丽而能朗,用集六朝之大成,而导四杰王勃、杨炯、卢照邻、骆宾王。之先路。然风格渐靡,竞出新声。厥后变而为四杰,再变而为李商隐,又变而为宋人。故李商隐者,宋人之先声也。宋人名骈文曰"四六",其名亦起于商隐,自序《樊南甲集》,唤曰《樊南四六》。然四字六字相间成文,宋、齐以下乃如此;其对偶亦但取意义联贯,并不以骈四俪六平仄相间为工。永明以前,本无四声之说,要其节奏自然,初无所谓钩棘也。六代、初唐,语虽襞积,未有生吞活剥之弊,至宋而此风始盛,运用成语,隐括入文;然有余于清劲,不足于茂懿。宋人章奏,多法陆宣公奏议。宣公议论缅缅,自出机杼,易短为长,改华从实,笔文互用,工为驰骋。而宋人利其朗畅,以为模楷,飞书驰檄,其体最宜。至前清彭元瑞有《宋四六选》;及其回翔禁林,所自作经进文,亦复依放为之,体格虽卑,取易晓也。前清初元,两举宏博,高文何绮!含英咀华,南城曾燠宾谷纂有《国朝骈体正宗》一书,毛奇龄、陈维崧、胡天游、邵齐焘、王太岳、洪亮吉、孙星衍、汪中、孔广森其选也。《曾选》之首毛奇龄,盖以时代为次;而读其文章,颇合六朝矩矱,整散兼行,并非钩棘,如《沈云英墓志铭》,入后人手,易为诡丽,而独以矜庄出之。雍容揄扬,骈文所长。而《平滇颂序》独出以驱迈。我用我法,真有来如云兴聚如车屯之势,余尤喜诵之。惟才力薄弱者,苟欲为此,易至举鼎绝膑,不若效徐、庾、樊南一派,可免举止羞涩也。毛奇龄不以骈文名,而陈维崧则骈文有声。毛体疏俊,陈文绮密。仗气爱奇,陈不如毛;丽典新声,毛则逊陈。其摹仿邺下诸作,虽嫌太似,而功力甚深;刻全集时乃以此入于古文,遂为程师恭注本所遗。维崧古文不入格,独此数篇为佳耳。曾氏以之入《骈体正宗》,宜也。胡天游骈文有大名,殊不逮所闻。观其沉吟铺辞,句无虚语,语无虚字;而振采失鲜,负声无力,颇乖秀逸,蹈于困踬;但《逊国名臣赞》一序,论议往复,才章富健耳,然发端缓弛,尚未警道。杭世骏《东城杂记序》、《寄所亲书》,怊怅述情,虽文体未遒,而辞兴婉惬,驱迈逊毛奇龄,疏俊轶胡天游。独王太岳藻畅襟灵,焱发气逸;知僄轻不可以树骨,故按衍以式度;知促数不可以赴节,故漂摇以尽奇。僄轻四语,见太岳《答方柳峰书》。体气安于毛,驱迈疾于胡,风流调达,实旷代之高手。邵齐焘有《答太岳书》云:"平生于古人文体,尝窃慕晋、宋以来词章之美。寻观往制,泛览前轨,皆于绮藻丰缛之中,能存简质清刚之制,此其所以为贵!"可以征其蕲向所在。然才气苦弱,故务其清捷,殊得风流媚趣;课其实录,则清便婉转而未为刚,藻绮映媚而未为丰。世传王太岳初好为骈体文,见齐焘作,叹为天授,遂缀不为而规《史》、《汉》及韩、柳一君,以故《清虚山房集》中骈文不多。然就所存者较其得失,邵氏安徐而未沉博,清婉而未遒逸,未若王太岳之名章迥句,络绎奔会也。吴锡麒文秀而质羸,机利而调靡,是能手,非高格。而汪中指事殷勤,情兼雅怨;体视吴为疏,气方邵则茂;尚淡雅,不贵绮错;而优游案衍,事外有远致,使人味之亹亹不倦。孔广森《仪郑堂骈文》,汪中读之,叹为绝手。然余诵其文,博喻酿采,志慕鸿裁;而才力沉膇,垂翼不飞,沉博而未昭彰,藻密而欠轶荡;未见锋发而韵流,徒以辞繁而意隐耳。方汪氏逊其隽永,比洪亮吉又未奥衍。洪亮吉思捷而才隽,理赡而辞坚,尚气爱奇,动多振绝。汪中不如其雄,孙星衍视之为靡。吾郡骈文,孙、洪齐名,然孙不如洪。亮吉卓卓,信含异气,笔墨之情,殆不可胜;而孙才力苦弱,时有齐气,独《国子监生洪先生暨妻蒋氏合葬圹志》及《祭钱太令文》,有逸气,但未遒耳。洪氏俶傥。故响逸而调远。孙则清弱,斯文秀而质羸。又毛奇龄尚势而不取悦泽,孔广森茂藻而匮于情韵。独洪氏则情固先辞,势实须泽,文体相辉,彪炳可玩。汪、洪并称,洪不逮汪之厚,汪不逮洪之奇。洪文权奇,汪文狷洁,邵文秀润,皆可想见为人。刘星炜骈文与邵齐焘骈称。然齐焘葱蒨有志,星炜索莫乏气,俪枝对叶,动辄用事;自然英旨,罕所体会;所以文不得奇。不如其宗人嗣绾书记翩翩,后出居上。间以短语,弥臻遒媚;新声迥句,处处闲起;得汪中之淡简,比世骏之婉惬,骨节遒于太岳,驱迈安于奇龄,擅美四氏,冠绝一时,嗟其才美,良未易几。惟《祭吴季子庙文》,出以议论,既非体要,亦损标致。吾邑杨芳灿文温以丽,举体华美,虽靡于汪中,而雄于星炜也。朱珪则结言端直,不贵绮错,而气度俊雅,如周公负扆,垂绅正笏,不大声色而德意自远。吴鼒骈文,少为珪所激赏,谓合邱迟、任昉为一手。而阅其文,旨切调缓,同任昉之用事,异邱迟之暎媚,骨采未圆,风辞欠炼,殊伤钝懦,不免誉过其实之叹!独其为《八家四六文钞序》,谓:"拃撨虽富,不害性灵。阖开自如,善养吾气。"又曰:"言不居要,则藻丰而伤烦。"以此衡文,不得不叹为知言也!袁枚才笔纵放,匪不诔丽;而根柢不深,气散神荼,偶用古语,多成赘疣。乐钧苍凉婉郁,微伤纤巧;彭兆荪警新不如,转以闲雅胜之;王昙《烟霞万古楼》文,隽桀廉悍,其病在过求生划;而读彭兆荪文,则又嫌结调太熟。郭麐故为拗峭,边幅何窘;吴慈鹤有意妍冶,骨气不高。故知金玉其相,卓哉有斐,甚难其人!述《流变第三》。

典 型 第 四

　　余读义乌朱一新鼎甫《无邪堂答问》,论:"骈文自当以气骨为主,其次则词旨渊雅,又当明于向背断续之法。向背之理易显;断续之理则微。语语续而不断,虽悦俗目,终非作家。公牍文字如笺奏书启之类,不得不如此,其体自义山开之。惟其藕断丝连,乃能回肠荡气。骈文体格已卑,故其理与填词相通,潜气内转,上抗下坠,其中自有音节。多读六朝文则如之。"此体自以六朝为准;而"潜气内转,上抗下坠",斯尤片言居要,可谓一字千金,信足树斯文之典型,而以发六朝之秘响者也!近人元和孙德谦隘堪纂《六朝丽指》一书,推大其谊,以为论衡;而矜诩奇秘,发端一序,谓:"丽辞之兴,六朝称极盛焉。余少好斯文,迄兹靡倦,握睇籀讽,垂三十年,见其气转于潜,骨植于秀。振采则清绮,陵节则纤徐。缉类新奇,会比兴之义;穷形抒写,极绚染之能。"可谓有味乎其言之也!反复耽玩,籀其所论,大指主气韵,勿尚才气;崇散朗,勿嬗藻采。其论以为:"骈文之有任、沈,犹诗家之有李、杜。彦升任昉用笔稍有质重处,不若休文沈约之秀润,时有逸气,为可贵也。孙君此论,与张天如不同。据博观彦升质重而臻遵古,远胜休文之秀润而流绮靡也。参观流变第三。然气体散朗之论,故自不可易。《诗品》云:'昉既博物,动辄用事,所以诗不得奇。'然则彦升之诗,失在贪用事,故不能有奇致。吾谓其文亦然,皆由于隶事太多耳。语曰:'文翻空而易奇。'以此言之,文章之妙,不在事事征实。若事事征实,易伤板滞。后之为骈文者,每喜使事而不能行清空之气,非善法六朝者也!六朝之文,无不用顿宕之笔。后人但赏其藻采,而于气体散朗,则不复知之。故即论骈文,能入六朝之室者,殆无多矣!"此崇散朗,勿嬗藻采之说也。又谓:"长沙王益吾先谦选《骈文类纂》四十六卷,其持论大旨,则在不分骈散而以才气为归。夫骈文而归重才气,此固可使古文家不复轻鄙,无所藉口。惟既言骈文,则当上规六朝;而六朝文之可贵,盖以气韵胜,不必主才气立说也。《齐书·文学传论》曰:'放言落纸,气韵天成。'若取才气横溢,则非六朝真诀也。昌黎谓'惟其气盛,故言之高下皆宜'。斯古文家应尔,骈文则不如此也。六朝文中往往气极遒炼,欲言不言;而其意则若即若离,上抗下坠,潜气内转。故骈文蹊径与散文之气盛言宜,所异在此。"此主气韵,勿尚才气之说也。主气韵,勿尚才气,则安雅而不流于驰骋,与散行殊科。崇散朗,勿矜才藻,则疏逸而无伤于板滞,与四六分疆。隘堪以为:"骈体与四六异。四六之名,当自唐始。李义山《樊南甲集序》云:'作二十卷,唤曰《樊南四六》。'知文以四六为称,乃起于唐,而唐以前,则未之有也。且序又申言之曰:'四六之名,六博格五四数六甲之取也。'使古人早名骈文为四六,义山亦不必为之解矣。《文心雕龙·章句篇》,虽言'四字密而不促,六字格而非缓',此不必即谓骈文。不然,彼有《丽辞》一篇,专论骈体,何以无此说乎?吾观六朝文中,以四句作对者,往往只用四言,或以四字五字相间而出。至徐、庾两家固多四六语,已开唐人之先;但非如后世骈文,全取排偶,遂成四六格调也。"而骈文又与律赋异。隘堪以为:"骈文宜纯任自然,方是高格,一入律赋,则不免失之纤巧。《文心雕龙·诠赋》与《丽辞》各自为篇,则知骈文且不同于赋体。赋体出以雕篆,而骈文尤贵疏逸。"疏逸之道,则在寓骈于散。隘堪以为:"骈体之中,使无散行,则其气不能疏逸,而叙事亦不清晰。故庾子山信碑志诸文,述及行履,出之以散;每叙一事,多用单行,先将事略说明,然后援行故实,作成骈语以接其下;推之别种体裁,亦应骈中有散也。傥一篇之内,始终无散行处,是后世书启体,不足与言骈文矣!"呜呼!此彦和《文心》所为致叹于"气无奇类,文乏异采,则碌碌丽辞,昏睡耳目"者乎!隘堪之作,此为精覈!要删厥旨,用式多士。述《典型第四》。

漫 话 第 五

漫话者，无当弘旨，寻章摘句，亦足以发；其出前人，或识别，或亦不复；零珠碎玑，聊资谈隽而已。

昌黎云："惟古于词必己出。"谭何容易！曹植《洛神赋》，词意多袭宋玉《高唐》、《神女》两赋，人之所知。而其格调，则有摹蔡邕以出变化者。蔡邕《篆势》曰："颓若黍稷之垂颖。蕴若虫蛇之棼缊。"又曰："远而望之，象鸿鹄群游，络绎迁延；迫而视之，端际不可得见，指挥不可胜原。"而《洛神赋》："髣髴兮若轻云之蔽月，飘飘兮若流风之回雪。远而望之，皎若太阳升朝霞；迫而察之，灼若芙蕖出渌波。"其格调即摹蔡也。惟蔡出之以质重，而曹抒之以轻丽。即此可悟文章炉锤在我，自出变化之法。

孔稚珪《北山移文》曰："高霞孤映，明月独举。"王僧达《祭颜光禄文》曰："逸翮独翔，孤风绝侣。"造词虽同，用意不一。孔以喻空山之寂寥，王以况才士之不群。托兴不同，而磊落英多则一。

骈文以妃黄俪白为工丽；亦有以粗枝大叶臻古逸者。□北魏孝文帝《与太子论彭城王诏》曰："清规懋赏，与白云俱洁；厌荣舍绂，以松竹为心。"吴均《与朱元思书》曰："风烟俱净，天山共色。从流飘荡，任意东西。"沈炯《经通天台秦汉武帝表》曰："甲帐珠帘，一朝零落；茂陵玉碗，遂出人间。"丽语能朴，绮语能疏，是也。骈文以惊红骇绿为华采，亦有以淡装素抹见雅练者。如谢庄《月赋》曰："白露暖空，素月流天。"又曰："气霁地表，云敛天末。洞庭始波，木叶微脱。"江淹《别赋》曰："春草碧色，春水绿波。送君南浦，伤如之何！"梁元帝《采莲赋》曰："夏始春余，叶嫩花初。"庾信《小园赋》曰："一寸二寸之鱼，三竿两竿之竹。"又曰:"落叶半床,狂花满屋。"又曰:"爇麦两瓮,寒菜一畦。"朴语能丽,质语能隽,是也。姿采幽茂,古力蟠注,是六朝人真实本领。

骈文之奇语生撰者,未能葩采迅发。而葩采迅发者,又非奇语生撰。鲍照《登大雷岸与妹书》曰:"陵跨长陇,前后相属;带天有匝,横地无穷。"又《石帆铭》曰:"崩涛山坠,郁浪雷沉。"又《飞白书势铭》曰:"绝锋剑摧,惊势箭飞。"江淹《建平王聘隐逸教》曰:"迹绝云气,意负青天。"突兀嵚崟,操调险急,此之谓"奇语生撰"。谢朓《辞隋王子隆笺》曰:"白云在天,龙门不见;去德滋永,思德滋深! 唯待青江可望,侯归艎于春渚;朱邸方开,效蓬心于秋实。"梁元帝《荡妇秋思赋》曰:"愁萦翠眉敛,啼多红粉漫。"徐陵《玉台新咏序》曰:"玉树以珊瑚作枝,珠帘以玳瑁为柙。"又曰:"琉璃砚匣,终日随身;翡翠笔床,无时离手。"庾信《谢赵王赉白罗袍袴启》曰:"程据上表,空谕雉头;王恭入雪,虚称鹤氅。未有悬机巧缝,变缝奇文。风不去而恒飞;花虽寒而不落。"又《梁东宫行雨山铭》曰:"树入床头,花来镜里;草绿衫同,花红面似。"绮藻宣茂,举体华赡,此之谓"葩采迅发"。顾未有葩采既能迅发,而句法又极生划者。惟吴均《与顾章书》曰:"森壁争霞,孤峰限日;幽岫含灵,深谿蓄翠。"刘令娴《祭夫徐悱文》曰:"雹碎春红,霜雕夏绿。"造语既极生划,葩采亦复迅发。二难之并,得未曾有!

庾信"草绿衫同,花红面似"之句,与刘令娴"雹碎春红,霜雕夏绿"同一纷红骇绿。然庾犹见景生情,文人惯技;刘则翻空出奇,词笔非常。《梁书·刘孝绰传》:"悱妻文尤清拔。悱,仆射徐勉子,为晋安郡,卒,丧还京师。妻为祭文,辞甚凄怆。勉本欲为哀文,既睹此文,于是阁笔。"可谓奇才!

邱迟诗,钟嵘《诗品》谓其"点缀映媚,似落花依草"。今读邱迟《与陈伯之书》,通篇情文并茂,中曰:"暮春三月,江南草长;杂花生树,群莺乱飞。见故国之旗鼓,感平生于畴日。抚弦登陴,岂不怆恨!"借景生情,真有"点缀映媚,落花依草"之致。

自古名篇，不嫌依放。江淹《诣建平王上书》，依放邹阳《狱中上书自明》；梁简文帝《与刘孝仪令》、陈后主《与江总书》，依放魏文帝《与朝歌令吴质书》。不止司马相如《子虚》、《上林赋》。为扬雄《羽猎》、《长杨》两赋之蓝本也！徐陵《上梁元帝表》，有曰："青羌赤狄，同畀豺狼；胡服夷言，咸为京观。"而与《王僧辩书》，亦用此一联。骈文之作，造语为难，虽一人为之，不免录旧。不止庾信《三月三日华林园马射赋》"落花与芝盖齐飞，杨柳共春旗一色"句，为王勃《滕王阁序》"落霞与孤鹜齐飞，秋水共长天一色"两句之套调也。

孙隘堪《六朝丽指》曰："骆宾王代徐敬业传檄天下，文为当时传诵，后世亦多称之。其中用'良有以也'、'岂徒然哉'，以数虚字作对。六朝文则无是也。梁简文帝《与刘孝仪令》：'惟与善人，此为虚说；天之报施，岂若是乎！'萧子良《与荆州隐士刘虬书》：'有是因也，何其畅欤！'又梁元帝《与武陵王书》：'傥遣使乎，良所迟也。'凡若此类，不过以跌宕出之，未有行之属对中者。尝观《李义山文集》，亦时有宾王句调。然后知唐代骈体，易失宽博，不及六朝之散逸矣！"

李白、杜甫以盖代诗名，鼓吹盛唐，其文远不逮其诗；然当四杰之后，而不规规于四杰之窠臼，则李、杜之骈文，亦足以自树一帜矣！李白集中《送蔡十序》，有"朗笑明月，时眠落花"一联，《送张祖监丞序》，有"紫禁九重，碧山万里"一联。大抵涉笔成趣，不待规削而自圆。唐之骈文，间以散文，犹汉之散文，间以骈文耳。杜甫之文，如《画马赞》之类，四言雅炼，虽不足以比两京，视六朝则有过之矣！

元稹、白居易皆能古文。元稹滔滔清绝，白居易洒洒敷词，皆可传诵。其骈体亦擅场，而文词每多浮丽。求其典重者，如元稹《追封宋若华河南郡君制》曰："司徒之妻有礼，齐加石窆；廷乡之母有德，汉置封邱。"《授牛元翼深冀等州节度制》曰："鹰隼击则妖鸟除，弧弓陈而天狼灭。"皆字字矜炼矣！白居易《太湖石记》曰："有盘物秀出如灵邱鲜云者，有端严挺立如尊官神人者，有缜润削成如珪瓒者，有廉稜锐列如剑戟者。"奇峭幽挈，句句锤炼，尤为古调独弹者也！

明潇湘张燧和仲《千百年眼》曰"杜牧之《阿房宫赋》云:'六王毕,四海一;蜀山兀,阿房出。'陆俊作《长城赋》云:'干城绝,长城列;秦民竭,秦君灭。'俊辈行在牧之前,则《阿房宫赋》又祖《长城》句法矣。牧之云:'明星荧荧,开妆镜也;绿云扰扰,梳晓鬟也。渭流涨腻,弃脂水也。烟斜雾横,焚椒兰也。雷霆乍惊,宫车过也。辘辘远听,杳不知其所之也。'盛言秦之奢侈。杨敬之作《华山赋》,有云:'见若咫尺,田千亩矣;见若环堵,城千雉矣;见若杯水,池百里矣;见若蚁蛭,台九层矣;蜂窠联联,起阿房矣;小星荧荧,焚咸阳矣。'《华山赋》杜司徒佑已常称之。牧之乃佑孙也,当是效敬之所作信矣。文章以不蹈袭为难也!"

宋钱唐释文莹道温撰《玉壶清话》,载:"杜审琦,昭宪皇太后之兄也,建宁州节,一旦请觐。审琦视太祖、太宗,皆甥也。一日,陈内宴于福宁宫,昭宪后临之。祖宗以渭阳之重,终宴侍焉。及为寿之际,二帝皆奉觞列拜。乐人史金著者,粗能属文,致词于帘陛之外,其略曰:'前殿展君臣之礼,虎节朝天;后宫伸骨肉之情,龙衣拂地。'"眼前指点,亦自得体。又载:"钱熙泉南才雅之士,进《四夷来王赋》万余言。太宗爱其才,擢官职。有司请试。上笑曰:'试官前进士赵某亲自选中。'尝撰《三钓酸文》,举世称精绝。略曰:'渭川凝碧,早抛钓月之流;商岭排青,不逐眠云之侣。'又曰:'年年落第,春风徒泣于迁莺;处处羁游,夜雨空伤于断雁。'其千言,率类于此。卒,乡人李庆孙为诗哭之曰:'《四夷》妙赋无人诵,《三钓酸文》举世传。'"全文不见,就其断句,调采葱菁,亦可玩诵。又曰:"曾鲁公垂八十,笔力尚完。时曾子宣内翰守鄱阳,手写一束慰之,略云:'扶摇方远,六月去而不息;消长以道,七日自当来复。'吾友中秘书杨经臣博赡才雅,尝诵之经日,谓余曰:'此非知其然,而神驱气使之为尔!'"

晋江曾慥端伯撰《高斋漫录》载:"董禹川浚长于四六,尝有云:'八十日归去来兮,九万里抟扶摇者。'又云:'声闻于天,方类在阴之鹤;时控于地,有同决起之鸠。'又云:'考父再命而偻,靡获循墙;孟轲千里而来,敢云利国。'"语亦浑脱。

金华吕祖谦伯恭撰《宋文鉴》,而杨亿表启,亦见采录。亿为文春容大雅,无唐末五代衰飒之气。其《驾幸河北起居表》曰:"鼍幕稽诛,銮舆顺动。羽卫方离于象魏,天威已震于龙荒。慰边氓徯后之心,增壮士平戎之气。臣闻涿鹿之野,轩皇所以亲征;单于之台,汉帝因而耀武"云云。铿锵鼓舞,可谓有典有则矣。《贺刁秘阁启》曰:"群玉之府,图籍攸归。承明之庐,俊贤所聚。自非兼该文史,洞达天人,擅博物之称,负多闻之益,则何以掌兰台之秘记,辩鲁壁之古文!克分亥豕之非,荣对鬼神之问,允资鸿博,式副选抡"云云。词笔爽洁,颇有逸气。厥后欧、苏四六皆以气行,晁无咎又以情胜,各自名家。

南宋骈文,德兴汪藻彦章《浮溪集》为最著!藻学问博赡,为南渡后词臣冠冕,统观所作,大抵以俪语为最工。其代言之文,如《隆祐太后手书》、《建炎德音》诸篇,皆明白洞达,曲当情事;诏令所被,无不凄愤激发;天下传诵以比陆贽。说者谓其措辞得体,足以感动人心。如所称《隆祐太后手书》,告天下以立康王之故。其警句曰:"汉家之厄十世,宜光武之中兴;献公之子九人,惟重耳之尚在。"一时推为雅切。又《宋齐愈责词》曰:"义重于生,虽匹夫不可夺志;士失其守,或一言几于丧邦。"又《张邦昌责词》曰:"虽天夺其衷,坐愚至此;然君异于器,代匮可乎!"跌宕昭彰,皆当时所谓四六名篇,脍炙人口者。其次当推鄱阳洪适景伯《盘洲集》。适以词科起家,工于俪偶。其弟迈尝举所草《张浚免相制》、《王大宝致仕制》、《浙东谢表》、《生日诗词谢启》诸联,载于《容斋三笔》。然考适自撰小传,自其少时《拟复得河南贺表》,即有"齐人归郓、谨之田,宣王复文、武之境"句,为作者所称。其内外诸制,亦皆长于润色。如绍兴间知制诰,草《亲征诏》,有曰:"岁星临于吴分,冀成淝水之功;斗士倍于晋师,当决韩原之胜。"隶事稳称,辞亦遒健。陆游以诗名,而文不甚著;然观其《贺礼部郑侍郎启》,有曰:"文关国之盛衰,官以人而轻重。吁俊尊上帝,岂止在玉帛钟鼓之间;敛福锡庶民,其必有典谟训诰之盛。"抑扬爽朗,可谓工雅得体者矣！

文人之笔，不足为依据，以其言不由衷也。如汪藻《贺李纲右丞启》云："精忠贯日，正两仪倾侧之中；凛气横秋，挥万骑笑谈之顷。既名高而众媒，乃谗就而身危。士讼公冤，亟举幡而集阙下；帝从民望，令免胄以见国人。"其推崇可谓至矣！及纲为张浚所诬，落职，藻草制云："朋奸罔上，有虞必去于欢兜。欺世盗名，孔子先诛夫正卯。专杀尚威，伤列圣好生之德；信谗喜佞，为一时群小之宗。"同一人也，前则美谀之如彼，后则丑诋之如此，而皆持之有故，言之成理，尚论者何所适从乎？又秦桧在相位，建一德格天阁。有朝士贺以启云："我闻在昔，惟伊尹格于皇天；民到于今，微管仲吾其左衽。"词极浑雄；然试问秦桧足以当之乎！

秦桧子熺状元及第。李刘贺以启曰："一经教子，素钦丞相之贤；累月笞儿，敢起邻翁之羡。"桧大喜。而汪藻贺启则曰："三年而奉诏策，固南宫进士之所同；一举而首儒科，盖东阁郎君之未有。"桧父子大怒，遂以得罪，编管湖湘。同一颂谀，而论笔仗，则汪尤健于李也！

自六代以来，笺启即多骈偶；然其时文体皆然，非以是别为一格也。至宋而岁时通候、仕宦迁除、吉凶庆吊，无一事不用启，无一人不用启。其启必以四六，遂于四六之内，别有专门。南渡之始，吾郡孙觌仲益《内简尺牍》，一时称胜，犹存古意。迨崇仁李刘公甫《四六标准》出，惟以流丽稳贴为宗，无复前人之典重；沿波不反，遂变为类书之外编，公牍之副本，而冗滥极矣！然刘之所作，颇为隶事亲切，措辞明畅。在此体中，可谓名家！

汝阴王铚性之撰《四六话》二卷，其书皆评论宋人表启之文，六代及唐，词虽骈偶而格取浑成。唐末五代，渐趋工巧。如罗隐代吾祖吴越武肃王《贺唐昭宗更名晔表》，所谓"右则虞舜之全文，左则姬昌之半字"，当时以为警策，是也。宋代沿流，弥竞精切，故铚之所论，亦但较胜负于一联一字之间。至周必大等承其余波，转加细密；终宋之世，惟以隶事切合为工，组织繁碎，而文格日卑，皆铚之论导之也。稍后上蔡谢伋景师撰《四六谈尘》一卷,其论四六,则以命意遣词分工,拙以视铚之寻章摘句者,所见为远胜之。至谓"四六施于制、诰、表奏、文檄,本以便宣读,多以四字六字为句。宣和间多用全文长句为对。习尚之久,至今未能全变,前辈无此格。"又谓:"四六之工,在于翦裁。若全句对全句,何以见工!"尤切中南宋之弊。

　　逊清骈文,名家者甚多,然亦时有利钝。福州梁章钜茝林《退庵随笔》曰:"四六文纯用六朝体格,亦恐非宜,惟有分唐四六、宋四六两派,各就性之所近而学之。唐四六又当分为两层:有初唐之四六,王子安勃为之首,以雄博为宗;本朝之陈维崧似之;有中唐以后之四六,李义山商隐为之首,以流丽为胜;本朝之吴绮似之。宋四六无专家,各以新巧为工,近南昌彭文勤公所辑《宋四六选》已具崖略;本朝之章藻功似之。今欲为四六专家,则当先读《萧选》及徐、庾二集,而参以初唐《四杰集》、李义山《樊南甲乙集》、彭文勤公《宋四六选》,以及《陈检讨四六》、《林蕙堂集》,吴绮著。《思绮堂集》,章藻功著。则源流正变,自可了然于胸。"又曰:"近人四六体格,以孔巽轩检讨广森为最正。检讨尝言:骈体文以达意明事为主。不尔,则用之婚启,不可用之书札;用之铭诔,不可用之论辨;真为无用之物。六朝文无非骈体,但纵横开阖,与散体文同也。"又曰:"徐庾集必须熟读。此外四杰即当择取,须避其平实之弊。第一音节近古。庾文'落花与芝盖齐飞,杨柳共春旗一色'为王子安所袭用。若删却'与'、'共'二字,便成俗响。陈其年维崧'四围皆王母灵禽,一片悉嫦娥宝树',此调殊恶;在古人,宁以两'之'字易'灵'、'宝'二字也!"又举杨炯《少姨庙碑》云:"蒋侯三妹,青溪之轨迹可寻;虞帝二妃,湘水之波澜未歇。"以为"未歇二字,耐人玩读,今人必不能到。"至云:不可用经典奥衍之字及制举文柔滑之句,则不足于宋四六一派矣!包慎伯《答董晋卿书》曰:"仆家无藏书,少不涉学,独好《文选》。辄效为之,以古为师,以心为范。后乃得唐以来赋千余首,检其长篇巨制,殊无可观;惟韩退之《感二鸟》、张文潜'酷暑',差当意耳。成童事斯,越三四年,内省外方,邈尔无偶。暨出游江淮间，乃见近人窦东皋侍郎光鼐作，骎骎有慕古之意。伐材近而隶事杂，气象窘迫。大兴朱相国珪有进御文五十余首，华赡胜窦氏，意卑不能尊其体。张孟迟进士腾蛟步趋朱氏而加修饬，然贪多之弊更甚！尊舅氏张皋文编修惠言识字谐韵，而外腴内竭。金朗甫庶常式玉承编修之指授，用意秀宕，而怯薄无以自立。斯数君者，固已魁然迥出，卓立颓流，质诸古人柔厚之旨，未窥一间。仆以奔走风尘，弱冠废学，常叹生秉殊分，使不迫于饥寒，以三年余暇，沉浸遗编，源于《风》《骚》，以端其旨，以息其气；播于子史，以广其趣，以饬其势；通于小学，以状其情，以壮其泽；汇于古集，以练其神，以达其变。则虽不能追踪汉、魏，力崇淳质；悱恻雅密，接武鲍、庾，其庶几矣。"此其言虽为论赋而发，然赋者铺采摛文，骈文之大宗。朱鼎甫《无邪堂答问》曰："文章未论工拙，先论雅俗。如莲裳乐钧《答王痴山书》有云：'眼与碧疏，意将红断。'欲学齐、梁，乃落俗调。凡此皆可类推。"细籀三君之论，则于骈文之取径及雅俗，可以得其指要；举一反三，所贵好学深思，心知其意耳！

　　自来为骈文者，非博之难，而雄为难。然不雄而博，喜用古事，弥见拘束。钟嵘《诗品》曰："大明泰始中，文章殆同书抄。近任昉王元长融等词不贵奇，竞须新事。尔来作者寖以成俗，遂乃句无虚语，语无虚字；拘挛补衲，蠹文已甚。"此则博而不雄之弊也。然则如何而能为雄也？毛稚黄为《湖海楼俪体文序》曰："能于属词隶事之中，极其开合；不外绅青媲白之法，自行跌宕。政如山阴楷书，而具龙跳虎卧之奇；杜陵排律，乃得歌行顿挫之致。"陈维崧之文，未能臻此，然真状写得雄博二字出。

　　康熙中，安南国进贡，其表文云："外国之丸泥尺土，不过中国飞埃；异域之勺水蹄涔，原属天家雨露。"嫣润有致。乾隆中，有某镇李总兵，诏赐以御制诗全部。谢表有云："乍聆天语，真目所未睹之奇；欲赞微词，凛口不能言之惧。"浑脱浏亮，妙在适如其分。

　　高映川丈汝琳为余言：咸同间，吾邑有邹钺者，字少仪，工笔札，为人作乞贷书，有曰："燃眉之急，无过于目前；援手之恩，有待于足下。"开合动宕，真有弹丸脱手之妙！不廑隶事稳称已也！

晚清骈文，以南皮张之洞孝达为大家，刊有《广雅堂骈文》，其撰《书目答问》，江阴缪荃荪筱珊捉刀。入后《姓名略》，于骈体文家注曰："国朝彭元瑞《恩余堂经进稿》用宋法。今人《示朴斋骈文》则用唐法。"按《示朴斋骈文》，归安钱振伦楞仙作也，坊间有刻本。

侯官陈石遗先生衍为《广雅堂骈文注叙》曰："凡人读书，各有其专注之处。不审其所专注，有引用并非僻书而瞠目莫晓者。乾嘉间孔巽轩治《大戴》，则专用《大戴》中语。孙渊如星衍治《墨子》，则辄用《墨子》中语。巽轩又喜用《新序》、《说苑》中语，初非僻书也。余友许豫生君注吴山尊鼒所选《八家四六文》，若《问字堂》孙星衍集。之'呼啸若瑾'，《仪郑堂》之'不兵霍虎'、'设妃若庙'皆阙如。不知其为作者所常用之书耳。张广雅相国在近代达官中最称博洽，四部罔不探，而尤熟《资治通鉴》。诗文骈散罔不作。余常以奏议第一，诗次之，骈体文次之。生平文字，务博大昌明，不为奥衍僻涩以号称高古，而用事尤见雅切。故往者为骈文寿李少荃相国，先使屠敬山大令寄属稿，篇二千言。广雅易其八九。敬山骈文在近贤中不作第二人想。此篇刻在《结一宦集》中，风格视广雅为高；然广雅作光明俊伟、切当自己身分，非屠作所及。两文并存，可以方郑亚之改李义山、昌黎之改卢玉川矣。"论读书各有专注，可为骈文家作注者法。

谈骈文者，莫备于乌程孙梅松友《四六丛话》，而惜其辞涉曼衍，又限于四六一体。仆兹所陈，逊其繁富，而亦无其支蔓；薪于启示涂径，津逮求学。词出谈屑，指归挈要。而镕裁自我，语无相袭，虽非巨帙，要为别裁。述《漫话第五》。